Die geheime Leidenschaft der Carla Moreno

Es ist ein schwüler Tag im August. Auf Gut Langen in Angeln trifft sich die Prominenz zu einem Sommerkonzert. Doch ehe die Musik beginnt, wird in einem Salon des Herrenhauses ein junges Mädchen tot aufgefunden – vergiftet. Die Polizei ist ratlos. Zumal niemand weiß, ob das Gift dem Mädchen oder einem der Gutsbewohner gegolten hat, die heillos zerstritten sind.

Carla Moreno, Hotelbesitzerin und Künstlerin, die nach Jahren in Spanien in ihre Heimat Schleswig-Holstein zurückkehrte, nimmt, sehr zum Ärger des eitlen Kriminalhauptkommissars Stefan Kleyn, die Fährte auf. Denn Geheimnisse sind ihre Leidenschaft.

SOPHIE VAN LINDERN

Die geheime Leidenschaft der Carla Moreno

Ein Schleswig-Holstein-Krimi

Bibliografische Information der Deutschen Nationalbibliothek
Die Deutsche Nationalbibliothek verzeichnet diese Publikation in der
Deutschen Nationalbibliografie; detaillierte bibliografische Daten sind im
Internet über http://dnb.dnb.de abrufbar.

© 2015 Sophie van Lindern
Satz, Umschlaggestaltung, Herstellung und Verlag: BoD – Books on Demand
ISBN 978-3-7392-9579-4

1.

Carla Moreno fluchte: »Verdammt! Ausgerechnet heute!« Sie sah zum Himmel. Die Wolken hingen tiefschwarz über dem See. Und sie hatte noch einen Weg von gut zehn Minuten bis nach Hause, denn sie musste das Fahrrad schieben: einen Korb mit Kartoffeln auf dem Gepäckträger, Taschen mit Gemüse und Obst am Lenker – unmöglich zu fahren. Und die Dorfstraße ging stetig bergauf. Es war schwül an diesem August-Sonnabend. Carla schwitzte. »Verdammt, warum habe ich nicht das Auto genommen!«

Eigentlich wollte sie nur ein paar Kleinigkeiten im Supermarkt auf der Südseite des Dorfes besorgen und war locker bergab geradelt – um auf dem Weg schnell noch ein paar Kalorien zu verbrennen. Denn Carla hatte in der Frühe bei der Bilanz vor dem Badezimmerspiegel festgestellt, dass sie sich im Hinblick auf den Taillenumfang demnächst auf der Zielgeraden zur Matrone befinden würde, wenn sie nicht entweder die Essensrationen entschieden kürzte oder die Bewegung massiv ausweitete. Weil der Gedanke an Diät ihre Laune empfindlich beeinträchtigte, entschied sie sich für die Bewegung.

Leider im falschen Augenblick. Voller Enthusiasmus war sie losgeradelt, hatte großzügig eingekauft in der Gewissheit, dass sie das Mahl, das sie für den Abend plante, ja schon präventiv auf der Dorfstraße abstrampelte. Aber jetzt zog ein schweres Gewitter über dem Langensee auf. Schon jagten erste Windböen über die kopfsteingepflasterte Dorfstraße und wirbelten Sand auf. Carla Moreno blieb stehen, streckte den angestrengten Rücken und nahm den restlichen Weg in Angriff.

Ein Pritschenwagen fuhr haarscharf an ihr vorbei. Die Reifen ratterten über die Steine, und der Fahrer hupte und winkte fröhlich – Klaus Möller, der Gastwirt und Bürgermeister.

»Schwachkopf«, schimpfte Carla, »hätte mich doch mitnehmen können.« Sie schob mürrisch das Fahrrad weiter, sah, wie Lisa, die Kellnerin im Gasthaus »Seewirt«, die Sonnenschirme auf der Terrasse zusammenklappte und wie Henriette, die Frau des Pastors Josua Blunck, im Haus neben der Kirche in der Küche hantierte. »Wahrscheinlich bereitet sie gerade einen ihrer gesunden Gemüseaufläufe«, dachte Carla. »Dem armen Mann wachsen bald Hasenzähne.«

Nach Westen hinüber jenseits des Sees sah sie eine Kolonne von Wagen langsam über den Feldweg rangieren, und da fiel ihr ein, dass am Nachmittag ein Konzert auf Gut Langen stattfinden sollte, eine der Veranstaltungen, mit denen sich der Ort Langenbek am Langensee in das Programm der Norddeutschen Musikfeste auf dem Lande reihte – der Stolz des Gutsherrn und die Hoffnung der Gemeinde, die sich für die Gegenwart kulturellen Glanz und für die Zukunft noch mehr Ausflügler und Touristen erhoffte. Aber bei dem Wetter ...

Die Gäste, die sich ganz nach britisch edler Glyndebourne-Manier bereits auf dem Rasen vor dem Gutshaus zum Picknick niedergelassen hatten, mussten wieder einpacken. Weg mit dem Champagner oder dem Supermarktsekt, dem teuren Picknickkorb im Nostalgielook oder dem Käsegebäck und den Salzstangen. Die Wolldecken eingerollt mit dem Blick zum Himmel und der Hoffnung, dass in der Konzertpause das Wetter abgezogen sein würde und man dann die zweite Flasche Champagner würde entkorken können; es war natürlich immer von Champagner die Rede bei den Schlosskonzerten, auch wenn es sich nur um billigen Schaumwein handelte.

Langenbek. Das ist ein Ort, der nur ein paar Kilometer entfernt von der Geltinger Bucht im Land Angeln liegt, rund 25 Kilometer von Flensburg und der dänischen Grenze entfernt. Ein Dorf, das noch hauptsächlich von der Landwirtschaft lebt, dessen Bauern sich überwiegend beizeiten für ökologischen

Anbau und Viehzucht entschieden und so die letzten Krisen von Rinderwahnsinn bis Maul- und Klauenseuche erstaunlich glatt überstanden hatten. Die Landschaft ist leicht hügelig. Am schönsten ist es hier im späten Frühjahr, wenn, so weit das Auge reicht, die Rapsfelder blühen. Es gibt einen historischen Ortskern mit einer behäbigen Backsteinkirche aus dem 14. Jahrhundert, mit einem mächtigen Feldsteinsockel und einem hölzernen Westturm. Daneben steht ein gründerzeitliches Pfarrhaus aus Backstein, in dem der Pastor Josua Blunck mit seiner Gattin residiert, ein plumper Bau mit holzverkleidetem, grün gestrichenem Obergeschoss und Balkon. An der Dorfstraße entlang reihen sich die geduckten Angeliter Katen, zum Teil noch mit Reetdach. Und um den Kern fügt sich auf Abstand eine Reihe der landestypischen Dreiseithöfe mit dem mehr oder weniger repräsentativen Bauernhaus in der Mitte und Scheune und Ställen rechts und links.

Der Ort zieht sich an der Ostseite des Langensees entlang. Auf die Nordseite hatten die Grafen von Erben-Werthern im 18. Jahrhundert auf angemessene Distanz zu den Bauern ihr Herrenhaus gebaut, eine der typischen schleswig-holsteinischen Gutsanlagen mit Torhaus und im Rücken des Herrenhauses landwirtschaftlichen Gebäuden, die dem Landadel die Existenz sicherten und das Geld für barocke Vergnügungen einbrachten – für Treffen mit Dichtern und Denkern, für Gartenfeste und Musik. Eine malerische Kulisse, breit gelagert, mit repräsentativer Front und Terrasse zum Garten und sachlicher Fassade nach Norden, zur Arbeitsseite. Dort lag zwar die Vorfahrt, die um ein Blumenrondell kreiste, daneben standen Stallungen und Scheune, die Sonntagsseite des Herrenhauses aber wandte sich mit der spätbarocken Putzfassade und den Mansardendächern mit zahllosen Schornsteinen zum Wasser.

Die aktuellen ländlichen Konzerte stehen in der Tradition des vergangenen Glanzes, nur dass die Grafenfamilie heute nicht mehr mit Dichtern und Denkern Hof hielt und dazu die Adelsverwandtschaft aus der weiteren Umgebung einlud, sondern dass bürgerliche Besucher für das Vergnügen zahlten, sich im Glanz der Geschichte sonnen zu dürfen.

Bislang ging die Rechnung auf; zwar noch nicht für das Dorf, aber wenigstens für Eberhardt von Erben, der das Gut verwaltete, obwohl es eigentlich noch seinem Vater Johannes gehörte. Doch der alte Graf widmete sich unterdessen lieber der Jagd, den teuren Flaschen aus dem Keller des Hauses, handgewickelten Havannas, und der einen oder anderen Dorfschönheit, hieß es, sei er auch nicht abgeneigt. Unbestritten war, dass er die größtmögliche Distanz zu seiner Gattin Friederike Elisabeth suchte, die das Hauswesen mit eiserner Hand und dem Willen absolutistischer Monarchen regierte und zur Not ihre Ziele auch mit Hilfe sorgsam inszenierter Herzattacken durchsetzte. Das wirkte immer, auch wenn der Dorfarzt Dr. Fred Muncke ihr mürrisch eine eiserne Gesundheit attestierte, wenn er wieder einmal wegen eines dieser Zusammenbrüche gerufen wurde. Weshalb sie ihn wiederum einen unsensiblen Viehdoktor schimpfte. Der alte Graf konterte die Klagen über den unfähigen Mediziner mit der scheinheiligen Empfehlung, doch eine Fachklinik aufzusuchen, was die Gräfin wiederum überhörte.

Vier Kinder hatten die von Erben-Wertherns – neben dem 48-jährigen Eberhardt, dem Gutserben, waren das Heinrich, Liebling der Gräfin und dauernd in Geldnöten, Dietrich, der als Architekt nach München gezogen war, um dem Joch der Familie zu entkommen, dort im Bauamt arbeitete und sich selten sehen ließ, und Katharina, mit 40 Jahren die Jüngste, die einen steinalten und steinreichen Pelzhändler geheiratet hatte und ihren Ehrgeiz daransetzte, in der vornehmen Welt zu glänzen.

»Arrogante Bagage«, dachte Carla, als sie jetzt mit wehem

Kreuz an der Straße stand und zum Gut hinübersah. »So eine schöne Anlage mit den Gebäuden am See, aber die Leute!« Dann schob sie ihr Fahrrad entschlossen weiter. Als sie das Ende des Dorfes erreichte, klatschten dicke Tropfen aufs Kopfsteinpflaster. In Sekunden entwickelte sich der Regen zu einem Stakkato, das, vom Wind gepeitscht, Carla scharf ins Gesicht stach. Einen halben Kilometer weiter, dort wo der Knickweg von der Hauptstraße nach links zu ihrem Haus abzweigte, war sie klatschnass. »Was für ein Glück, dass das Wasser warm ist«, dachte sie sarkastisch. Und: »Vielleicht verbraucht Fahrradschieben bei Regen ja mehr Kalorien als Radeln bei Sonne.« Sie war zu Hause.

Carla Moreno, seit gut einem Jahr verwitwet, lebte mit ihrer 14-jährigen Tochter Sara in einer gründerzeitlichen Villa, einem romantischen Haus mit Balkon, Türmchen und Fensterläden, vollkommen asymmetrisch, weiß getüncht wie das benachbarte Herrenhaus und mit rotem Mansardendach. Es war das frühere Witwenhaus des Gutes, das irgendwann einmal verkauft worden war. Carla hatte es von ihrer Tante Tatiana geerbt, der Schwester ihres Vaters, die kinderlos gestorben war. Als sie das Rad den Gartenweg hinaufschob, öffnete sich schon die Tür: Sara steckte den Kopf heraus und rief: »Gott sei Dank, dass du da bist, Mama. Ich habe mir schon Sorgen gemacht, ob du es vor dem Gewitter schaffst. Tee ist fertig. Warte, ich helfe dir.« Und so schleppten sie zusammen Kartoffeln und Waschpulver, Tomaten und Brot. Und Carla betrachtete ihre Tochter stolz. Sara war ein selbstständiges Mädchen, umsichtig und unkompliziert. Sie schrieb es der Tatsache zu, dass sie einerseits in einer außerordentlich harmonischen Umgebung aufgewachsen war, andererseits früh den Vater verloren hatte und notgedrungen rasch erwachsen geworden war.

Carla Moreno war der Papierform nach Spanierin, und so sah sie auch aus: kaum größer als 1,60 Meter, kräftig, nicht wirklich schlank, mit dunkelbraunen, welligen, jungenhaft kurz geschnittenen Haaren. Doch in Wirklichkeit stammte sie aus Schleswig-Holstein, war aufgewachsen in einer noblen, aber unpersönlichen Umgebung auf dem Land, und das auf Ahrenberg, einem Gut, das in der Gegend von Lübeck lag. Mit Geburtsnamen hieß sie Charlotte Baronesse von Roehl. Ihre Mutter, Luise von Roehl, die einen ausgeprägten Dünkel pflegte und eine tief verwurzelte Angst vor Armut hatte, interessierte sich vorzugsweise für den äußeren Schein, wollte die Tochter in die besten Adelskreise einschleusen, als Debütantin präsentieren und möglichst schnell reich und adlig verheiraten. Aber Luises antiquierte Lebensplanungen für die Tochter gingen nicht auf. Charlotte entwickelte sich nicht nach Plan. Sie wurde keine langbeinige, blonde Debütantin, sondern eine sportliche, eher kleine Brünette, die das von der Mutter erwartete Gardemaß von mindestens 1,70 Metern nicht erreichte. Die Ballettstunden schwänzte sie, um zu reiten; statt an Handarbeiten zu sticheln und Chopin zu klimpern, wie die Mutter es gewünscht hatte, malte sie. Und statt sich im feineren Smalltalk zu üben, fluchte sie wie ein Kutscher. »Von mir hast du das nicht«, pflegte Luise missbilligend festzustellen, wenn sie ihre ungebärdige Tochter musterte. Mutter und Tochter waren einander fremd. Luise verstand nicht, dass ihre Tochter an Schmuck und Designergarderobe kein Interesse hatte, Carla gingen das ausschließliche Streben nach materiellen Dingen und die gezierten Manieren ihrer Mutter auf die Nerven.

Da fügte es sich nicht eben ideal, dass die Geschäfte von Luises Gatten nicht erwartungsgemäß gediehen und der Baron Friedrich von Roehl sein Gut Ahrenberg an einen reichen Baulöwen aus Hamburg veräußern musste, nachdem er sich gewaltig verspekuliert hatte. Als der neue Eigentümer dem Baron eines der Gesindehäuser gratis als Domizil überließ und damit seinem Anwesen die adelige Staffage erhielt, begann für

Luise ein Albtraum. Sie war eine geborene de Lancelot. Die Vorfahren hatten angeblich während der französischen Revolution ihren Hals nach Hamburg gerettet. Das überlieferte gewaltige Vermögen hatte sich dann irgendwann verflüchtigt. Und auch den sagenhaften Stammbaum hatte Carla noch nie zu sehen bekommen. Aber ihre Mutter pflegte die Erinnerung an die noble Herkunft aus dem Land des savoir vivre, als hätte es die Revolution nie gegeben. Dass der klangvolle Name ihren Vater nicht davon abgehalten hatte, sein Geld als ganz normaler Streifenpolizist zu verdienen, war ihr äußerst peinlich. Schlimmer noch: Der Beruf hatte Heinrich de Lancelot Freude gemacht. Sie warf dem Vater mangelnden Ehrgeiz vor. Und damit er nach der standesgemäßen Heirat mit dem Gutsherrn von Ahrenberg ihr Image nicht gefährdete, hatte sie ihn nach der Pensionierung in einem kostengünstigen Altersheim, sie nannte es Seniorenresidenz, einquartiert und vergessen.

Aber die Prüfungen für die dünkelhafte Luise de Lancelot, verheiratete von Roehl, waren noch nicht zu Ende. Die Tochter machte ihr Sorgen. Die geplante Verbindung zwischen Charlotte und einem schon etwas angejahrten Bankier kam nicht zu Stande, weil das junge Mädchen sich weigerte »einen 55-jährigen Geldsack mit zwei Töchtern« zu ehelichen. Luise hatte genug von Mann und Kind. Sie erhörte ihren langjährigen, zwar nicht standesgemäßen, aber außerordentlich gut betuchten Anbeter Arthur Brommauer aus Niederbayern, der mit dem Kräuterhandel und Tees unterschiedlichster Geschmacksrichtungen ein Vermögen gemacht hatte. Carla fand ihn übrigens nett.

Luise wechselte den Wohnsitz und zog also aus dem Gesindehaus des bankrotten Gutes bei Lübeck in eine Luxusvilla am Starnberger See mit Blick auf Schloss Possenhofen, nahm ihren Mädchennamen wieder an, genoss das Leben in der Münchner Schickeria, brachte ihrem reichen Gatten Manieren bei, und weil der ein gutmütiger Kerl war, ließ er sie gewähren.

Und Carla ging an die Universität Hamburg, um Kunstgeschichte zu studieren. Den Lebensunterhalt verdiente sie sich mit Kellnern und Putzen. Ihr Vater konnte sie nicht unterstützen. Ihre Mutter lehnte es ab. Bald lernte sie Joan Moreno-Serna kennen, Hoteliersohn aus Palma de Mallorca, der in Hamburg ebenfalls als Kellner jobbte, um sich auf die spätere Übernahme des väterlichen Unternehmens vorzubereiten. Joan, der Bilderbuchspanier mit dunklen Locken, gefiel ihr von der ersten Sekunde an, und er verliebte sich in ihre Tatkraft und Bodenständigkeit. Ihre Eltern waren schockiert, als sie von der Liaison hörten. Als sie erfuhren, dass ihr Schwiegersohn in spe als Kellner im Hamburger Restaurant »Gente« in der Nachbarschaft der Michaeliskirche arbeitete, wo ihn Carla bei Paella und Rotwein kennengelernt hatte, waren sie fassungslos. Sie beklagten das Faible für Dienstboten und das mangelnde Standesbewusstsein der Tochter und drohten mit Konsequenzen. Doch Carla war volljährig und zu erben gab es beim Vater ohnehin nichts mehr. Joans Eltern waren zunächst ebenso wenig begeistert von der deutschen Liebe ihres Sohnes. Sie hatten auf eine tatkräftige Mallorquinerin als Schwiegertochter gehofft, die im Geschäft mit anpackte, und nicht auf eine norddeutsche Baronesse. Nur bei Tante Tatiana fand Carla Rückhalt. Und die empfahl ihr: »Pfeift auf die Verwandtschaft. Heiratet, wenn ihr euch liebt.« Tatiana vermittelte den beiden die alte Finca Seis Torres auf Mallorca, und so zogen Carla und Joan nach Spanien und bauten sich ihr eigenes Hotel auf.

Das historische Bauwerk mit mittelalterlichen Grundmauern lag am Berg, nicht weit von Deià entfernt – ein breit gelagerter Komplex mit hoher Beletage und großen Salons. Leider baufällig. Joans Eltern, die Carla schnell ins Herz geschlossen hatten, halfen mit Geld, Carlas Familie distanzierte sich bargeldlos. Carla hatte seit Jahren nichts von ihren Eltern gehört. Joan und Carla entwickelten handwerkliches Geschick. Sie verputzten und verkachelten, strichen und zimmerten. Und immer, wenn Gäste die Kasse gefüllt hatten, wurde ein neuer Raum ausgebaut. Auch in den Nebengebäuden brachten die Morenos Appartements unter.

Sie bauten Seis Torres nach und nach zu einem exquisiten kleinen Landhotel aus, das von üppiger Vegetation und Palmen eingefasst war. Es gab einen Pool. Zum Meer war es nicht zu weit. Mehrere Golfplätze lagen in der Nähe. Und mit zwei benachbarten Bauern gab es die Vereinbarung, dass die Gäste dort zu romantischen Spezialitäten-Menüs einkehren konnten – von Paella bis zum Kaninchenragout mit Zwiebeln, dessen Hauptbestandteil dem Bauern unvorsichtigerweise vor die Flinte geraten war.

Carla kaufte die Möbel für die Finca, stellte die Einrichtung zusammen, nutzte ihre kunsthistorischen Kenntnisse und restaurierte Bilder und Schränke und schuf ein exquisites Ambiente. Weil ihr das immer besser gelang, kaufte sie bald mehr Antiquitäten, als sie selbst brauchten, arbeitete die Sachen auf, erneuerte Firnisse, besserte Intarsien aus, verkaufte mit Gewinn und schrieb nebenbei noch für Sammler Expertisen über Gemälde und Grafik. Joan organisierte den Hotelbetrieb.

Carla erwarb bei Keramikern der Region Kacheln, gab Vasen und Töpfe in Auftrag, fand in Santa Maria mitten auf der Insel eine kleine Weberei, die von Hand Stoffe fabrizierte, mit denen sie die Polstermöbel bezog. Sie kaufte Lampen in der Glasbläserei von Campanet, Antiquitäten in einem winzigen Laden in Artà. Und um die Wände zu dekorieren, fing Carla wieder an zu malen. Erst idyllische Aquarelle, das ging schnell und gefiel, dann Landschaften in einem ganz eigenen Stilgemisch aus altmeisterlichen Formen und Abstraktion. Bilder, die schnell auch unter den Hotelgästen Käufer fanden, die die Arbeiten von der Wand weg erwarben, sodass Carla für das Hotel immer wieder neue malen musste.

So gab es für Seis Torres schon nach kurzer Zeit eine lange Anmeldungsliste. Dann kam Sara zur Welt. Joan und Carla waren erfolgreich und glücklich. Auch wenn Carlas Eltern nicht einmal auf die Hochzeits- und Geburtsnachrichten reagiert hatten. So erfuhren der bankrotte Baron und seine vornehme Ex-Gattin auch nicht, dass Heinrich de Lancelot das kostengünstige Altenheim in Pinneberg bei Hamburg längst verlassen hatte und zu Carla und Joan nach Mallorca gezogen und dort eine Stütze des Hotelbetriebs geworden war.

Nach 18 Jahren, in denen Carla ihr Zuhause in Norddeutschland fast vergessen hatte, passierte das mit Joan. Anfangs war er nur ein bisschen müde und schwach gewesen. Eine verschleppte Erkältung, dachte er. Aber es war Leukämie. Die Ärzte in Palma im Klinikum Son Dureta hatten kaum eine Chance, eine Therapie zu beginnen und ihm Mut zu machen, da starb er schon nach wenigen Wochen. Carla hatte nicht einmal Zeit gehabt, sich an sein Leiden zu gewöhnen. Es war unwirklich, Joan, der immer kräftig und gesund und braun gebrannt gewesen war, blass und schwach im Bett liegen zu sehen. Und dann wurde er von Tag zu Tag schwächer und starb. Schlief einfach ein. Er war gerade 40 Jahre alt geworden.

Carla war wie gelähmt. Sie ließ Joan auf einem Friedhof in der Nähe von Seis Torres begraben, mit Blick aufs Meer. Sie ordnete die Hotelgeschäfte, übergab die Küche an den Oberkellner Gabriel und legte die Führung des Hauses in die Hände ihres Großvaters, der Anfang 80 und sehr rüstig war. Zudem hatte er die Unterstützung der überaus resoluten Maria, die in Deià einen Lebensmittelladen betrieb und mit den Touristen glänzende Geschäfte machte.

»Ich passe auf, dass sie dein schönes Hotel nicht in Grund und Boden wirtschaften«, sagte der Großvater, als Carla ihre Malsachen zusammenpackte und mit Sara nach Hamburg flog. Sie mietete ein Auto, inspizierte das Haus, das ihr Tante Tatiana in Langenbek hinterlassen hatte und das seit Jahren leer stand. Sie beschloss zu bleiben. Der Ortswechsel, die Flucht nach Schleswig-Holstein und die Arbeit waren für Carla Therapie, um den Tod ihres Mannes zu verarbeiten.

Sara war ohne Protest mitgekommen. Sie beklagte sich nicht über Regenwetter, den Verlust von Freunden oder über die neuen Klassenkameraden, die sie wie ein sozialhilfebedürftiges Gastarbeiterkind behandelten, nur weil sie in Spanien aufgewachsen war.

2.

Annika Pedersen war glücklich. Sie hatte es geschafft. Sie stand im Salon oder genauer gesagt in einem der Salons von Gut Langen und schaute auf den See. Vielleicht schon in wenig mehr als einem Jahr würde sie eine Gräfin sein, die Gattin von Eberhardt. »Nicht schlecht für eine Tankwartstochter«, dachte sie und kokettierte mit ihrem Spiegelbild in der Fensterscheibe. Die Schwiegermutter würde sich giften, Eberhardts gegenwärtige Frau Dorothea, »die hysterische Ziege«, wahrscheinlich in der Psychiatrie landen, und ihre Tochter, die 13-jährige Margarethe, könnte man wunderbar in ein kostspieliges Internat abschieben. Sie selbst würde mühelos in kürzester Zeit ihrem Eberhardt den erwünschten Erben zur Welt bringen und hätte sich damit sicher etabliert in dem Haus am See. Wäre vielleicht nicht schlecht, wenn sie sich beizeiten einen neuen, eher adelstauglichen Vornamen zulegte, der besser zu von Erben-Werthern passte. »Vielleicht Alexandra?« sagte sie laut. Oder etwas ähnlich Nobles, das den letzten bürgerlichen Hauch beseitigte. Annika sog die Luft ein. Wie gut es roch im Salon. Ein bisschen nach Vanille. Und was noch? Lavendel? Orange? Eine Silberschale mit getrockneten Kräutern und Früchten stand neben dem Kamin und verströmte den Duft. Annika sah sich weiter um. Auf einem Tischchen mit gedrechselten Beinen und einem vergoldeten Rand waren wohl zwei Dutzend Kristall-Karaffen und Flaschen angeordnet, in denen helle, bernstein-, bronzefarbene und rötliche Flüssigkeiten schimmerten – Wodka, Cognac, Whisky? An den Farben allein konnte Annika die Unterschiede nicht erkennen. Sie kannte nur Bacardi-Cola von den dörflichen Discos und Scheunenfesten. Aber die Flaschen hatten noble Etiketten und die Karaffen trugen silberne Schürzen – als Adelsnachweis gleichermaßen: Armagnac, Wodka, Cognac, Whisky, Martini, natürlich alles vom Besten. Sie schloss die Augen, drehte eine Pirouette auf dem Absatz und dachte: »Alles meines.« Die getäfelten Wände, der riesige Teppich, ein alter Keschan mit dunkelblauem Grund, die gobelinbezogenen Sessel, die Gebirgslandschaft von Josef Anton Koch, ein Museumsstück, das sie für spießig hielt, das Rokoko-Tischchen mit den Flaschen und natürlich der Blick auf den See.

Und das alles hatte ihr das Schicksal nur durch einen glücklichen Zufall beschert.

Bislang waren das schöne Mädchen und ihr Vater, der Tankwart Hein Pedersen, für die Bewohner von Gut Langen sowie die besser betuchten Dörfler nur Verlierer gewesen. Sie gehörten nicht wirklich zur Dorfgemeinschaft und lebten in einer niedrigen Kate neben der Tankstelle. Es war ein Ziegelhaus, freundlich von Blumenbeeten eingefasst, aber ein bescheidenes Gebäude. Hein Pedersen galt im Dorf als Unglücksrabe. Er war ein liebenswürdiger Mann. Aber die Nachbarn betrachteten ihn mitleidig. Seine Frau war ihm davongelaufen, und das Geschäft ging nicht gut. Hier in Langenbek tankten selten Ausflügler, denn das Dorf lag etliche Kilometer entfernt von den wichtigen Durchgangsstraßen hier im Norden, und die großen Bauernhöfe hatten die Dieselzapfsäule hinter dem Haus. Dort versorgten sie nicht nur die Landmaschinen, sondern regelwidrig auch ihre eleganten Geländewagen. Schlechte Aussichten für Hein, auch für Annika. Sie lebten bescheiden.

Jetzt hatte Annika die Hoffnung, dass sich das bessern könnte. Vor gut drei Monaten, genau war es am 22. April gewesen, war sie morgens früh um 8 Uhr quer über die Wiesen nach Barsbek gerannt, weil der Hund der Pedersens, wie sie glaubte, Gift gefressen hatte. Tierarzt Joachim Lorenzen sollte kommen. Aber der ging nicht ans Telefon, weil er Sprechstunde hatte. Also wollte Annika ihn holen. Sie hing an ihrem Hund und fürchtete um sein Leben.

Dort wo die Langenbeker Aue aus dem Wald zwischen den Feldern hindurchfließt, kam es beinahe zum Unfall: Eberhardt von Erben auf dem Morgenritt im Galopp am Waldrand hätte Annika fast überrannt. Sie stürzte, unterdrückte aber geistesgegenwärtig alle Flüche, die ihr in den Sinn kamen. Stattdessen lächelte sie lieblich. Sie war mit fast 1,75 Metern ein großes Mädchen, aber dennoch anmutig mit einem feinen Puppengesicht, dazu hüftlangen blonden Haaren. Sie war nicht sonderlich intelligent, besaß aber einen ausgeprägten Hausverstand und, wenn es um ihre Interessen ging, eine Zielstrebigkeit und Gerissenheit, die sie mit scheinbarer Arglosigkeit zu tarnen wusste. So hatte sie auch den Unfall instinktiv als Chance begriffen. Sie fluchte nicht, obwohl sie gezetert hätte wie ein Fischweib, wenn der forsche Reiter nicht der Graf, sondern einer der Bauernsöhne aus dem Dorf gewesen wäre. So aber lächelte sie und hauchte: »Nichts passiert.« Sie klopfte sich geziert und sorgsam die Erde und das Gras von den Jeans, als seien die gerade von Versace geliefert worden. Eberhardt von Erben sprang vom Pferd, sah Annika fasziniert an und sagte: »Ich habe Sie nicht gesehen. Entschuldigen Sie, ich hoffe, Sie haben sich nichts getan.« Und dann nach einer kleinen Pause: »Kennen wir uns nicht?«

Die Szene lief genauso ab, wie Annika es in Dutzenden von Heftromanen gelesen hatte, in denen Ärzte sich in schöne Krankenschwestern und Grafen in reizende Dienstmädchen verlieben. Natürlich mit glücklichem Ende. Von Erben nahm mit gespielter Eleganz ihre Hand und putzte etwas Sand fort, eine herablassende Geste dem Mädchen gegenüber, das er jetzt erst als die Tankwartstochter erkannte und das er soeben fast über den Haufen geritten hatte. Doch Annika spürte den Spott nicht. Sie fühlte sich geehrt und sagte klar und ohne Spur von ländlichem Akzent fast ebenso geziert wie er: »Ich bitte Sie, nichts ist passiert. Machen Sie sich keine Gedanken.« Und sie wandte sich mit einer graziösen Drehung zum Gehen.

Einwandfreies Benehmen – das hatte sie in Hamburg in der Kaufmannsfamilie Berking gelernt, bei der sie in Blankenese gut ein Jahr lang die Kinder gehütet und im Haus geholfen hatte – für wenig Geld, aber viele gute Ratschläge. Die Frau des Hauses, Angelika Berking, hatte darauf geachtet, dass Annika klares Hochdeutsch sprach und sich gewählt ausdrückte, und sie hatte ihr Grundbegriffe der gepflegten Haushaltsführung beigebracht. Leider endete das Blankeneser Idyll abrupt, als Angelika Berking Annika in den Armen des Hausherrn überraschte. Während Ludwig Berking mit einer handfesten Szene davonkam, musste das Kindermädchen unverzüglich die Koffer packen. Damals war Annikas Strategie für den Weg zu einem besseren Leben noch nicht aufgegangen.

Aber sie hatte ihre Lektion gelernt. Jetzt, dachte sie, würde sie die Erfahrungen aus dem Hause Berking gut brauchen können und schlauer vorgehen. Denn so wie die Kaufmannsfamilie, das hatte sie damals beschlossen, wollte sie auch einmal leben. Ohne Geldsorgen und mit Dienstboten, die man schlecht behandeln konnte. Durch den Zusammenstoß mit Eberhardt von Erben hatte sie die Chance, sogar noch besser zu leben als die Berkings. Deshalb drehte sie sich noch einmal geziert nach dem Grafen um und wiederholte: »Mir ist wirklich nichts passiert.« Und nach einer kleinen Pause: »Ich hoffe, Ihr Pferd hat sich nichts getan.« Zufrieden mit sich und ihrer Reaktion ging sie weiter.

Eberhardt von Erben war bezaubert. Seine Gattin hätte ihm vermutlich eine psychodramatische Szene geliefert, wenn ihr ein ähnliches Unglück widerfahren wäre, seine Tochter hätte geweint, seine Mutter ihm eine handfeste Standpauke gehalten. Und dieses Mädchen sorgte sich um sein Lieblingspferd.

Eberhardt war hingerissen. Und Annika wusste genau, dass ihr ein kluger Schachzug gelungen war.

Zwei Tage später fuhr Eberhardt von Erben an der Tankstelle vor und bat, als er zahlte, nochmals um Pardon. »Es war nichts«, sagte Annika scheinbar kühl. Und ehe er sich versah, hatte er sie auf einen Kaffee eingeladen, obwohl er das gar nicht vorgehabt hatte. Wenigstens war er geistesgegenwärtig genug, sich mit dem Mädchen in angemessener Entfernung vom Gut und vom Dorf und von seiner Gattin zu treffen – in Flensburg, in einer Einkaufspassage, versteht sich. Annika lehnte zunächst ab, zögerte und zierte sich. Ließ sich dann aber doch überreden. Vier Wochen und sieben heimliche Treffen später lag sie in seinen Armen. Nach zwei Monaten versprach er, auf alle Konventionen zu pfeifen und sie zu heiraten. Seine Ehe, sagte er, sei ohnehin zerrüttet, die Gattin mehr in der Psychotherapie als daheim. An ihm hänge die ganze Verantwortung für den Gutsbetrieb, und niemand nehme Rücksicht auf ihn. Wie aus dem Heftroman. Und weil Annika sich mit dieser Art Lektüre und den Dialogen zwischen den Liebenden auskannte, sagte sie: »Mein armer Eberhardt«, und strich ihm übers Haar.

Allein dafür war er zu jedem Opfer bereit und überzeugt, die Damen der Gesellschaft würden Annika wegen ihrer Liebenswürdigkeit schnell ins Herz schließen, die Herren ihn um das schöne Mädchen beneiden.

Als Lohn für gut drei Monate taktische Perfektion stand Annika jetzt auf Gut Langen, in ihrer zukünftigen Heimat, wie sie glaubte. Die Begegnung mit der neuen Familie schreckte sie nicht. Sie hatte das Kämpfen gelernt, sich in der Dorfschule erfolgreich gegen die Rüpel durchgesetzt, im Gasthof als Aushilfskellnerin betrunkene Dörfler auf Distanz gehalten, sie würde auch mit den Eltern und Geschwistern des Grafen fertigwerden.

Annika drehte sich im Salon und genoss das Ambiente. Aber

sie fühlte sich fremd, auch wenn sie ihre Anwesenheit als Sieg sah. »Ich brauche dringend neue Klamotten«, dachte sie und sah missmutig an ihrem knappen, hellblauen T-Shirt, dem kurzen schwarzen Stretchrock und den Plateauschuhen hinunter. Auf den ersten Blick ganz hübsch, aber alles auf einen Blick als Kaufhauschick niedriger Preiskategorie erkennbar. Auch die akkuraten Steppnähte im Rhombenmuster ließen ihre Handtasche, die sie lässig in den Sessel geworfen hatte, nicht die Spur nach Chanel aussehen. Der schwarze Kunststoff wollte einfach nicht wie Leder wirken.

Annika stolzierte zu dem Tischchen mit den Drechselbeinen, den Kristallkaraffen und den Flaschen. »Was haben wir denn da. Ich denke, ich werde mir einen Drink genehmigen.« Sie musterte die Farben und Flüssigkeiten und entschied sich für ein tiefes, warmes Braunrot. »Duoro« stand auf dem Etikett. Sie öffnete den Verschluss und goss den Portwein in einen Whiskybecher. Sie schnupperte an dem Getränk. »Riecht ein bisschen streng«, dachte sie. Der Geruch wirkte stechend. »Ach was. Runter damit. Ist bestimmt sündhaft teuer.« Annika nahm einen Schluck und schaute auf den See, während ihr der Portwein in der Kehle brannte. »Alles meines«, sagte sie laut. Und: »Gleich wird es ein Gewitter geben. Hier im Haus auch.« Sie kicherte und kippte den Rest Portwein hinunter. Das Getränk brannte ihr im Hals. Sie schüttelte sich, schnappte nach Luft. »Ich wusste nicht, dass Portwein so scharf ist und so bitter«, dachte sie noch. Ihr Hals schnürte sich zusammen. Sie riss den Mund auf, dachte, dass sie sich verschluckt haben müsste, und bekam keine Luft. Aber sie konnte nicht husten. Dann fühlte sie Schwäche. Ihre Beine wurden schlaff. Ihr Kreislauf brach zusammen. Sie wollte rufen oder nach dem Butler klingeln, den sie in der Halle getroffen hatte. Aber sie war wie gelähmt. Die Kraft schien aus ihrem Körper zu fließen. Ein eisiges Gefühl ergriff sie. Der Atem stockte. Angst würgte sie. Ihre Hand wurde schlaff. Sie ließ das Glas fallen. Die letzten Tropfen Portwein rannen auf den Teppich. Annika fühlte, wie sie fiel, sah ihre eigene Bewegung, hatte aber keine Gewalt mehr über ihren Körper. Sie sank in die Knie, griff nach einem Halt, fand aber nichts, woran sie sich festklammern konnte. Sie hätte auch gar nicht mehr die Kraft dazu gehabt. Sie sackte auf den Boden, fiel vornüber gegen einen Gobelinsessel und schlug mit dem Kopf auf den Teppich, aber das spürte sie schon nicht mehr. Die Tankwartstochter lag im Salon von Gut Langen auf einem kostbaren, alten Keschan, die langen blonden Haare auf dem Boden malerisch ausgebreitet, wie auf Sir John Everett Millais' Gemälde von der ertrunkenen Ophelia. Annika war tot. Vergiftet.

3.

»Du musst verrückt geworden sein«, sagte Friederike von Erben-Werthern zu ihrem Sohn Eberhardt. Sie saß im Sessel am Fenster ihres Salons im ersten Stock des Herrenhauses und starrte fassungslos in das Gesicht des Gutserben. Der hatte ihr soeben mitgeteilt, dass er sich von seiner Gattin zu trennen gedachte und dass er schon ein neues Glück gefunden hatte – Annika Pedersen. Sie war schon im Haus, wartete im Salon und würde ihn auf das Konzert begleiten, das demnächst beginnen sollte. Die alte Gräfin war schockiert. Dass ihr Sohn eine Liaison hatte, wusste sie schon. Das hatte sie nicht gestört. Jetzt aber wollte er sich von seiner Gattin Dorothea trennen, sich scheiden lassen und eine junge Frau ins Haus bringen, die sie auf der Straße nicht einmal zur Kenntnis nehmen würde. Und das Ganze vor den Augen der Öffentlichkeit. Die Vorstellungen von Friederike von Erben-Werthern über passende Verbindungen, Freundschaften und Bekanntschaften waren elitärer als am britischen Königshof. Sie pflegte ihren Dünkel. Bei dem Gedanken an Eberhardts Pläne wurde ihr übel.

»Das dulde ich nicht«, sagte sie folglich knapp. »Ich lasse dieses Weibsbild verschwinden.« Eberhardt von Erben zuckte zusammen, während seine Mutter eine lange Liste von Drohungen ausstieß – Trennung von der Familie, Streichung aus dem Testament. Und er hatte keinen Zweifel, dass es ihr damit ernst war. Denn es war nicht die erste nicht standesgemäße Liebe, die seine Mutter aus dem Leben ihrer vier Kinder entfernte. Aber ihr Sohn ließ sich dieses Mal nicht einschüchtern. »Ich werde auch ohne deine Hilfe durchkommen«, sagte er kühl. »Wie du weißt, habe ich eine gute Ausbildung genossen und bin ein sehr erfolgreicher Gutsverwalter.«

Er betrachtete seine Mutter distanziert. Sie war wie immer

tipptopp frisiert, saß aufrecht im Sessel und war so gekleidet, wie sie es für sich als optimal betrachtete, seit sie Johannes von Erben geheiratet hatte: Sie bevorzugte Kostüme, streng geschnitten wie Herrenanzüge, in Grau und Braun, Anthrazit und Schwarz, mit schmalen oder breiten Revers, aus feinster Wolle oder Leinen, je nach Jahreszeit und Mode. Sie saßen an ihr wie Uniformen. Im Winter trug sie unter den Kostümen feine, dünne Rollkragenpullover aus Kaschmir, im Sommer Hemdblusen. Und so herrisch wie ihre Kleidung wirkte auch der Salon der Gräfin. Dunkelgrüne Samtvorhänge mit goldenen Fransen bestimmten das Bild, die Wände waren eichenholzgetäfelt, ein mächtiger Aufsatzsekretär aus der Kaiserzeit diente der Hausherrin zur Erledigung der Post. Kurios fand der Sohn die mächtigen, ledernen Polstermöbel, die eigentlich hätten bequem sein können, aber seine Mutter setzte sich stets kerzengerade nur auf die Sesselkanten: Als er sie jetzt betrachtete, stellte er fest, dass sie ihm fremd war. Sie erschien ihm eher als Chefin des Unternehmens Langen denn als seine engste Verwandte.

Friederike Elisabeth von Erben-Werthern war mehr als standesbewusst. Als hätte die Revolution von 1918 niemals stattgefunden, war es ihr unvorstellbar und unerträglich, wenn eines ihrer Kinder sich einen nichtadeligen Lebenspartner suchte. Dass sie selbst zwar aus wohlhabendem, aber gänzlich unadeligem Haus stammte, hatte sie verdrängt. Undenkbar, in engeren Kontakt mit einem Menschen zu treten, der nicht wenigstens ein kleines »Von« im Namen führte. Auch gesellschaftliche Veranstaltungen, bei denen der Geldadel den Ton angab, gingen ihr gegen den Strich. Nicht einmal akademische Ehren konnten ihr imponieren. Deshalb behagte es ihr auch nicht, dass Gut Langen, selbstverständlich sprach sie stets vom Schloss, obwohl es kein Fürstensitz war, sich an den sommerlichen Konzerten beteiligte, bei denen die Massen in die Scheune neben dem Herrenhaus strömten. Aber das diente wenigstens der Erhaltung der Anlage. Und glücklicherweise kamen diese Leute, wie sie sagte, ja auch nur in die Scheune und nicht ins Haus. Der Sohn hatte sich mit Hinblick auf die hohen Ausgaben für die Anlage mit seinem Konzertprojekt durchgesetzt. »Wir brauchen das Geld, Mama«, sagte er, während der alte Graf wortlos seine Gewehre gereinigt hatte. Von ihm, das wusste sie, konnte sie in dieser Sache keine Unterstützung erwarten. Er billigte die Geschäftsmodelle seines Sohnes, und er hatte kein Standesbewusstsein. Johannes von Erben trank zuweilen sogar, das hatte man ihr erzählt, im Dorfgasthaus mit den Bauern ein Bier. Schon bei der Vorstellung fühlte sich die Gräfin elend. Wie der Vater, so der Sohn, dachte sie.

Eberhardt unterbrach ihre Grübeleien. »Ist das dein letztes Wort, Mama?« »Absolut«, sagte sie und betrachtete ihren Sohn kühl. Er war immer ein Weichling gewesen. Er hatte sich nicht gegen seine Frau durchsetzen können. Friederike war fest überzeugt, dass Autorität die Neigungen ihrer Schwiegertochter zu teuren Boutiquen-Besuchen, zu Champagner und Beruhigungspillen eingedämmt hätte. Sie gab ihrem Sohn die Schuld für die Probleme. Auch dafür, dass er zur Fortsetzung des gräflichen Stammbaums bislang nur ein Mädchen beigesteuert hatte, das sie nicht einmal sonderlich mochte. Und Dorothea war inzwischen 42. Höchste Zeit also für männlichen Nachwuchs. »Tu deine Pflicht!«, herrschte sie Eberhardt an.

Doch der blieb stur. »Ich habe dir gerade mitgeteilt, dass ich meine Frau verlasse. Von einer gemeinsamen Familienplanung mit Dorothea kann also keine Rede mehr sein. Vielleicht kannst du dich mit mir und meiner zukünftigen Frau dann auf männlichen Nachwuchs freuen.«

Friederike von Erben musterte ihren Sohn kalt. Er war nicht groß, sah nicht wirklich gut aus. Er hatte blonde Haare, die schon recht schütter wurden, einen gut geformten Schädel, ein hageres Gesicht und braune Augen. Das gab ihm etwas Markiges, und er hätte ein attraktiver Mann sein können, wenn er nicht um das Kinn einen weichlichen Zug gehabt hätte. »Du warst schon immer ein Schwächling«, sagte seine Mutter. »Dann musst du eben die Konsequenzen tragen.« Sie stand auf, ging zu ihrem Sekretär und schlug das Kontobuch auf.

4.

Anatol Abel schrieb. Bedächtig setzte er Zeile hinter Zeile in ein Schulheft. Mit Bleistift. Hin und wieder sah er sich um, als erwarte er Besuch. Eine alte Angewohnheit: Vorsicht. Anatol Abel war 85 Jahre alt und ein Fremder in Langenbek, obwohl er hier seit über zwei Jahren wohnte. Er hatte sich das alte Jagdhaus am Forst Hagen gekauft, einen Holzbau mit hohem Giebel und dunklen Fensterläden. Wenn die geschlossen waren, und das geschah häufig, dann sah das Haus verlassen aus. Finster. Der alte Mann lebte allein. Er war ungemein rüstig, ging aufrecht, bewältigte die Gartenarbeit selbst. Sein Gesicht war zerfurcht, von der Sonne geprägt und er hatte einen dichten, weißen Haarschopf.

Die Kinder im Dorf fanden Abel unheimlich. Sie schlichen manchmal durch den Garten, um zu spionieren, was der alte Mann tat. Aber sie fanden nichts heraus. Man wusste nicht genau, woher er kam, man kannte seine Einkommensquelle nicht, man wusste nicht, wie er das Jagdhaus hatte bezahlen können. So dauerte es nicht lange, bis man ihn als Hunde- und Katzenfänger diffamierte und in seinem Haus schwarze Messen vermutete. Angeblich war er bei Kriegsende aus Ostpreußen geflüchtet. »Er ist vor den Russen abgehauen«, erzählte Meta Diederichsen, die im Ort eigentlich alles wusste. Vielleicht war er selbst Russe. Bei seinem harten Akzent hielt der Wirt Klaus Möller das durchaus für möglich. Oder war er ein untergetauchter Nazi? Zu fragen traute sich niemand. Warum Abel gerade jetzt ins Dorf gezogen war, kurz bevor Carla und ihre Tochter sich hier niedergelassen hatten, konnte auch Meta Diederichsen nicht in Erfahrung bringen, die für nähere Erkenntnisse gern einen Hunderter gegeben hätte. Vielleicht sogar mehr. Sie würde es schon noch herausbekommen, dachte sie.

Bislang aber ließen sich Informationen von außen nicht gewinnen. Und Abel selbst erwies sich als außerordentlich verschwiegen, ob sie ihn nun im Supermarkt ansprach oder versuchte, eine Konversation über Pflanzen anzuknüpfen, wenn sie ihn in seinem Garten sah. Der Unbekannte ließ sich außer Tipps über das Gedeihen von bestimmten Kräutern und Blumen an den unterschiedlichen Standorten keine einzige Information entlocken. Seine Kenntnisse über das Gärtnern allerdings waren bemerkenswert. Nicht einmal im Gutsgarten gab es so schöne Rosen wie beim alten Jagdhaus, niemand in Langenbek hatte so schöne Fuchsien, und niemand erntete so saftige Himbeeren. Nirgendwo wuchsen Salbei und Majoran so üppig. Woher der alte Abel diese Fähigkeiten hatte? Niemand konnte sich das erklären. Auch nicht, ob er Familie hatte und wer die jungen Burschen waren, die hin und wieder ins Jagdhaus kamen und sich mit Abel in einer fremden Sprache unterhielten. Polnisch? Russisch? War der Alte ein Spion, der seine Informationen weitergab, oder ein Homosexueller, der seine jungen Freunde empfing? Es war frustrierend für die Dörfler; besonders für Meta Diederichsen. Die fand die Anwesenheit des Alten höchst verdächtig und ganz unpassend für das Dorf. Und sie war sehr unzufrieden, weil sie ganze zwei Jahre nichts über ihn herausbekommen und nicht den kleinsten Skandal aufgedeckt hatte. »Vielleicht ist er doch ein Spion«, murmelte sie vieldeutig, wenn sie im Dorf ihre Nachbarinnen traf. Was Abel allerdings ausgerechnet am Langensee und dazu noch nach dem Fall des Eisernen Vorhangs auf dem platten Land in Angeln zwischen Kuhweiden und Maisfeldern ausspionieren sollte, konnte auch sie sich nicht vorstellen. Wenigstens hatten die Dörfler etwas zu tratschen.

Unterdessen schrieb Abel Zeile für Zeile weiter an seinem geheimnisvollen Manuskript, von dem Meta keine Ahnung hatte und das sie auch gar nicht würde lesen können. Denn

Abel schrieb tatsächlich auf Russisch. Der alte Mann legte für einen Augenblick den Bleistift zur Seite, schenkte sich einen Tee ein, der auf einem glänzend polierten Samowar aus Messing blubberte, und sah über den Schreibtisch hinweg aus dem Fenster. »Die Massen sind im Anmarsch«, dachte er und betrachtete die Wagen, die über die Auffahrt in den Gutshof rollten, wo sie hinter den Ställen parken konnten, nur ein paar Schritte von der Scheune entfernt. »Sie werden sich allesamt nasse Füße holen. Es gibt ein ordentliches Gewitter. Wird wohl trotzdem ein volles Haus heute. Graf Eberhardt macht Kasse.« Der alte Mann nahm noch einen Schluck Tee und wandte sich wieder seinem Manuskript zu.

5.

Während das Gewitter über dem See tobte, die Wagen der Konzertgäste auf dem Gut anrollten und der alte Anatol sich am Tee labte, stand Carla Moreno in ihrem Badezimmer und rubbelte sich die Haare trocken. Der Regenschauer hatte sie voll erwischt. Sie sah in den Spiegel – die Sonnenbräune von Mallorca, die sie für die Dörfler als Spanierin auswies, war noch immer nicht vergangen. Seit ihrer Hochzeit nannte sich Charlotte von Roehl Carla, Carla Moreno. Das war kurz und prägnant. Und ihr Mann Joan hatte sie manchmal Carlos gerufen, wenn sie gegen alle Vernunft etwas durchsetzen oder nicht nachgeben wollte oder wenn sie Erfolg hatte, wo alle anderen versagten: »Du bist doch ein echter Kerl, Carla«, sagte er dann und lachte.

Sie ging ins Schrankzimmer hinüber, zog sich einen Pulli an. Es war kühl geworden. Keine August-Temperaturen. Das Gewitter hatte kalten Wind über den See geschoben. Pech für Graf Eberhardt und sein Konzert. Carla sah aus dem Fenster. Aber der Parkplatz auf dem Gut war schon fast gefüllt an diesem frühen Samstagnachmittag. Es war 2 Uhr. Noch eine Stunde Zeit für die Konzertgäste, Brötchen zu essen, Wein zu trinken und die gräflichen Umsätze zu fördern, bis Julius Land, der bekannte Dirigent, zum Konzert bitten würde. Irgendein philharmonisches Orchester aus dem Osten hatte sich angesagt, Petersburger, Königsberger oder Warschauer Symphoniker. Nichts für Carla, die sich nichts aus Klassik machte, Friedhofsgedudel, sagte sie und ging lieber mit ihrer Tochter in Pop-Konzerte. Was ihr harsche Kritik von Bekannten eintrug, die sich über altersgemäßes Verhalten, Stil und anspruchsvolle Freizeitgestaltung ausließen.

Sie sah aus dem Fenster und ließ die Gedanken spazieren

gehen. Wie das wohl früher auf dem Gut gewesen wäre, wenn Grafens zum Konzert baten und die adelige Mischpoche per Kutsche anreiste, um sich in Sachen Literatur und Kunst zu treffen. Angeblich war Hans Christian Andersen einmal auf seinen Reisen nach Langen gekommen, als Gast der Erben-Werthens, damals, als das Land noch zum dänischen Gesamtstaat gehörte. Jedenfalls erzählte das die alte Gräfin, wann immer sie von einem Magazin in ihrem Salon abgelichtet wurde für eine Geschichte über den Adel auf dem Lande. Vielleicht hatte Andersen ja gerade hier mit Blick auf den Langensee die Inspiration für sein Märchen von der kleinen Meerjungfrau gewonnen. Carla stellte sich vor, wie der Dichter von der Terrasse aufs Wasser schaute. »Hier hat er gesessen«, führte die Gräfin gerne vor und präsentierte dabei ein Sofa, das allerdings nach Carlas Kenntnissen zu Lebzeiten des Dichters noch nicht einmal geplant, geschweige denn gefertigt und verkauft war. Aber das überprüften die Gesellschaftsreporter nicht und betrachteten beeindruckt die angeblich geschichtsträchtigen Polster. Alte Stillleben gaben einen Eindruck von den einstigen Tafelfreuden auf dem Gut. Kein Wunder, dass sich die Damen in Mieder zwängen mussten, wenn sie Hauptgänge in Serie mit Dutzenden von Gerichten zu sich nahmen. Zwei Sommergesellschaften würden reichen, mutmaßte Carla, und sie wäre vollends aus dem Leim gegangen. Aber wer weiß, vielleicht hatten die Künstler, die die fragilen Dämchen des Barock und Rokoko malten, bei der Silhouette gehörig geschwindelt. Oder die Ladys hatten den Herren beim Picknick nur zugesehen und sich auf poetische und musikalische Genüsse beschränkt, während der Magen knurrte?

Carla streifte ihre Jeans über und ging hinunter in die Küche. Die lag, wie es sich für eine großbürgerliche Gründerzeitvilla gehörte, im Keller. »Souterrain«, sagte man damals. Das hörte sich besser an. Trotz der kleinen Fenster wirkte der blauweiß geflieste Raum mit den Delfter Kacheln und dem riesigen Herd, auf dem vor Zeiten für die Herrschaft und die Dienstboten gekocht wurde, freundlich. Carla saß gern hier mit ihrer Tochter. Und selbst wenn Gäste kamen, blieben sie oft den ganzen Abend in der Küche, hockten an dem hellen, gescheuerten Kneipentisch, aßen und tranken Wein.

Carla goss sich einen Tee ein, schnitt ein Stück Käse ab und ging mit Becher und Käsescheibe nach oben ins Kaminzimmer. Von hier aus hatte sie über die Terrasse hinweg den besten Blick über den Langensee. Und sie genoss ihn bis jetzt noch jedes Mal, auch nach gut einem Jahr.

Carlas Rückkehr nach Schleswig-Holstein war eine Flucht vor der Erinnerung gewesen. Die Villa in Langenbek, die sie von ihrer Tante geerbt hatte, war ihr Refugium geworden. Die Schwester ihres Vaters war für Carla Mutterersatz gewesen. Mit ihr hatte sie alle Pläne besprochen, die Tante hatte ihr den Rücken gestärkt, denn auch Tatiana von Roehl hatte ein Leben nach ihren eigenen Vorstellungen geführt. Sie hatte nie geheiratet, eine Beziehung geführt, die sie vor allen geheim gehalten hatte. Auch vor Carla. Die hoffte, irgendwo im Haus einen Hinweis auf das Geheimnis ihrer Tante zu finden. Sie hatte schon einen Teil der alten Schränke und Abseiten, der Truhen und Kisten durchstöbert und bislang noch nichts gefunden, was das Mysterium aufklären könnte. Sie hatte Vertäfelungen abgeklopft und nach versteckten Schubladen gesucht, bis ihr die Finger wehtaten. Es war frustrierend. Das war aber bisher für die neue Eigentümerin die einzige Enttäuschung an diesem Haus.

Geheimnisse entschlüsseln. Das war für Carla Passion – während des Studiums, bei der Arbeit mit alter Kunst, in der alten Villa und im Umgang mit Menschen. »Nicht dass ich neugierig wäre«, erklärte sie ihren Freunden. »Ich bin wirklich nicht neugierig, aber ich muss einfach alles wissen.« Sie hatte das Talent, immer in dem Augenblick hinzuschauen, wenn sie etwas nicht sehen sollte, wenn jemand etwas verbergen wollte. Wurde heimlich getuschelt, im Gedränge gestohlen, kratzte sich jemand an unaussprechlicher Stelle, rutschte einer aus – Carla sah es genau im richtigen – oder falschen – Augenblick. Sternschnuppen, vierblättrige Kleeblätter, Fehler an Kaufhauspullovern, Geldstücke auf dem Fußweg – Carla sah sie. Mit untrüglichem Gespür fragte sie die Freundin in genau dem Augenblick nach dem Gatten, wenn der sich gerade mit der Sekretärin verabschiedet hatte. Und wenn sie die Ahnung hatte, dass etwas hinter ihrem Rücken geschah, bohrte und schnüffelte sie so lange, bis sie es herausgefunden hatte. Klare Verhältnisse, nannte sie das. Die Provenienz von Bildern und die Lebensgeschichten von Künstlern faszinierten sie ebenso wie dunkle Korridore, geheime Gänge, verschlossene Türen, Keller und Bodenräume, krumme Geschäfte, Familiengeheimnisse – das waren Carlas geheime Leidenschaften. Ihr Großvater sagte: »Das ist Ermittler-Talent, das hast du von mir.« Was das Haus anging, hatte Carla die ererbte Begabung allerdings bislang keinen Erfolg beschert. Keine Spur von Tante Tatianas Liebesglück. Sie war dennoch zufrieden in der Villa, und eine Rückkehr nach Spanien war bislang kein Thema für sie.

Auch Sara fühlte sich wohl. Sie hatte das ganze Dachgeschoss für sich mit Beschlag belegt – viel Platz für ein junges Mädchen, das meistens allein war. So wie ihre Mutter. Denn zu den beiden Spanierinnen, wie man sie im Ort nannte, kam niemand zu Besuch. Auch nach einem Jahr nicht. Zu mehr als einem freundlich-herablassenden Gruß im Supermarkt reichte das nachbarschaftliche Entgegenkommen nicht. Die Dörfler konnten die Damen Moreno nicht einordnen. Und so blieben sie auf Distanz.

Carla war das ganz recht. So konnte sie zur Ruhe kommen, musste keine Fragen beantworten, warum sie hier war und was sie tat. Und wie lange sie bleiben wolle. Denn das wusste sie selbst nicht. Sie sah aus dem Terrassenfenster, wie der Regen auf den Rasen klatschte. Der Wind peitschte die Wellen über den See. Im Erben-Werthern-Schloss öffnete sich auf der Gartenseite eine Tür im Seitenflügel. Ein Mann rannte über den Kiesweg und die Wiese zum Seeufer hinunter. Er beugte den Oberkörper vor, schlug die Arme vor der Brust übereinander, wiegte sich hin und her, raufte sich die Haare, er schwankte und schrie. Das war Eberhardt von Erben. Carla konnte ihn auch über die Entfernung und in der düsteren Gewitterstimmung deutlich erkennen. Aber was er schrie, das konnte sie natürlich über die Distanz nicht hören. Ihre Neugier war geweckt. Sie sah genau hin. Hatte er sich verletzt? Oder gab es Krach mit der hysterischen Gattin oder der herrischen Mutter? Das wäre sicher ärgerlich, aber warum schüttelte der Mann sich dann in solcher Verzweiflung? Da war sie wieder, die geheime Leidenschaft, jetzt zu erforschen, was sich dort abspielte. Da ging es ihr nicht anders als Meta Diederichsen. Aber im Gegensatz zu dieser sprach Carla nicht über ihre Erkenntnisse, die sie völlig wertfrei als Informationen betrachtete. Das Wissen allein genügte ihr. Klare Verhältnisse.

Carla spülte das letzte Stück Käse mit einem Schluck Tee herunter und wandte sich vom Fenster ab. Sara saß im Sessel und las. »Ich gehe noch ein bisschen arbeiten«, sagte Carla, durchquerte die Diele und ging in den Wintergarten, den sie sich als Atelier eingerichtet hatte. Seit sie auf Mallorca wieder zu malen begonnen hatte, war das Hobby inzwischen ein einträgliches Geschäft geworden. Carlas Spielereien mit historischen Stilen und aktuellen Impressionen kamen bei den Käufern gut an. Dass die Kritiker ihr Eklektizismus attestierten, kümmerte sie wenig, wenn sie ihre Schecks bei der Bank einreichte. Lieber wohlhabend und erfolgreich als arm und genial, meinte sie. Sie wusste, dass sie zur Kunstgeschichte keinen neuen, prägenden

Stil beitrug. Aber ihre Bilder waren durchaus ansprechend. Und gut bezahlt.

Sie nahm den Skizzenblock und ein Stück Kohle und begann zu zeichnen – wieso fiel ihr jetzt der Graf ein? Ein paar schnelle Striche – das war ein trauernder Mann. Wie in der griechischen Tragödie. Daneben Dorothea von Erben mit dichtem, dunkelrotem Haar und großen, schwermütigen Augen, ein Frauentyp, wie ihn die Präraffaeliten liebten, wie ihn Dante Gabriel Rosetti malte. Und Gräfin Friederike, die Arrogante, in ihrer Herrenkostüm-Uniform, mit der unnatürlich aus der Tube gebräunten Haut und dem Hauch von Damenbart auf der Oberlippe. Carla fand, dass sie wie eine BDM-Führerin aussah.

6.

Legere Lederjacke oder ländlicher Tweed? Thomas Berner konnte sich nicht entscheiden. Was passte denn nun besser für den Anlass? »Du bist so oder so schön genug«, sagte sein Freund Ingo Hetkämper und legte ihm den Arm um die Schulter. »Du fährst zum Arbeiten nach Langenbek, wenn ich dich daran erinnern darf – ich würde übrigens die Lederjacke nehmen.« Thomas Berner folgte dem Rat seines Freundes, der in Sachen Mode ein untrügliches Gespür hatte. Ingo betrieb eine Boutique in Westerland auf Sylt. Ein erfolgreiches Geschäft, weil sein Freund und Lebensgefährte ein Händchen für Mode hatte. Die beiden Männer lebten Tür an Tür in zwei nebeneinander liegenden Wohnungen in schönster Lage von Westerland. Offiziell waren sie gute Freunde, alte Schulkameraden. Tatsächlich waren sie seit Jahren ein Paar, hatten aber keine Lust, sich zu rechtfertigen oder Erklärungen abzugeben, auch wenn andere schwule Paare längst heirateten. Erstaunlicherweise war ihr Arrangement für die Nachbarschaft kein Thema. Zwar kultivierte der modebewusste Ingo durchaus seine weibliche Seite, Thomas dagegen war ein eher sportlicher Typ, kräftig, mit südländischem Teint und markigem Kinn. Die beiden führten eine konfliktfreie Partnerschaft.

Thomas Berner fuhr nach Langenbek, um für das »Hamburger Tageblatt« über das ländliche Konzert zu berichten, bei dem Maestro Julius Land mit der Petersburger Philharmonie auftrat. Ein gesellschaftliches und kulturelles Glanzlicht. Die Musikfreunde konnten sich auf ein anspruchsvolles Programm freuen, die Schaulustigen auf die Einladung der Südschleswiger Hypobank, sich im Festzelt an köstlichen Gratishappen zu delektieren, während die Normalbürger Leberwurst und Gurken vom Pappteller zu sich nahmen und mit Bier und Wein (aus dem Karton) herunterspülten, um dabei neugierige Blicke Richtung Promi-Ecke zu richten. Die philharmonischen Genüsse wurden in der Scheune von Langen serviert; dort hatte man den Blick von harten Bänken auf das Herrenhaus. Die Besucher waren glücklich, weil sie dabei sein durften, Graf Eberhardt war zufrieden, weil er Kasse machte. Und Thomas Berner freute sich, dass er seinen Job mit einem gemütlichen Abend bei seiner alten Schulfreundin Carla verbinden konnte, in deren Haus er stets Asyl hatte. In Langenbek und auf Mallorca.

Beim Transport mit dem Autozug über den Hindenburg-Damm sah Thomas Berner, wie sich der Himmel bezog. Auf der Fahrt quer durch Schleswig-Holstein wurde es immer dunkler. »Wir werden ein kapitales Gewitter bekommen«, dachte der Journalist. Er würde beim Herrenhaus parken, sonst würde er auf dem Weg von Carlas Haus zur Scheune pudelnass. Er rief sie an. Aber nur Sara war da. Carla war einkaufen gefahren – mit dem Rad, berichtete Sara missbilligend. »Sie wird ins Gewitter geraten.« »Genau deshalb kann ich erst nach dem Konzert kommen«, sagte Thomas.

7.

Tilly Newman zog den Kamm durch die blond gesträhnten Locken und prüfte das Ergebnis im Spiegel. »Wie eine 18-Jährige«, diagnostizierte sie zufrieden und fuhr sich mit den Händen über die schmalen Hüften. Das Chanel-Kostüm mit den Perlenknöpfen saß knapp. Das Make-up war perfekt und im aktuellen Stil gehalten – Pastelltöne. Das Gesicht – makellos glatt und faltenfrei. Ein Meisterstück ihres argentinischen Leibchirurgen Adolfo da Selva. Nur die Hände und die Falten am Hals verrieten, dass Tilly Newman exakt 75 Jahre alt war, genauso alt wie ihre Schulfreundin Friederike Elisabeth Hallier, mit der sie das Zimmer auf dem Internat Elisenhöhe in der Nähe von Flensburg geteilt hatte. »Friederike, die Schlange«, dachte sie bitter. Sie würde sie sich jetzt noch einmal aus der Nähe betrachten. Wenn sie Glück hatte. Und wenn Friederike teilnahm an der Veranstaltung auf Gut Langen, was Tilly inständig hoffte, denn sie hatte noch vor zwei Tagen eine Notiz in einem Gesellschaftsblatt über Friederikes Engagement auf Langen gelesen, dann würde sie ihr blaues Wunder erleben. Tilly wollte sich zunächst alles in Ruhe ansehen. Niemand würde sie erkennen nach über 50 Jahren und zwei Faceliftings, genau genommen zweieinhalb. Niemand würde auf die Idee kommen, dass die betuchte amerikanische Lady Tilly Newman, die in einem Luxushotel an der Flensburger Förde abgestiegen war und das Konzert auf Gut Langen besuchte, in den 50er Jahren Nathalie Voigt geheißen hatte und im Rahmen einer unbefriedigenden Liaison mit dem Elektriker Kurt Neumann in die Vereinigten Staaten ausgewandert war. Kurt, der Fleißige, der Geschickte, brachte es dann in Milwaukee zu einer Fabrik für Küchenmaschinen und zu zahlreichen Dollarmillionen, die er ihr entgegenkommenderweise nach drei Herzinfarkten und seinem frühen Tod hinterlassen hatte. In den Vereinigten Staaten wurde aus Nathalie Voigt-Neumann im Zuge des wachsenden Wohlstandes Tilly Newman, die Kurts Küchenmaschinen-Produktion verkauft hatte und sich mit dem Geld ein schönes Leben machte.

Aber glücklich war sie nicht. Denn trotz eines friedlichen Zusammenlebens mit Kurt und seinen Küchenmaschinen, trotz der zunehmenden Kontostände hatte Tilly niemals ihre große Liebe vergessen und immer Heimweh nach Schleswig-Holstein gehabt, wo ihr Leben, wie sie glaubte, glanzvoller verlaufen wäre und vor allem viel zufriedener, wenn sie den Mann ihrer Träume geheiratet hätte. Sie war überzeugt, dass genau er der Richtige für sie gewesen wäre. Aber der hatte ja eine andere genommen.

Jetzt war sie zurückgekommen, um sich vielleicht ein Landhaus zu kaufen und die Bewunderung für ihren Reichtum und die Ergebenheit, die sie in Amerika vermisst hatte, zu genießen – und ihre Rechnung mit Friederike zu begleichen. Danach, da war sie ganz sicher, würde Johannes von Erben-Werthern ihr gehören. »Let's go, Darling«, sagte sie zu ihrem Spiegelbild, griff zum Chaneltäschchen, schlüpfte in die Chanel-Ballerinas mit den Lackkappen, löschte das Licht im Hotelzimmer, das aussah wie die Auslage einer Nobelboutique, und ging in die Halle hinunter. Vor dem Hoteleingang wartete bereits der Wagen, ein mächtiger Benz. »Nach Gut Langen«, wies sie den Fahrer an. Das Wörtchen »bitte« ersparte sie sich. Die Knappheit hielt sie für ein Zeichen von Souveränität. »Wir werden ein Gewitter bekommen«, stellte der Fahrer fest. Tilly antwortete nicht und dachte an Friederike.

8.

In der Küche von Gut Langen strich Helga Seebacher Brote. Leberwurst aus dem Supermarkt wurde hier auf echtes Bauernbrot aus der Tüte geschmiert, wegen des Herstellungsorts zur Gutsherrenart geadelt und auf Papptellern mit einer Gurke und einem Petersilienblatt für vier Euro den Konzertgästen als Spezialität des Hauses angeboten. Die konnten sich nicht satt essen an den Delikatessen aus der Grafenküche und den anderen Spezialitäten wie Schmalzbrot, das genauso wenig die Hand der Gutsherrin je gespürt hatte, sondern, wie Leberwurst und Bauernbrot, aus dem Regal eines Discounters in Flensburg oder Kappeln kam, je nachdem, wo gerade eingekauft wurde. Die Gäste, die sich daheim zum Teil vielleicht genau dieselben Produkte auf die Stulle strichen, waren in der Herrenhauskulisse überzeugt, dass man aus jedem Bissen das gute Land herausschmeckte. Und Helga musste zum Erfolg des Gutes beitragen, obwohl sie ein Vermögen dafür gegeben hätte, die von Erbens nicht mehr sehen zu müssen.

Aber sie brauchte den Job in der Küche: Langenbek lag auf dem platten Land etliche Kilometer von der Küste entfernt. Arbeitsplätze waren rar. Helgas Mann Hannes hatte seine Arbeit auf dem Bau verloren. Er kümmerte sich jetzt daheim in dem winzigen Haus auf dem Gutsgelände um den dreijährigen Holger, ihr Enkelkind, den Sohn ihrer einzigen Tochter Karola. Auch sie hatte auf dem Gut geholfen und war dabei leider Heinrich von Erben unter die Augen gekommen, dem smarten zweiten Sohn des alten Grafen, dem Liebling der Gräfin, der seinen Lebensunterhalt mit »Geschäften« bestritt. Im Klartext: Er makelte ein wenig mit Immobilien, zockte aber auch an der Börse und lebte häufiger, als ihm lieb war, auf Kredit. Zuweilen zog sich Heinrich aufs Gut zurück – weil er sich in Hamburg, wo er seine Wohnung hatte, bei seinen Gläubigern nicht sehen lassen konnte, argwöhnten die Dörfler. Bei einer dieser Fluchten war leider Karola seinem Charme erlegen. Denn Heinrich war ein smarter Typ, der gern Schauspieler geworden wäre, aber als er sich an geeigneten Schulen bewarb, wies man ihn ab – zu übertrieben, zu aufgesetzt, sagten die Lehrer. Bei jungen Damen wie Karola kamen seine Allüren gut an. »Er hat mir die Ehe versprochen«, beteuerte das Mädchen weinend, als es seinen Eltern gestand, schwanger zu sein. Da war Heinrich schon wieder nach Hamburg verschwunden. Und die alte Gräfin erklärte knapp, als ihr das Problem vorgetragen wurde, sie sei lediglich bereit, einen kurzen Klinikaufenthalt zur Abtreibung zu finanzieren. Ansonsten könne die Familie Seebacher ja versuchen, die von Erbens auf Unterhalt zu verklagen. Sie würde dann deren Tochter als Flittchen hinstellen und im Übrigen allen zusammen kündigen. Karola war verzweifelt, enttäuscht und sie schämte sich vor den Dörflern. Sie ließ das Kind bei ihren Eltern und suchte sich einen Job in München. Sie kam hin und wieder kurz zu Besuch, meist bei Nacht und Nebel, rief regelmäßig an, fragte nach ihrem Kind, sagte, dass es ihr gut gehe. Die Seebachers machten sich trotzdem Sorgen, wollten aber nicht darüber reden. Das Thema Karola war bei ihnen tabu. »Die alte Gräfin wird eines Tages die Quittung für ihr Handeln bekommen«, dachte Helga, die genau wusste, dass sie im Recht waren und auch Recht bekommen würden – aber um welchen Preis; sie strich mit Zorn die Wurst über die Brote und hackte gewalttätig eine Gurke in Scheiben.

9.

Karola Seebacher hatte tatsächlich München längst wieder verlassen. Sie lebte inzwischen nur ein paar Kilometer vom Herrenhaus entfernt in einem Blockhaus am Waldrand, in einer außerordentlich pikanten Situation. Bei ihr war der alte Graf Johannes von Erben, der zufrieden auf die junge Frau in seinem Arm sah. Schön war sie nicht, die Exfreundin seines Sohnes Heinrich, die ihn bereits zum Großvater gemacht hatte. Aber sie war liebenswürdig, fraulich und anhänglich und hatte einen praktischen Hausverstand, der ihm gefiel. Sie war ein bisschen mollig, seit sie das Kind bekommen hatte, dabei trotz der schmerzlichen Erfahrungen, die sie mit seiner Familie gemacht hatte, nicht verbittert, sondern fröhlich und offen für Gefühle und Zuwendungen. Johannes von Erben lächelte, als er über die Situation nachdachte, in der er sich befand, auch wenn ihn ein wenig das Gewissen drückte: Seine Frau hatte Karola aus dem Haus gejagt, sein Sohn hatte sich aus dem Staub gemacht, das Kind verleugnet und jetzt lebte die Beinahe-Schwiegertochter in seinem Jagdhaus. Wenn das öffentlich bekannt würde, dachte er, würde das für reichlich Gesprächsstoff sorgen.

Doch es hatte sich wie von selbst ergeben. Der alte Herr auf Langen hatte die junge Frau getroffen, als sie heimlich ihr Kind besuchen wollte. Er hatte ihr Unterstützung und Hilfe angeboten und nicht im Traum erwartet, dass daraus eine Beziehung mit einem Altersunterschied von mehr als 40 Jahren werden würde. Er hatte sie getröstet, väterlich in den Arm genommen, und ehe er sich versah, war daraus eine pikante Verbindung geworden: Und jetzt war die Exfreundin seines Sohnes, die Mutter seines Enkelkindes seine Geliebte. Die Fakten hatten ihn grübeln lassen. War das Motiv ein Affront gegen seine Frau? Oder gegen seinen Sohn? Inzwischen hatte er das Mädchen lieb gewonnen. Es hatte in ihm längst vergessene Gefühle geweckt – Verantwortungsbewusstsein, Zuwendung. Er versorgte sie gut. Er kam, sooft er konnte. Sie ließ sich in ihrem alten Zuhause so selten sehen, dass alle glaubten, dass sie noch immer in Süddeutschland sei. Seine Laune stieg. Karolas Gesellschaft machte ihn gegen die Bosheiten seiner Gattin immun. Er fühlte sich wohl. Und das Schönste war: Friederike wusste nicht, wie angenehm und mit wem er seine Zeit verbrachte. Auch für Karola war die Affäre mit dem um so vieles älteren Mann anfangs nur eine Sache der Vergeltung gewesen, Genugtuung für die Demütigung durch die Gräfin und durch Heinrich. Jetzt genoss sie das Gefühl, versorgt zu sein. Und sie hatte sich an den alten Herrn mit seinen antiquierten Manieren und seiner gezierten Courtoisie gewöhnt. Sie mochte ihn. Bislang dachte keiner von beiden darüber nach, wie es mit dem Idyll im Wald weitergehen sollte. Aber er hatte versprochen, sie für den Fall seines Todes sicherzustellen und auch für das Kind zu sorgen. Ihm war es ein Anliegen. Sie war mit dem Arrangement zufrieden. Es ging ihr am Ende besser, als sie es sich je erträumt hatte.

Johannes von Erben sah aus dem Fenster. Ein Gewitter zog auf. Friederike würde sich giften, weil sie beim Konzert heute Nachmittag wahrscheinlich weniger Leberwurstbrote verkaufte als sonst. Er kicherte. »Mach uns einen Tee, Liebes; ich bleibe heute hier. Es wird mich auf dem Gut niemand vermissen.« Karola küsste ihn auf die Wange und sprang auf. »Wie schön«, sagte sie und strahlte. Und in diesem Moment dachte Johannes von Erben zum ersten Mal über seine Gemeinschaft mit Friederike nach. Ein Jammer, dass sie mit ihren 75 Jahren so gesund war. Er erschrak über seine Gedanken.

10.

Dorothea von Erben eilte in den Gartensalon. Nur ein winziges Likörchen wollte sie sich gönnen, bevor sie mit ihrer Schwiegermutter hinüber in die Scheune zum Konzert gehen musste. Sie hasste diese Auftritte. Der Alkohol würde ihre Nerven beruhigen. Im großen Treppenhaus war kein Mensch zu sehen. Wenn sie schnell machte und das Glas gleich wieder auswischte, würde niemand etwas merken von ihrem Ausflug an die Bar. Auch der Salon war leer. Der Regen schlug an die Fenster. Über dem See donnerte es. Dorothea eilte zu dem drechselbeinigen Tischchen mit den Kristallkaraffen und den Flaschen. Die junge Gräfin näherte sich vorsichtig. Sie wollte sich nicht ertappen lassen. Franzius, der Butler der Familie, war wie eine schleichende Katze und sah alles. Sie vergewisserte sich – niemand war zu sehen und zu hören. Aber halt, da lag ja jemand auf dem Boden. Ein Mädchen. Eine von den Haushaltshilfen? War sie in Ohnmacht gefallen? »Vielleicht ja schwanger«, dachte sie und kicherte. Sie tippte der jungen Frau auf die Schulter. Annika fiel zur Seite und starrte Dorothea aus weit aufgerissenen Augen an. Die junge Gräfin öffnete den Mund, brachte aber keinen Ton heraus. Die Schrecksekunde klärte ihre oft sprunghaften Gedankengänge. Die Panik war schnell vorüber. Kühl betrachtete sie die Tote. »Das ist doch das Mädchen, mit dem sich Eberhardt seit Wochen trifft«, dachte sie und fasste nach Annikas Hand. Noch warm, aber kein Pulsschlag. Tot ist tot. »Pech gehabt, Eberhardt«, sagte sie leise. Was für ein Glücksfall. Sie sah sich noch einmal vorsichtig um. Der Tod des Mädchens löste alle ihre Probleme. Sie müsste sich nun um ihren Verbleib auf dem Gut keine Sorgen machen. Der Gatte könnte sich ja eine andere Bettgenossin suchen; das war ihr herzlich gleichgültig. Aber die Schwiegermutter würde der

Schlag treffen, weil in ihrem Salon eine Leiche lag. Das war genau die Art von Schlagzeile, die sie sich nicht wünschte. »Die Geschichte ist besser als jeder alte Cognac«, dachte Dorothea und summte die Melodie von Chopins »Marche funèbre«. Sie schaute sich noch einmal vorsichtig um und verließ leise und schnell das Zimmer. Sie brauchte jetzt keinen Likör mehr, um in Hochstimmung zu gelangen. In Sekunden war sie über den Flur, durch die Halle und die Treppen hinauf in ihr Zimmer verschwunden, als sei nichts geschehen.

11.

Eberhardt von Erben holte tief Luft, als er die Tür zum Salon seiner Mutter hinter sich zuschlug. Sein Herz klopfte, ihm war schlecht. Sie hatte ihn abgekanzelt wie damals, als er im Internat um seine Versetzung zittern musste. Eberhardt von Erben gab sich lässig, konnte aber seine Unsicherheit nicht verbergen. Eine ausgeprägte Entschlusskraft hatte er lediglich in der Leitung des Gutes entwickelt. Er besaß Geschäftssinn und ein sicheres Gespür für Chancen. Dabei ließ er auch nicht mit sich diskutieren. Sogar seine Mutter hatte keinen Erfolg, wenn sie sich in die Gutsbelange einzumischen versuchte. Trotz allem war er ein Schwächling, wie seine beiden Brüder auch. Alle drei hatten sich niemals gegen die Mutter durchsetzen können. Sie standen auch im Erwachsenenalter noch unter der Knute der Gräfin und ließen sich durch die Ohnmachten und Herzanfälle manipulieren, die Friederike als letztes Machtmittel einsetzte und von denen im Grunde jeder wusste, dass sie nur inszeniert waren. Aber sie wirkten. Keiner von ihnen hatte ein Mittel dagegen gefunden. Auch der alte Graf hatte schon vor Jahrzehnten vor den Machtspielchen seiner Gattin kapituliert. Aber er ließ sich im Gegensatz zu seinen Söhnen nicht einschüchtern, sondern übte sich erfolgreich in der Taktik des unauffälligen Rückzuges, nachdem er erkannt hatte, dass Konfrontationen nichts außer weiteren Herzanfällen und ärgerlichen Auseinandersetzungen einbrachten, die nichts an den von Friederike von Erben geschaffenen Tatsachen änderten. Diskutieren brachte nichts. Einsicht war bei der Gräfin genetisch nicht angelegt. So blieb nur die Kapitulation oder, wie es der alte Graf praktizierte, Ignoranz. Lediglich Heinrich von Erben hatte für sich als Lieblingssohn bei seiner Mutter größere Freiheiten herausgeschlagen. Die Gräfin gewährte ihm sogar Zugriff auf ihre Börse. Und das war häufiger nötig. Dietrich, der jüngste der Brüder und Architekt, hatte als Einziger die dauerhafte Flucht angetreten. Er konnte angeblich nur in München Arbeit finden, ließ sich nur noch selten auf Langen sehen und war vielleicht deshalb das einzige der vier Kinder, das es zu einer intakten, glücklichen Partnerschaft gebracht hatte. Schwester Katharina schließlich vergnügte sich seit Jahren im Jetset und meldete sich nur, wenn sie Geld brauchte. Ansonsten hüllte sie ihren schönen Körper auf Empfängen zwischen St. Moritz und Monte Carlo in Zobelmäntel und Hermelincapes aus der Kollektion ihres ältlichen Gatten. Immerhin: Auch sie war frei von der Diktatur der Mutter.

Eberhardt, der Älteste, war der Gutserbe und hatte wegen der Fahnenflucht seines Vaters die Geschäfte lange vor der Zeit übernommen. Der Preis, den er dafür zahlte, war das Joch seiner Mutter. Er hatte als Einziger nicht die kleinste Freiheit. Friederike hatte ihm Dorothea als geeignete Gattin zugelost, die adelig, wohlhabend, dünn und labil war. Sie bereicherte sein Leben zwar mit einem bildschönen Anblick und einer kapitalen Mitgift, pflegte aber ihre Allüren und lieferte Szenen, verschliss zahllose Psychotherapeuten und kannte die besten Kurkliniken für Seelenstress und Tablettenprobleme aus dem Effeff. Wie sie es fertigbrachte, dabei mit ihren 42 Jahren noch immer glamourös auszusehen, war ihm ein Rätsel.

Seine Tochter Margarethe hatte von den Anlagen ihrer Mutter gar nichts geerbt. Nicht die Schönheit, aber auch nicht den komplizierten Charakter. Margarethe war ein eher unscheinbares, vernünftiges Mädchen, das den Zustand der eigenen Familie und Qualitäten ihrer einzelnen Mitglieder kühl analysierte. Und wenn man sie fragte: »Was willst du später werden?«, dann antwortete sie knapp: »Anders und unabhängig.«

Unabhängig – das dachte auch Eberhardt von Erben, als er die Treppe, immer drei und drei Stufen auf einmal, hinuntersprang. Er riss die Tür zum Gartensalon auf und rief: »Annika, komm, wir gehen.« Er sah sich um. Das Mädchen war nicht da. Er durchquerte den Raum. Da lag sie. »Annika!« Eberhardt von Erben stürzte auf die Knie und packte sie. »Was ist mit dir?« Sie starrte ihn aus offenen Augen an. Er nahm ihre Hand. Sie war warm. Er schüttelte das Mädchen. Aber Annika rührte sich nicht. Neben ihr auf dem Teppich lag ein Glas. Darin noch ein paar Tropfen roter Flüssigkeit. Es sah aus wie Portwein. Er stellte das Glas erst ordentlich auf den Tisch und besann sich dann. Er schnupperte an der Flüssigkeit. Portwein und ein stechender Geruch. Annika! Er sah, dass sie tot war. Und im selben Moment wurde ihm klar, dass in dem Glas Gift gewesen war. Der stechende Geruch: »Das war die Alte!«, schrie er. »Sie hat's getan!« Er riss die Fenstertür zur Terrasse auf und stürzte über den Rasen hinaus zum See. Er starrte aufs Wasser, fiel auf die Knie, griff in seine Haare, bis es schmerzte und schrie immer wieder: »Das war sie, sie ist schuld.«

Auf der Eingangsseite des Schlosses rollten derweil die Wagen der Konzertgäste vor.

Und auf der anderen Seite des Sees griff Carla Moreno in ihrem Atelier zum Kohlestift, sie beobachtete den klagenden Eberhardt von Erben und zeichnete versonnen an ihrem Bild von der griechischen Tragödie.

Zur gleichen Zeit hatte Anatol Abel seine Arbeit für diesen Sonnabend beendet und verschloss das Manuskript in seinem Sekretär.

Im Jagdhaus goss Karola Seebacher Johannes von Erben einen Becher Tee ein und reichte ihm den Zucker.

Meta Diederichsen zog sich die Kapuze über den Kopf, als sie auf ihrem Weg über den Trampelpfad am See Eberhardt von Erben schreien hörte.

Thomas Berner klappte die Tür seines BMW zu und rannte über den Hof in die Scheune von Langen. Dabei stieß er mit

Tilly Newman zusammen: »Pardon«, sagte er. Sie antwortete: »No matter.« Und er sah sie irritiert an.

Gastwirt Klaus Möller stellte eilig die letzten Stühle auf seiner Terrasse zusammen, denn an diesem Tag würde niemand mehr zum Seewirt kommen.

Und in Flensburg schloss der Kriminalhauptkommissar Stefan Kleyn sein Notebook. »Wochenende«, sagte er und atmete tief durch. Der letzte Bericht war fertig. Er wollte einmal richtig ausschlafen.

12.

In der Scheune von Langen scharrten die Konzertgäste ungeduldig mit den Füßen. Die Petersburger Philharmoniker waren da. Der Starpianist Wjatscheslaw Jakowlew ging mit gestochenen Schritten auf dem Podium auf und ab und massierte sich affektiert die Schläfen, und der Dirigent und Intendant des Ländlichen Musikfests, Julius Land, zerrte nervös an seinen Manschetten. Alle warteten auf Eberhardt von Erben oder seine Mutter Friederike, die traditionsgemäß die Gäste der Veranstaltung begrüßen sollten. Aber niemand kam. Die Zuschauer wurden zunehmend unruhig und tuschelten. Kaum vorstellbar, dass die Gastgeber wegen des Regens den Weg vom Gutshaus zur Scheune scheuten, denn sonst begannen die Konzerte immer pünktlich. Waren die sich etwa zu fein, nasse Füße zu riskieren? Die Besucher tuschelten. Dominik Robert, der Sekretär des Grafen, schaute auf die Uhr und blickte noch einmal in den Saal – niemand da vom Gut. Er griff nach einem Schirm an der Garderobe und lief hinüber zum Portal des Herrenhauses. »Haben Sie den Grafen gesehen?«, fragte er den Butler Franzius. Und in diesem Moment fiel ihm das erste Mal seit Jahren auf, dass er nicht einmal Franzius' Vornamen kannte. »Ich dachte, der sei schon nach drüben in die Scheune gegangen«, sagte der Butler. »Ich glaube, er ist im Gartensalon«, rief Rosa, eines der Küchenmädchen, dazwischen.

Robert durchquerte die Diele, schaute, wie gewohnt, zu einem abgeschabten Elchkopf an der Wand des Treppenhauses hinauf und sagte leise: »Hallo, alter Junge.« Er erreichte den Gartensalon. Die Tür war nur angelehnt. Robert klopfte dennoch: »Herr Graf?« Keine Antwort. Noch einmal klopfen. »Herr von Erben?« Robert schob langsam die Tür auf. Niemand da. Aber die Terrassentür stand offen, die Vorhänge wehten in den Raum, und der Regen schlug herein bis hinüber auf das Tischchen mit den Getränken. Schnell durchquerte der Sekretär das Zimmer, um die Tür zu schließen. »Welcher Schwachkopf hat die offen gelassen?«, dachte er noch. Da sah er draußen am See den Grafen stehen und wäre dabei fast gestolpert: Am Boden vor ihm lag Annika. Sie starrte ihn aus aufgerissenen Augen an. Er musste das Mädchen nicht einmal berühren, um festzustellen, dass es tot war.

Der Sekretär zögerte nicht. Er zog sein Telefon aus der Tasche und wählte. »Hallo, hier ist Dominik Robert von Gut Langen. Bitte, Herr Wachtmeister«, und nach einer kurzen Pause: »Bitte, Herr Metelmann, kommen Sie sofort. Es ist etwas Schreckliches geschehen. Eine Tote liegt hier im Salon. Es ist die Tochter vom Tankwart.«

Robert beendete das Gespräch grußlos. Er ging in den Regen hinaus über die Terrasse zum See. Er legte von Erben den Arm um die Schulter. »Sie ist an allem schuld«, flüsterte der Graf. »Sie ist an allem schuld.« Aber er ließ sich von seinem Sekretär ins Haus führen. Der brachte ihn in den Frühstücksraum und drückte ihn in einen Sessel. Von Erben war durchnässt. Er reagierte schleppend, als stünde er unter Drogen. Er schien gar nicht zu merken, was mit ihm geschah. Robert ging zurück in den Gartensalon und holte einen Cognac. »Trinken Sie«, befahl er dem Grafen, »das wird Ihnen helfen.« Der nahm das Glas und trank. »Sie hat auch getrunken. Sie hat etwas getrunken, was sie umbrachte. Und ich weiß genau, wer es ihr ins Glas getan hat«, sagte er.

Franzius und Rosa schauten zur Tür herein. Der Lärm hatte sie in Marsch gesetzt. »Was ist los?«, fragte der Butler. »Was ist das für ein Spektakel?«, schreckte nur eine Sekunde später die scharfe Stimme der Gräfin Robert auf. »Eine Tote liegt im Gartensalon«, sagte der kühl. »Nicht in meinem Haus«, gab die Gräfin spitz zurück. »Zu spät, das zu verhindern, gnädige

Frau«, konterte der Sekretär. »Mäßigen Sie Ihren Ton«, fauchte die alte Dame. Aber Robert ließ sich nicht einschüchtern. Er schilderte scheinbar emotionslos, was geschehen war und was er unternommen hatte. Die Gräfin zischte etwas von Eigenmächtigkeit, schwieg dann aber, weil sie merkte, dass sie gegen den gleichmütig wirkenden jungen Mann nichts ausrichten konnte, vielleicht aber auch, weil unterdessen Blaulicht über den Hof flackerte.

Eine knappe Minute später betrat Polizeimeister Hubert Metelmann den Frühstückssalon. Er hatte es nicht weit von seinem Polizeiposten im Dorf. »Dominik Robert?«, fragte er knapp. »Ich bin hier«, antwortete der Sekretär. »Kommen Sie mit.« Noch einmal mischte sich die Gräfin ein, weil der Sekretär sich als Hausherr gerierte, und sie versuchte noch einmal, eine Debatte über Zuständigkeiten zu beginnen. Aber Robert ließ sie abblitzen. »Verehrte gnädige Frau«, sagte er süffisant, »hier sind ein paar Dinge zu erledigen. Und ich gedenke, sie zu erledigen.« Er nahm den Dorfpolizisten beim Ellenbogen und führte ihn in den Gartensalon. Er schilderte Metelmann die Lage, so wie er sie vorgefunden hatte, von der Entdeckung der Toten bis zum Zusammenbruch des Grafen. Metelmann wusste vom Dorfklatsch von der Affäre des Grafen mit Annika, dass diese im Herrenhaus empfangen wurde, überraschte ihn doch. Denn er kannte die distanzierte Haltung der alten Gräfin den Dörflern gegenüber. Ob das der Grund für einen Mord war? Metelmann schob die Mütze in die Stirn und kratzte sich am Nacken. Eine Tote, einen Mord – das hatte er in seiner ganzen Laufbahn noch nicht erlebt. Jetzt nur keine Fehler machen, dachte er und sagte: »Alle verlassen den Raum. Sie, Robert, sind mir verantwortlich, dass niemand hereinkommt und etwas anrührt.« Und dann wählte er die Telefonnummer der Bezirkskriminalinspektion in Flensburg und ließ sich mit dem zuständigen Kommissariat verbinden.

Die Gräfin hatte sich von der Schlappe gegen Dominik Robert inzwischen erholt. Sie streckte den Rücken. »Jemand muss die Gäste begrüßen. Hat schon jemand die Gäste begrüßt?« Butler Franzius schluckte. »Sie wollen doch nicht ernsthaft das Konzert stattfinden lassen?« »Ich sehe keinen Grund, warum es nicht stattfinden sollte. Im Gegenteil. Welches Interesse sollten die Konzertbesucher an einer toten Tankwartstochter haben. Außerdem – Gut Langen braucht die Einnahmen. Ich gehe jetzt hinüber.«

Grußlos verließ Friederike von Erben den Raum. Mit langen, gestochenen Schritten stolzierte sie, in der Haltung eines Generals, durch die Halle, sah kurz in den venezianischen Spiegel am Treppenaufgang und war mit ihrer Erscheinung zufrieden: Jedes Löckchen ihrer nussbraun gefärbten Haare saß an seinem Platz. Das graue, militärisch strenge Schneiderkostüm gab ihr tatsächlich eine feldherrenmäßige Ausstrahlung. Nur die zierliche, mit Brillantsplittern besetzte Rosenbrosche in Goldemail am Revers, ein Erbstück aus der Zeit des Jugendstils, setzte einen milden Akzent. Die Gräfin schritt die Freitreppe hinunter, ging aufrecht, unbeeindruckt vom Wetter, über den Hof zur Scheune, stöckelte zum Podium und stellte sich ans Mikrofon. »Meine Damen und Herren, als Hausherrin möchte ich Sie heute Nachmittag ganz herzlich auf Gut Langen begrüßen. Ich bitte um Pardon, dass wir Sie auf die Musik warten ließen. Leider hat ein kleines Missgeschick im Hause Ihr Vergnügen verzögert. Jetzt ist es so weit – der Maestro Julius Land und die Virtuosen sind bereit. Ich wünsche Ihnen einen genussreichen Nachmittag. Und bleiben Sie auch nach dem Konzert unsere Gäste und erfreuen Sie sich an den ländlichen, gastronomischen Köstlichkeiten von Gut Langen.«

Die Gräfin verließ das Podium. Jakowlew setzte sich an den Flügel, Land hob den Taktstock. Aber bevor die Geiger in der ersten Reihe noch den ersten Ton gestrichen hatten, heulten

Motoren im Hof auf und Martinshörner jaulten. Zwei Sekunden hatten die Konzertgäste die Vision eines atonalen Musikspektakels, dann begriffen sie – ein Unglück musste geschehen sein. Feuer? Krankheit? Ein Unfall? Sie sprangen auf und drängten hinaus in den Hof, aufgeregt, ängstlich, neugierig. Regen durchweichte echte und falsche Chanel-Kostüme, fraß hässliche Ränder in weiche Pumps, ruinierte kunstvolle Frisuren der Hamburger Starfriseure Susanne Schultz und ihres Konkurrenten Richard Schmidt. Die Gewitter-Opfer störte das nicht. Ein Drama? Ein Skandal? Das war doch viel besser als das soundsovielte Konzert auf dem Land. Das war klasse und gab Gesprächsstoff für zahlreiche Partys. An Mord dachte niemand.

13.

Carla Moreno war derweil immer wieder zum Fenster gegangen und hatte durch den dichten Regen über den See geschaut. Was da auf dem Gut wohl vor sich ging? Sie spürte Unruhe, wollte wissen, was Sache war; sie stocherte im Kamin. Die Funken sprühten. Sie legte zwei Scheite nach und sagte abwesend: »Kommst du, Sara? Wir trinken unseren Tee.« Carla stand auf und wollte zum Sofa gehen. Da sah sie am See und im Gutshof das Blaulicht flackern. Polizei, Notarzt, sechs, acht Wagen. Und die Konzertgäste standen offensichtlich vor der Scheune, im strömenden Regen. »Merkwürdig«, sagte Carla in Gedanken, stellte den Teebecher auf den Kaminsims. »Sara, ich gehe noch mal nach draußen.« »Hätte mich gewundert, wenn nicht«, grinste ihre Tochter. »Kommst du?«, sagte Carla zu ihrem Hund, der sich auf dem Kaminvorleger ausgestreckt hatte, müde die Augen öffnete und die Hausherrin beleidigt ansah. Widerstrebend stand er auf, sah zum Fenster, schaute sich nochmals um. »Nimmst du ihn als Alibi mit?«, fragte Sara. Carla lächelte nur und sagte zu dem Hund: »Komm, Watson, keine Chance, Alter, ich brauche dich. Sonst kann ich mich draußen nicht sehen lassen. Die würden am Ende noch glauben, dass ich neugierig bin.« Carla zog die Gummistiefel ihrer Tochter an, weil die so schön groß waren, schlüpfte in ihre eigene Barbour-Jacke, zog die Kapuze über den Kopf und stapfte den Weg durch den Garten zum See hinunter. Watson schüttelte sich noch einmal voller Abscheu und Protest, fand sich dann aber mit dem unerwünschten Spaziergang ab. Zumal er wusste, dass in solchen Fällen sein Entgegenkommen verlässlich mit allerlei Gratifikationen in Form von Schinkenknochen oder Würstchen belohnt wurde. Dabei war der Hund schon nach hundert Metern pudelnass und verwandelte sich von einem Tier, das im trockenen Zustand wenigstens die Pflege eines besseren Haushalts ahnen ließ, in das Urbild einer Promenadenmischung: fast doggenhaft groß mit den Genen eines irischen Wolfshundes, eines Königspudels und eines Setters, mit treuen Spanielaugen, struppigen Ohren und einem Fell, das die Konsistenz und Farbe ruppiger Sackleinwand zeigte. Mit eingezogenem Schwanz und gekrümmtem Rücken trottete er hinter seiner Herrin her, ein Bild des Jammers.

Carla hatte Watson in der Werkstatt eines Töpfers auf Mallorca in der Nähe von Palma entdeckt, wo er, ein Welpe noch, aber von der Größe eines Schäferhundes, an einer kurzen Kette angebunden war, um die Kunden in Schach zu halten. Damals war sein Körper mit Schwielen übersät. Carla hatte ihn dem Töpfer für 500 Euro abgekauft, in der bitteren Gewissheit, dass ein armer Leidensgenosse seine Nachfolge antreten würde. Dennoch – sie konnte nicht alle Hunde der Insel retten. Weitere 1000 Euro hatte sie in Tierarztbesuche investiert, um Watson am Leben zu halten. Der Hund dankte ihr die Güte mit grenzenloser Anhänglichkeit und der Mutation zu einem bemerkenswert ansehnlichen Tier. Aber nur in trockenem Zustand. Wenn er nass war, sah man seine staksigen, krummen Beine und die merkwürdigen Proportionen mit dem zu kurzen Hals und dem zu kleinen Kopf.

Carla schlängelte sich durch die Büsche am Ende ihres Gartens und bog in den Trampelpfad zum See ein. Hier hatte sich Tante Tatiana einen Steg bauen lassen. Das Boot lag noch in der Garage. Sie würde es für Sara herrichten lassen. »Komm, Watson.« Carla ging weiter über den Pfad, durchs Schilf, über die Weiden zum Gut hinüber. Der Hund trottete hinterher. Wie zufällig näherte Carla sich dem Torhaus, schlenderte an der Scheune entlang, die Hände in den Taschen, die Kapuze ihrer Jacke tief ins Gesicht gezogen. Niemand beachtete sie und Watson. Da sah sie in den offenen Notarztwagen, beobachtete die Polizisten, die hin- und herliefen. Und plötzlich kam ein Mann auf sie zu. Thomas Berner. »Tom«, sagte sie und umarmte ihn kurz in seinem nassen Anzug. »Ich dachte, du wärst vielleicht wegen des Gewitters gar nicht gekommen und hättest dir lieber mit Ingo ein schönes Wochenende gemacht.« Und nach einer Pause: »Was ist hier eigentlich los?« Folgsam berichtete er vom verhinderten Start des Konzerts und vom Eintreffen der Polizei. Näheres wusste keiner der Gäste, nur dass es wohl eine Tote im Herrenhaus gegeben hatte. »Und dich hat sicher das Blaulicht in Marsch gesetzt«, lachte Thomas. Jetzt war Carla dran. Sie beschrieb, wie sie den klagenden Grafen am Seeufer gesehen hatte. Und Thomas lieferte den Rest der Geschichte – die formvollendete Rede der Gräfin zur Begrüßung der Gäste. »Und als Land den Taktstock hob, jaulten statt der Geigen die Peterwagen. Du hättest die Gesichter der Leute sehen sollen, Carla.«

In diesem Moment fuhr ein silbermetallicfarbener Dreier-BMW schwungvoll in den Hof. Die Tür flog auf. Ein Mann in Jeans und Lederjacke sprang heraus und drängte sich gebieterisch durch die Menge. Er ging auf Franzius zu und sagte: »Kleyn. Kriminalhauptkommissar Kleyn. Wo ist die Tote? Und wer hat sie gefunden?«

Der Dorfpolizist kam ihm entgegen. »Metelmann«, sagte er. »Kleyn aus Flensburg, Kleyn mit Ypsilon«, wiederholte der Kommissar. »Meine Leute vom Erkennungsdienst kommen gleich. Haben Sie den Tatort sichern lassen? Sind die Namen aller Anwesenden aufgenommen?« Er drehte sich um und sagte laut und scharf: »Niemand darf das Gut verlassen, ohne seinen Namen und seine Adresse zu hinterlassen. Metelmann, am besten sperren Sie die Straße hinter dem Parkplatz.«

Carla beobachte die Szene amüsiert. »Kleyn mit Ypsilon oder Gernegroß mit Eszett«, äffte sie den Ankömmling nach. Thomas bog sich vor Lachen. Kleyn sah zu ihr hinüber und wurde rot vor Ärger. »Wer ist das?«, fragte er Franzius. »Eine spanische Kellnerin«, antwortete statt des Butlers Gräfin Friederike von Erben, die sich ebenso strategisch forsch den Weg durch die Menge erzwungen hatte wie zuvor Kleyn. »Beachten Sie sie gar nicht.« Das war der Einsatz für Dominik Robert. »Stimmt nicht ganz«, korrigierte der junge Sekretär und lächelte süffisant. »Das ist Carla Moreno, geborene Baronin Charlotte von Roehl.« Jetzt hatte sich die Gräfin nicht mehr unter Kontrolle. Sie fuhr Robert an, dass er seine Befugnisse überschreite und sich in die Gutsangelegenheiten einmische. Und er könne sofort gehen. Ein ungeschickter Schachzug, denn jetzt hatte sie zwei Gegner: Robert, der ihr, ohne die Stimme zu erheben, mitteilte, er sei der Angestellte des jungen Grafen und nur der könne ihn entlassen, und Kleyn, der scharf klarstellte, wer wann zu gehen habe, bestimme allein er.

Friederike von Erben, deren korrekte Löckchen sich im Regen komplett aufgelöst hatten und wie Würmer neben ihren Ohren heruntergingen und mit deren durchweichtem Kostüm auch die Fassade der forschen Gutsherrin aus der Fasson zu geraten schien, war wütend über die neuerliche Niederlage gegen den aufmüpfigen Sekretär. Als ihr aber Roberts Einwurf zum Bewusstsein kam, musterte sie Carla von der Seite. Sie stellte keine Familienähnlichkeit fest zu den von Roehls. »Unsinn«, dachte sie. »Diese dahergelaufene Kellnerin ist niemals eine von Roehl.«

Butler Franzius verfolgte die Szene und lächelte schadenfroh. Dabei waren die Leiden der Gräfin noch nicht zu Ende. Ein muskulöser Kerl drängte sich vorbei an Franzius zur Gräfin. Ein Polizist? »Fred Kerner mein Name«, sagte der Mann ohne Anrede, »von ›Schleswig-Holstein aktuell‹.« Und er zückte eine Kamera, und schon blitzte es. »Wagen Sie es nicht, mich zu fotografieren, und verschwinden Sie von meinem Land. Das ist Hausfriedensbruch«, fauchte sie und eilte ins Haus. Franzius lächelte wieder und hoffte inständig, die nasse Gräfin mit den hängenden Locken auf dem Titel eines Boulevardblatts zu sehen.

14.

Tilly Newman zog gierig an einer Zigarette. Ihr Kostüm im Lady-Di-Stil war durchnässt. Die feinen Chanel-Ballerinas hatten sich auf dem schlammigen Gutshof hässlich verfärbt. »Sie hat sich nicht verändert, Friederike«, dachte sie und schnippte die Zigarettenkippe in die Pfütze. »Eiskalt, dieser Auftritt.« Und dann die Polizei im Haus – so hätte sie sich das nie zu träumen gewagt. Das gönnte sie ihr. Das würde ihren Hochmut verletzen. Ein gutes Gefühl, wenn sie daran dachte, dass Friederike hier auf Langen residiert hatte, während sie mit dem Elektromeister Neumann nach Amerika ging und in Caravans, billigen Wohnungen und abgewirtschafteten Quartieren hauste, bis ihr Mann es endlich zu Wohlstand brachte. Elisenhöhe, London, Langen, das war der Dreiklang, von dem Tilly geträumt hatte, als sie noch Nathalie Voigt hieß und eine bildhübsche Tochter aus bestem hanseatischen Kaufmannsadel war. Sie hatte gehofft, Johannes Graf von Erben würde ihr mehr Aufmerksamkeit schenken als eine Einladung zum Kaffee an der Flensburger Förde. Doch dann, als sie schon glaubte aus dem Kaffee-Stadium in die Champagner-Ebene einschwenken zu können, war Johannes plötzlich nicht mehr gekommen. Und dann war Friederike aus der Schule verschwunden. Kurz vor dem Abitur. Dass es zwischen beider Abwesenheit eine Verbindung gab, erfuhr Tilly erst ein halbes Jahr später aus der Klatschkolumne einer Illustrierten. Johannes und Friederike waren verheiratet. Die gesamte norddeutsche Gesellschaft war geladen gewesen, als die beiden in der Dorfkirche von Langenbek zum Altar schritten. Unter den Gästen war sogar ein entfernter Vetter des dänischen Königs Frederik gewesen.

Aber die beiden kannten sich doch gar nicht, wunderte sich Tilly damals. Sie war wie vor den Kopf geschlagen – aber praktisch genug veranlagt, dem Mirakel nachzugehen. Sie heuerte einen Detektiv an und gewann das Vertrauen eines Mannes, der das Vertrauen des Mannes besaß, der als bester Freund des Grafen galt. Und so erfuhr Nathalie, dass ihre beste Freundin den jungen Grafen Johannes einfach angerufen und um ein Gespräch unter vier Augen gebeten hatte. Dabei teilte sie ihm vertraulich und scheinbar besorgt mit, dass Tilly angeblich längst in festen Händen wäre und sich mit ihm nur ein paar fröhliche Stunden erlaubte. Die Story hatte sie wohl so überzeugend mit ein paar persönlichen Details gewürzt, dass Johannes darauf hereinfiel und sich praktischerweise von der Freundin trösten ließ. Mit nachhaltigem Erfolg. Jetzt ist Zeit für die Abrechnung, dachte Tilly. Sie hatte sich ihre Rache zwar anders vorgestellt, aber schon das Polizeiaufgebot auf dem Gut erfüllte sie mit Schadenfreude, auch wenn sie nicht wusste, worum es eigentlich ging, und sich wunderte, weshalb dort ausgerechnet jetzt ein Mädchen gestorben war. Ach, warum hatte es nicht Friederike getroffen? Sei's drum. Tilly war fest entschlossen, nicht nur diesen Triumph zu genießen, sondern auch ihre eigene Revanche. Sie musste einfach nur warten.

15.

Auch Anatol Abel sah von seinem Fenster in der Jagdhütte aus die flackernden Blaulichter auf Langen. Im Gegensatz zu Carla allerdings verspürte er keine Lust zu einem Spaziergang durch die nassen Wiesen. Im Gegenteil. Der alte Mann prüfte die Lade seines Sekretärs – alles verschlossen. Die Schlüssel versenkte er in einer chinesischen Deckelvase in der Diele. Vorsicht war ihm zur zweiten Natur geworden. Dann setzte er sich ins Wohnzimmer und grübelte. Was konnte passiert sein? Was tat die Polizei auf dem Gut? Hatte es etwas mit der Vergangenheit zu tun? Und wer außer ihm hatte an dieser Vergangenheit ein Interesse? Zur Sicherheit würde er sich ruhig verhalten, beobachten und irgendwann die Wahrheit ans Licht bringen, sobald er wusste, ob auch Johannes von Erben in den schäbigen Handel eingeweiht war. Und dann würde er zuschlagen. Er hatte die Ereignisse von damals in allen Details aufgeschrieben. Die Chronik eines gemeinen Betrugs.

16.

Im Gartensalon arbeiteten unterdessen die Ermittler mit kühler Routine. Die Tote war lediglich ein Objekt, das betrachtet, vermessen, untersucht, verlagert wurde. Die exquisite Umgebung nahm keiner der Akteure wahr. Niemand ließ sich vom romantischen Ausblick auf den See inspirieren, betrachtete die kostbare Landschaft von Joseph Anton Koch, und der teure Keschan war nichts als der Untergrund, auf dem ein Mordopfer lag, der potenzielle Spuren des Täters liefern konnte und deshalb penibel abgeklebt wurde. Der Arzt hatte nach drei Handgriffen festgestellt, dass das junge Mädchen seit nicht mehr als zwei Stunden tot war. Keine äußeren Anzeichen von Gewaltanwendung. Dafür – routiniertes Schnuppern am Glas – wahrscheinlich Zyanid. Genaues würde man im Labor mühelos an den wenigen Tropfen feststellen können, die noch an den Wänden des Whiskybechers hafteten. »Die Tote kann weggebracht werden.« Zwei Männer hoben das Mädchen auf, luden es in den Transportsarg, legten ihm das lange Haar auf die Brust, Deckel zu, das Ende eines Lebens nach nur 19 Jahren. Klebestreifen markierten jetzt die Lage des Körpers auf dem kostbaren Keschan im Salon des Herrenhauses. Das Glas und die dazugehörige Flasche waren schon in Plastik eingepackt. Jetzt blieben nur noch Fragen. Hatte sie allein getrunken? Hatte sie sich den Portwein selbst eingegossen? Gab es andere Gläser, die benutzt wurden? War jemand bei ihr, als sie starb? Wer hatte die Tote gefunden? Und vor allem: Wer hatte das Gift ins Glas oder in die Flasche getan? Kleyn schrieb die Fragen in einen kleinen Taschencomputer, tippte flink mit Zeige- und Mittelfinger der rechten Hand. Als Metelmann irritiert auf den Kleincomputer starrte, grinste der Kommissar ungewöhnlich locker: »Ich habe eine fürchterliche

Klaue und könnte meine Notizen sonst nie mehr lesen«, sagte er ungefragt. »Da wir nun wissen, wer die Kleine ist, muss jemand ihre Eltern informieren.« Metelmann beschrieb die Familienverhältnisse, erzählte von Hein Pedersen und Annikas Mutter. »Sie war ein genauso flatterhaftes Ding wie die Tochter und wohl ebenso abenteuerlustig.« »So genau wollte ich das gar nicht wissen«, beendete Kleyn die verbindliche Phase der Zusammenarbeit. Metelmann sah ihn irritiert an.

Der Umgang mit Mitarbeitern, Zeugen und Verdächtigen – das war sein größtes Problem. Kleyn hatte das Pech, dass er seinen Namen zu Recht trug. Er war, wenn er sich reckte, 1,70 Meter groß. In einer Zeit mit schlanken, hoch aufgeschossenen Mädchen ein Problem für einen 37-jährigen Mann. Erst vor drei Monaten hatte ihn seine Freundin Barbara verlassen. Sie hatte ihn in Schuhen um gut einen halben Kopf überragt. Barbara, die einen kleinen, aber profitablen Antiquitätenladen in Flensburg betrieb, hatte immer versichert, dass ihr die Größe eines Mannes schnurzegal sei. Und doch war Kleyns mangelndes Gardemaß letztendlich der Auslöser für die Trennung gewesen. »Du stolzierst herum wie ein Gockel«, sagte sie, wenn er sich um eine aufrechte Haltung bemühte, um den Abstand zwischen ihrer und seiner Scheitelhöhe wenigstens um einige Zentimeter zu verkürzen. Am Ende hatte sie ihm kühl die offene Hand entgegengestreckt und gefordert: »Meine Schlüssel.« Er hatte sie ihr wortlos gegeben, sich umgedreht und war weggegangen. Aufrecht.

Kleyn war trotz mangelnder Größe ein gutaussehender Mann, der auffiel – blond, mit dichtem Haar und braunen Augen. Ein sportlicher Typ, der aber wenige Freunde hatte wegen seines eckigen, oft brüsken Verhaltens. Er fand selten die richtige Gesprächsebene zwischen freundschaftlicher Lockerheit und geschäftsmäßiger Distanz. Er wusste nicht, wann er den Leuten entgegenkommen sollte und wann er sie reserviert behandeln musste. Er hatte Angst vor Nähe, weil er die Distanzlosigkeit anderer fürchtete. Außerdem war der Begriff Humor ein Fremdwort für ihn. Wenn Kleyn lachte, klang das künstlich, ein Tribut an die Situation. Alles zusammen Fakten, die Ursache dafür waren, dass der begabte Kriminalist seine Karriere in Flensburg machte und nicht, wie er immer gehofft hatte, in Hamburg, seiner Heimatstadt, um dort aufzusteigen, zum Polizeipräsidenten, vielleicht sogar zum Senator. Das wäre sein Traum. Doch an der Elbe war er zu vielen Kollegen auf den Nerv gegangen mit seiner Unverbindlichkeit und vor allem mit ebenso ungefragter wie undiplomatischer Kritik an Vorgesetzten. Er wurde in die Provinz fortgelobt. Das nagte an Kleyn, der seine Fähigkeiten so nur begrenzt einsetzen konnte.

Auch jetzt kommandierte er: Als Erstes wollte er denjenigen sprechen, der die Tote gefunden hatte, dann den Vater und bis dahin wollte er die komplette Liste der Anwesenden haben, im Herrenhaus, in der Scheune und im Hof. Und alles sofort.
»Die Leute sind noch dabei, die Namen der Konzertgäste aufzunehmen«, versuchte Metelmann sich zu rechtfertigen. »Es sind über 200 Besucher. Und manche sind ziemlich verärgert, dass wir sie in der Nässe und Kälte hierbehalten.« »Dann haben sie eben Pech gehabt. Zur falschen Zeit am falschen Ort«, bemerkte Kleyn knapp. »Also – wo ist der Mann, der die Leiche gefunden hat?«

Der Dorfpolizist ärgerte sich, sagte aber nichts. Er begleitete den Kommissar vom Ostflügel, der zum See hinüber lag, durch die große Diele, die über zwei Stockwerke hinaufreichte, an der breiten Treppe vorüber in den Westflügel des Hauses, in den Frühstückssalon. Blau war hier die vorherrschende Farbe, die dem Raum eine frische Ausstrahlung gab. Kleyn setzte sich an den Tisch und sah Metelmann an, ohne seinen Wunsch zu wiederholen. Der Dorfpolizist machte sich auf die Suche nach Dominik Robert und kam zwei Minuten später mit dem

Sekretär zurück: »Robert«, sagte der verbindlich, lächelte, zog sich einen Stuhl beiseite und setzte sich.

Das ungezwungene, selbstsichere Auftreten des Sekretärs erboste Kleyn. Da ging es dem Kommissar nicht anders als der alten Gräfin. »Ich habe Sie nicht gebeten, Platz zu nehmen«, schnappte er und bedauerte in derselben Sekunde seinen Ton. Robert lächelte. »Warum auch. Sie sind hier ja auch nicht zu Hause. Ich bin es aber. Und ich dachte, Sie benötigten vielleicht meine Hilfe.« Kleyn schluckte. Entschuldigen wollte er sich nicht. Also tat er einfach so, als sei nichts geschehen.

Unterschiedlicher konnte man sich zwei Männer nicht vorstellen als die beiden, die jetzt durch den Mord an einen Tisch gezwungen waren: Kleyn, ein sportlicher Typ und sperriger Charakter mit eckigen Umgangsformen, und Robert, der immer etwas träge wirkte, sein Gegenüber unter schweren Lidern beobachtete, undurchschaubar, einen spöttischen Zug um den Mund. Er pflegte gediegene Umgangsformen, gab sich verbindlich und war doch nicht weniger distanziert seinen Mitmenschen gegenüber als Kleyn.

»Sie haben die Tote gefunden?«, fragte der Kommissar sein Gegenüber und sah auf sein kleines Notebook. »Ja«, antwortete Robert, und er schilderte genau, wie er von der Scheune herübergekommen war, um den Grafen zu holen. Die Tür zum Salon? Angelehnt. Der Graf? Auf der Terrasse. Das Fenster stand offen. Der Wind drückte den Regen herein. Erst als er das Fenster schließen wollte, berichtete Robert präzise, habe er das tote Mädchen und dann den Grafen gesehen. Kleyn hakte nach: »Die Tote? Haben Sie sie angefasst?« »Nein, ich hatte zwar noch niemals eine Tote gesehen, aber so wie das Mädchen dalag, mit offenen Augen und starrem Blick und ohne zu atmen, hatte ich keinen Zweifel, dass es tot war. Ich hätte mich auch gar nicht getraut, es anzufassen.« »Was noch?«, fasste Kleyn nach. »Der Graf weinte. Nein, er schrie. Immer wieder.

‚Sie ist schuld.'« »Was meinte er damit?«, wollte Kleyn wissen. »Das sollten Sie ihn selber fragen. Ich möchte hier keine Spekulationen anstellen.« Robert berichtete, wie er den Grafen in den Frühstückssalon gebracht und dann die Polizei gerufen hatte.

Der Kommissar stand abrupt auf. »Metelmann«, sagte er. »Wir besuchen jetzt den Vater der Toten. Wir kommen morgen wieder hierher, wenn die Spurensicherung fertig ist.«

Kleyn griff nach seiner Jacke, verstaute Telefon und Taschencomputer, wandte kurz den Kopf um und sagte: »Metelmann.« Der folgte wie ein Hund, ohne zu murren, und dachte: »Hoffentlich ist das hier alles bald vorbei.«

Als die beiden Männer das Haus über die Freitreppe verließen, hatte sich das Wetter gebessert. Die dunklen Wolken wurden vom Westwind fortgeschoben, am Horizont klarte der Himmel auf und ließ ein Stückchen Abendrot sehen. Auch der See hatte sich beruhigt, nachdem der Gewittersturm abgezogen war.

Im Gutshof zwischen Scheune und Ställen standen noch ausgedehnte Pfützen vom Unwetter, und die letzten Gäste, die, statt philharmonische Klänge zu genießen, am Rande Zeugen eines Dramas geworden waren, zogen ab – teils verärgert wegen des entgangenen Vergnügens und auch weil sie die Unterwürfigkeit bei der Polizei vermissten, die sie wegen ihrer gesellschaftlichen Bedeutung für angemessen hielten. Andere aber ließen sich Zeit mit dem Abmarsch. Sie nutzten die Verzögerung, um sich an den Delikatessen von Gut Langen zu laben, Leberwurstbrote mit Bier herunterzuspülen, auf die Vergesslichkeit des irritierten Personals bei der Rechnung zu setzen und dabei möglichst jedes Detail der Affäre in Erfahrung zu bringen: Wie die Polizei mit Blaulicht abrückte, wie die Leiche abtransportiert wurde, dass man leider viel zu wenig sah, dass kein Blut geflossen war und wie der Kommissar die Polizisten scheuchte. Sie waren glücklich über diese Programmänderung, die ihnen viel mehr Stoff für Erzählungen bot als ein ganz normales ländliches Konzert, auch wenn der Dirigent Julius Land hieß. Aber der dirigierte ja schließlich überall. In den anderen Herrenhäusern lagen aber keine Leichen herum. Die Besucher genossen es, neben Konsul Oestmann aus Hamburg und dem Grafen Heeren mit seiner unbekannten jungen Begleitung zu stehen, die ganz bestimmt nicht seine Gattin war, gemeinsam mit der Prominenz gaben sie ihre Personalien ab. Die zickige Schauspielerin Renate Kern wollte ihr Alter nicht offenbaren, und die Journalistin Miriam Nissen, die doch angeblich mit dem Intendanten Julius Land ein Verhältnis hatte, machte sich wichtig mit ihrer Kenntnis der Prominenz. Ob sie die Scheune wohl gemeinsam mit dem Künstler verließ? Man war gespannt. Ob sich irgendjemand mit seiner Begleitung desavouierte? Die Groschenblätter würden es offenbaren, wer bei diesem Konzert mit der falschen Dame aufgekreuzt war. Und man konnte es in den nächsten Tagen genüsslich nachlesen – und daheim damit angeben, dass man dabei gewesen war.

Ein junger Beamter fragte unterdessen Carla Moreno nach Namen und Adresse. Und danach war Thomas Berner dran. »Journalist?«, forschte der Polizist nach und betrachtete ihn misstrauisch. »Ja, aber ich bin Musikkritiker, kein Polizeireporter, falls Sie das vermuten sollten. Für mich sind die Ereignisse keine glückliche Fügung, sondern ein Verdienstausfall.« »Und Sie? Was machen Sie hier? Sie sehen nicht nach Konzertbesuch aus«, wandte sich der Beamte erneut an Carla. »Ich war mit meinem Hund Gassi.« »Bei diesem Wetter?«, wunderte sich der Mann. »Wie Sie sehen, habe ich mich auf das Wetter eingestellt«, sagte Carla im Hinblick auf ihr Wachszeug. »Und mein Hund fragt nicht nach der Wettervorhersage, wenn er muss.« Eine Sekunde lang hatte Carla das Gefühl, dass Watson sie empört ansah wegen dieser Verleumdung. Immerhin hatte der Hund die Aufmerksamkeit des Beamten erregt. »Was ist denn das für eine Rasse?«, fragte der irritiert angesichts des tropfnassen und zerrauften grauen Riesen. »Mandschuren-Collie«, antwortete Carla treu. »Wir haben ihn aus China einfliegen lassen, weil die Tiere besonders kinderlieb sind und so gut wie nie wildern.« Sie bemühte sich Thomas nicht anzusehen. »Waren Sie hier mit Ihrem Bekannten verabredet?« »Nein, wir haben uns nur zufällig getroffen«, sagte sie. »Kommst du dann mit zu uns, Thomas? Du kannst dich am Kamin aufwärmen und trocknen.« »Und du kannst mich ausfragen«, fügte er leise hinzu. Und lauter: »Du glaubst nicht im Ernst, dass ich mich durch dieses Gestrüpp am See schleiche. Ich hole mein Auto und komme über die Straße.« »Deine Schuhe sind ohnehin hinüber«, diagnostizierte Carla und schlug lachend den Weg zum See hinunter ein. Heute würde sie hier nichts mehr erfahren. Und morgen könnte sie weitersehen.

Metelmann würde sich auf alle Fälle ausfragen lassen. Dieser arrogante Fatzke von Kommissar dagegen verhieß Schwierigkeiten.

Als Carla mit Watson am See ankam, blieb sie stehen und sah zurück. Friedlich lag das Gut da, das breit gelagerte Herrenhaus mit dem zweigeschossigen Mittelbau, dem hohen Mansardendach, den zierlichen Seitenpavillons und der Terrasse zum See. Dies war die herrschaftliche Seite des Anwesens, die sich nach Süden wandte. Das bäuerliche Leben von Langen, das dem adeligen die wirtschaftliche Basis bot, spielte sich auf der weniger dekorativen Nordseite ab. Dort lagen die Scheune, jetzt Konzerthalle, und die Ställe mit den Pferden, die Städter hier gegen Pensionsgebühr einstellten. Von Süden sah man den ländlichen Alltag hinter der Glanzfassade nicht, so wie die barocke Pracht auch das zwieträchtige Familienleben der von Erbens verbarg. Schon ein merkwürdiges Zusammentreffen, dachte Carla. Das Gewitter und die Tote im Haus, in dem die alte Gräfin um Haltung und Ansehen kämpfte. Und jetzt das Abendrot. So etwas wie eine Hoffnung? Aber wofür und für wen?

Sie rief nach Watson, tätschelte den nassen Hund, versprach ihm ein Guti für seine Geduld. Der Hund sah zu ihr auf. Er hatte verstanden, dass sein aufopferndes Verhalten belohnt werden würde. Er schlurfte, mit regennassen, hängenden Ohren, hinter Carla durchs Gebüsch, folgte ihr durch den Garten zur Haustür, die an der Ostseite der Gründerzeitvilla lag. Wieder stand Sara in der Tür. »Na, schon wieder nass? Hat sich's denn wenigstens gelohnt?« »Kaum, aber ich habe Thomas getroffen.« »Fein, das wird meinem Taschengeldkonto guttun.«

Sara wartete auf Watson und legte ihm ein großes Frotteehandtuch um, bedauerte den Hund, der im Unwetter durch die Gegend gehetzt wurde. Watson liebte es, frottiert und bedauert zu werden. Seufzend zog er sich auf seinen Teppich am Kamin zurück und wartete auf seine Gratifikation. Carla hielt Wort und legte ein Paar Würstchen auf die dunkelrote Brücke vor dem Feuer, auf der Watson förmlich auseinanderfloss. »Verfressenes Subjekt. Aber ich verstehe dich so gut. Leider kann ich es mir weniger als du leisten.«

»Mädels – ich bin's.« Thomas Berner stand in der Diele und hängte sein nasses Jackett an die Garderobe, stellte die feuchten Schuhe an die Wand. Sara brachte umsichtig Papier und Wollsocken. Und Carla hielt ihm einen Cognac zur Prävention gegen eventuelle Virusattacken nach dem nassen Gutsabenteuer entgegen. »Du willst mich nur gefügig machen, damit du mich dann besser ausfragen kannst«, stichelte er. »Niemals. Aber erzähl!« Carla reichte ihm noch eine Wolldecke, nahm sich selbst einen Cognac, setzte sich in den Sessel und zog die Füße an.

17.

Hein Pedersen hatte seinen Laden längst geschlossen, als Kleyn und Metelmann bei ihm läuteten. Das kleine Backsteinhaus, eine niedrige Kate, wie sie typisch für Angeln ist, lag direkt neben der Tankstelle. Blumenkästen mit Geranien belegten Annika Pedersens gärtnerisches Geschick. »Sind Sie Hein Pedersen?«, fragte Kleyn forsch, als der Tankwart öffnete. »Ja, was gibt's?« Irritiert sah Pedersen Metelmann an. »Etwas nicht in Ordnung mit der Tankstelle?« Kleyn ging darauf gar nicht ein. »Haben Sie eine Tochter namens Annika?« »Ja, ist etwas mit ihr?«, fragte Pedersen und erzählte dann, dass seine Tochter sonnabends immer unterwegs sei. »Haben Sie mal ein Bild von ihr?«, forderte Kleyn. Pedersen war sprachlos, hilflos. Er schlurfte ins Wohnzimmer, drehte sich unbeholfen um, griff ins Bücherregal und reichte Kleyn ein gerahmtes Bild. Der Kommissar sah auf das Foto und sagte ohne Umschweife: »Herr Pedersen. Ich habe schlechte Nachrichten für Sie. Ihre Tochter ist tot. Offenbar ermordet.«

Metelmann sah den Kollegen aus der Stadt fassungslos an. »Sind Sie immer so einfühlsam?«, fragte er und ging auf Pedersen zu, der fassungslos vor sich hinstarrte. Kleyn spürte, dass er sich ins Abseits manövriert hatte, und wollte forsch seine Position im Ermittlerteam behaupten. Aber der sonst so friedliche Metelmann, der mit seinem rundlichen Rücken aussah wie ein geprügelter Hund, ließ sich nicht einschüchtern. »Jetzt hören Sie mal zu. Ich lasse mir von Ihnen nicht den Mund verbieten. Sie können sich ja über mich beschweren. Aber bis dahin werde ich alles dafür tun, dass Sie hier einen Gang herunterschalten.« Metelmanns kurze scharfe Worte schienen den Tankwart in die Realität zurückzuholen. »Nicht Annika, Metelmann. Sag, dass es nicht Annika ist. Sie ist doch alles, was ich habe.« Pedersen ließ sich im Wohnzimmer in einen Sessel sinken. Metelmann fühlte sich hilflos. »Ich mach dir einen Tee, oder soll ich den Pastor rufen?« Er wollte helfen, wusste aber nicht, wie. Jetzt schaltete sich Kleyn wieder ein. Wann er seine Tochter zuletzt gesehen habe und mit wem, fragte er. Aber Metelmann schnitt ihm das Wort ab. »Sie haben jetzt Pause. Sie haben schon genug angerichtet. Fachlich mögen Sie ja ein toller Hecht sein. Dabei frage ich mich, warum Sie dann nicht in Kiel oder in Hamburg sind. Menschlich brauchen Sie auf alle Fälle dringend einen Weiterbildungskurs. Sie können morgen weiterfragen. Das mache ich jetzt hier«, sagte der Dorfpolizist kategorisch und bugsierte den Kommissar zur Wohnzimmertür.

Kleyn war sprachlos. Das hatte sich noch niemand getraut. So ein trotteliger Dorfgendarm wagte es, ihn zu maßregeln, und das vor Zeugen. Das würde Folgen haben. Dafür würde er sich bedanken. Er klappte sein Netbook zu und schloss die Tür. Dummerweise hatte er sein Auto beim Gutshaus stehen lassen. Er war mit Metelmann in dessen altem Dienst-Golf gekommen. Nun hatte er mindestens zehn Minuten zu laufen. Und es fing wieder an zu regnen. Genau das hatte ihm noch gefehlt. Missmutig marschierte er los und musste zu allem Übel auch noch an Barbara denken. »Du bist wie jemand auf der Autobahn, der sich bitter darüber beklagt, dass ihm Tausende von Falschfahrern entgegenkommen«, hatte sie gesagt. »Vielleicht solltest du einmal darüber nachdenken, Stefan Kleyn, ob du nicht auf der verkehrten Spur rollst.« Aber er war sich keiner Schuld bewusst. Sachlichkeit, das war sein Beruf. Sonst hätte er ja gleich Gesprächstherapeut werden können.

18.

Das Telefon klingelte lang und ausdauernd. »Ja, ja, ich komme«, sagte Anatol Abel und griff zum Hörer. Der alte Mann war nervös, und er stockte, als er die Stimme am Apparat hörte. »Ach, du bist's. Was gibt's? Was ist bei euch los?« Er hörte zu und sagte nichts. Nickte nur hin und wieder. »Ach du lieber Gott«, sagte er schließlich. »Das ist ja furchtbar.« Und dann: »Da bin ich aber erleichtert. Vielen Dank, dass du gleich Bescheid gesagt hast. Halte mich auf dem Laufenden. Mach's gut.« Abel legte auf, setzte sich aufs Sofa und atmete tief durch. »Glück gehabt«, sagte er leise. Bislang hatte niemand etwas gemerkt. Er würde sich ruhig verhalten müssen, wenn sein Coup noch gelingen sollte.

19.

»Erzähl mir alles«, forderte Carla Moreno ihren Freund Thomas Berner auf. »Du hättest es genossen«, sagte er. »Eine Geschichte vom Feinsten.« Und er berichtete, wie zuerst die Gäste ungeduldig warteten, weil das Konzert nicht begann, wie die Musiker nervös auf den Stühlen hin- und herrückten, der Maestro wie ein Pfau auf und ab stolzierte und alles darauf wartete, dass der gräfliche Hausherr seine gesalbten Worte abließ. Aber nichts geschah. »Und dazu gab es Mettwurst statt Menuett, Leberwurst statt Largo und Wachteleier statt Walzer.« Carla schmunzelte, wollte aber Thomas nicht durch allzu bereitwillige Beifallsbekundungen für seinen blumigen Bericht aus dem Konzept bringen. Dafür war sie zu neugierig – pardon – interessiert. »Dann kam die alte Gräfin, aufgeputzt wie eine Gouvernante, hielt ihre Rede, und gerade als die Geiger den Bogen ansetzten, rollte die Polizei an.« »Dann hatte man die Leiche ja offenbar schon gefunden, als die Gräfin sprach«, sagte Carla mehr zu sich. »Klar«, meinte Thomas, der noch immer nicht fassen konnte, wie kühl die alte Dame über das Drama hinweggegangen war: »Sie sprach von einem kleinen Zwischenfall.«

Carla grübelte. Was hatte die Tochter des Tankwarts auf dem Gut zu suchen? Sie war tatsächlich ein bildhübsches Ding gewesen. Ob sie etwas mit einem der Grafensöhne hatte? Mit Heinrich, dem Vergnügungssüchtigen? Aber der war doch, soweit sie wusste, in Hamburg. Und der jüngste Sohn war in München und Eberhardt – das konnte sie sich kaum vorstellen.

Für sie machte der älteste Erben-Spross einen ziemlich spießigen Eindruck. Typ Mamas Liebling. Außerdem war er mit einer wirklich schönen Dame verheiratet. Allerdings sollte die Ehe laut Dorfklatsch wegen der Kapricen der Dame ziemlich tief in der Krise stecken. Ob der spießige Eberhardt sich ein kleines Abenteuer geleistet hatte? Carla grinste bei dem Gedanken, dass die alte Gräfin das kaum amüsiert haben dürfte. »Tom, so hat das keinen Zweck. Wir müssen die Sache systematisch angehen«, sagte sie. »Nein, Moment mal, Carla, du kannst jetzt nicht anfangen, hier in einer Mordsache herumzuschnüffeln. Dabei verbrennst du dir die Finger«, protestierte er. Aber Carla hatte wie ein Jagdhund Witterung aufgenommen. Die Affäre um die Tote im Salon des Herrenhauses – sie musste einfach wissen, was dahintersteckte. Wer hatte das Mädchen aus dem Weg geräumt – die betrogene Gattin? Die Schwiegermutter? Wer konnte so schnell eine solche Tat vorbereiten, wenn ein ungebetener Gast im Herrenhaus auftauchte? War es vielleicht nur ein Unglücksfall gewesen, und der Mord hatte jemand anderem gegolten? Auch daran war schließlich zu denken. An potenziellen Opfern, die anderen im Weg standen oder sich Feinde gemacht hatten, gab es ja auf Langen keinen Mangel. Und damit auch an möglichen Tätern nicht.

Carla grübelte. Dass sie ein Gespür für Dinge hatte, die andere Menschen gern verbargen, hatte sie schon auf Mallorca bewiesen, wo sie, unterstützt von ihrem Großvater, in einem fast vergessenen Mordfall die entscheidenden Hinweise gefunden hatte. Da entpuppte sich der vermeintliche Mafia-Überfall auf einen Gutsbesitzer als schlichte Rache einer verschmähten Gattin, die monatelang erfolgreich die trauernde Witwe gespielt hatte, bis sie sich durch eine winzige Nachlässigkeit verriet, die Carla, die mal wieder im falschen Moment hinsah, auffiel. Jetzt saß die Dame im Gefängnis. Und Thomas wusste, dass sich Carla auch dieses Mal um nichts in der Welt von der Schnüffelei abhalten lassen würde, wo ihr nun das Schicksal quasi eine Leiche vor die Haustür gelegt hatte. »Vielleicht entdecke ich etwas, was dieser arrogante Kommissar übersehen hat«, sagte sie.

Das war es also. Kleyn hatte sie geärgert. Er hatte sie nicht zur Kenntnis genommen. Das hatte ihren Ehrgeiz geweckt. Thomas seufzte. Er wusste, dass er schlechte Karten hatte. Denn sie spielte schnell noch einen Trumpf aus: Wenn er nicht helfen würde, wäre Sara ein klasse Spürhund. Er gab auf. »In Ordnung, Carlos, du bist der Chef.« Thomas Berner sah verdrossen in seinen Cognacschwenker und betrachtete missmutig seine Füße, die in hässlichen grauen, grob gestrickten Wollsocken steckten – Sonderangebot vom Discounter. Er hatte keine Lust, sich mit Mord und Totschlag zu befassen, besaß aber nicht genügend Energie, sich Carlas Plänen zu widersetzen. »Und du bist ein Freund, Tom. Fangen wir an.« Und sie schrieb eine Liste mit allen Informationen, die er ihr aus dem Zeitungsarchiv und aus dem Internet besorgen sollte – alles über die Erben-Wertherns, vom Stammbaum über die Geschichte des Gutes bis zu ihren Geschäften. Denn von den Leberwurstbroten allein, da war sie sicher, konnten die nicht leben. Und von der Landwirtschaft auch nicht. Zumal sie noch ihre parasitären Kinder füttern mussten. Und die kosteten einiges.

Und über die Kinder und deren Machenschaften wollte sie auch informiert werden. Thomas stöhnte. »Ist das alles?« »Ich weiß, das ist eine Menge, aber wir müssen einfach in Erfahrung bringen, mit wem wir es zu tun haben. Ach, zu dumm, dass Tante Tatiana nicht mehr lebt. Sie hätte uns so gut helfen können. Kannte die Sippe aus dem Effeff.« Sie selbst wollte gleich am nächsten Morgen in den Supermarkt gehen. Der machte sonntags früh zum Brötchenverkaufen auf. Vielleicht hatte sie Glück und traf auf Meta Diederichsen. Die war eine 1A-Quelle für Dorfklatsch. Und zur Not würde sie bei den Pastors vorbeigehen und fragen, ob sie etwas von den Äpfeln aus dem Garten des Witwenhauses haben möchten. Vielleicht ließe sich die eine oder andere Frage in das Angebot einbauen. »Und ich sehe zum Reitstall hinüber«, schaltete Sara sich ein, die leise hereingekommen war. »Vielleicht treffe ich die Margarethe von Erben. Sie ist nur wenig jünger als ich; vielleicht kann ich mich mit ihr anfreunden. Außerdem soll sie trotz der ganzen Irren im Haus ein ziemlich nettes Mädchen sein. – Ich habe euch übrigens eine Lasagne gemacht, damit ihr bei der ganzen Schnüffelei nicht vom Fleisch fallt.«

Das Wort Lasagne weckte schlagartig auch den Hund. Zu viert gingen sie in die Küche hinunter. Carla öffnete eine Flasche von dem mallorquinischen Wein aus Binissalem, den sie sich regelmäßig vom Hotel schicken ließ. Dann aßen sie schweigend und grübelnd. Und Watson wartete geduldig auf die Reste der Mahlzeit.

20.

Hein Pedersen weinte nicht, er klagte. Er machte sich Vorwürfe, weil er keine Ahnung gehabt hatte, wo seine Tochter war und was sie unternahm. Er hatte immer in der Angst gelebt, dass sie, wie ihre Mutter, zu viel wollte, und hatte sich doch nicht getraut, sie einzuschränken. Metelmann sprach ihm Trost zu. Sie saßen im Wohnzimmer des Tankwarts, Hein auf dem Sofa, der Dorfpolizist im Sessel neben ihm. Der Tankwart hockte zusammengesunken im Polster, den Rücken gekrümmt, die Schultern nach vorn geschoben. Seine Augen waren rot gerändert. Er sah grau und alt aus, obwohl er kaum 45 Jahre alt und früher ein recht ansehnlicher Bursche gewesen war. Aber die Enttäuschungen, die frustrierende Ehe, hatten ihn altern lassen. Er war unfähig, sich gegen andere Menschen und gegen das Schicksal zu wehren. Auf dem Tisch standen zwei Becher und eine Teekanne. Metelmann sah sich im Zimmer um, das Annika in Ordnung gehalten hatte. Auf den Fensterbänken standen Blumen, rosa Alpenveilchen. Metelmann fand Alpenveilchen grässlich. Und hier wirkten sie angesichts der Katastrophe seltsam deplatziert. An der Wand über dem Sofa hing ein altes, gerahmtes Stickmustertuch mit Buchstaben in rotem Kreuzstich. Wer das wohl gemacht hatte, dachte Metelmann. Annikas Mutter sicher nicht. Dann kehrte er aus seinen Gedanken zurück. Pedersen erzählte, wie seine Frau vor mehr als zehn Jahren einfach verschwunden war. Nach Hamburg. Sie hatte große Pläne gehabt, wollte als Fotomodell berühmt werden, war aber im Rotlichtmilieu gestrandet und tanzte an der Stange. Damals jedenfalls. Er hatte nach der Scheidung nichts mehr von ihr gehört. Annika, tröstete Metelmann, sei nicht auf die schiefe Bahn geraten. Sie war ermordet worden. Und er versprach, bei der Suche nach dem Mörder zu helfen: »Wir bringen ihn hinter Schloss und Riegel, Hein. Egal, ob es einer vom Personal oder der Graf höchstpersönlich war.«

21.

Gegen 19 Uhr abends hatten die letzten Ermittler das Gut verlassen. Morgen, hatten die Beamten mitgeteilt, werde man Näheres über die tote junge Dame wissen. Und morgen werde man auch alle Hausbewohner sprechen wollen. Im Herrenhaus herrschte eine gespannte Atmosphäre. Jeder beobachtete jeden. Jeder hätte gern über die Ereignisse gesprochen und gefragt, wer was wusste, aber niemand traute sich. Niemand wollte sich verdächtig machen. Jeder hatte seine kleinen Geheimnisse, die er ungern im Zentrum der Ermittlungen gesehen hätte. Und das Misstrauen lähmte die Zunge.

Friederike von Erben saß in ihrem Salon im ersten Stock, in der Beletage des Schlosses, wie sie sagte, und sah verdrossen auf den See. Was waren das nur für Zeiten. Ihr Sohn betrog die Schwiegertochter mit einem Mädchen aus dem Dorf, dann brachte er sein Verhältnis auch noch ins Haus, und irgendjemand, er sei gepriesen, drehte dem Mädchen den Hals um oder besser noch – flößte ihm Gift ein. Hätte der Mörder das nicht woanders tun können? Jetzt hatten sie die Polizei im Haus, Beamte schnüffelten in allen Räumen herum, stellten impertinente Fragen. Und das konnte noch Tage dauern. Und die Familie: Johannes auf der Jagd, wer weiß wo und mit wem und telefonisch nicht zu erreichen. Eberhardt – völlig übergeschnappt. Seine labile Frau – auch keine Stütze. Die Dienerschaft: aufsässig. Sie würde hart durchgreifen müssen, wenn diese Krise erst einmal überstanden wäre. Bei Gott, das würde sie tun. Nur ein Gutes hatte die Katastrophe: Eberhardts Verhältnis war aus dem Weg.

Jedenfalls würde sie den Kindern das Geld sperren, Eberhardt die Vollmachten entziehen und diesen unverschämten Sekretär entlassen. Die Gräfin nahm einen Schluck Whisky – sie trank nur irischen, Marke Tullamore Dew. Irgendwo hatte sie gehört, dass das auch die britische Königinmutter getan hatte, wenn sie nicht gerade Gin aus Teetassen zu sich nahm. Und Queen Mum war damit steinalt geworden. »Nur einen Fingerhut voll zur Entspannung«, dachte Friederike. Wie jeden Tag am späten Nachmittag. Nur heute war es erheblich später geworden. Der Alkohol tat ihr gut. Davon war sie überzeugt. Ein Freund, ein Arzt, hatte ihr berichtet, dass ein täglicher Whisky ihn über zwanzig Jahre in den Tropen gesund erhalten und sogar gegen Malaria geschützt hätte. Seither schwor auch die Gräfin auf diese Medizin, auch wenn ihr am Langensee kaum eine Malaria-Infektion drohte.

22.

In der Bibliothek lag Eberhardt von Erben auf dem Diwan und starrte an die Decke. Annika war tot. Er sagte es immer wieder leise. Und seine Mutter hatte gedroht, sie aus dem Herrenhaus zu entfernen. Aber so? Konnte sie es gewesen sein? Sie war gnadenlos, die alte Gräfin, zielstrebig, ohne Skrupel. Aber konnte sie auch die Zeit gehabt haben, das Gift ins Glas zu befördern? Sie hatte doch nicht gewusst, dass er Annika mitbringen würde. Außerdem zweifelte er, dass seine Mutter ausgerechnet in ihrem eigenen Haus gemordet hätte. Sie würde intelligenter zu Werke gehen und Existenzen mit finanziellen Mitteln zerstören, nicht mit Gift. Und seine Mutter griff ihre Feinde frontal an und nicht hinterrücks. Oder war es Dorothea gewesen? War seine Frau zu einem Mord fähig? Aber auch Dorothea hatte nichts von Annika gewusst. Da war er sicher. Eberhardt versuchte klar zu denken, die Lage zu analysieren. Er schloss die Augen. Was sollte er tun? Hier bleiben? Das konnte er nicht. Aber wohin? Und allein, ohne Annika? Andererseits konnte er auf die Unterstützung seiner Mutter kaum noch rechnen, und sein Vater hatte nichts zu sagen. Er fühlte sich wie in einem Gefängnis, betrachtete die hohen Bücherregale mit den alten Folianten und den neuen Lexika, den Aktenordnern mit den Kostenrechnungen und Belegen. Hinter ihm öffnete sich die Tür. »Hallo, mein Liebster«, zirpte Dorothea mit unnatürlich piepsiger Stimme. »Na, geht's dir schlecht? Tut mir leid.« Sie lachte. Sie genoss ihren Auftritt, strich verführerisch ihr langes rotes Haar zurück. Viele Jahre hatte sie sich unbeachtet gefühlt, weil er keine Rücksicht auf ihre empfindliche Seele nahm. Endlich erlebte er, wie man sich fühlt, wenn man am Boden liegt. »Lass mich zufrieden«, antwortete er ungnädig und drehte sich zur Seite. Aber sie wollte sich diesen Triumph nicht entgehen lassen. Ihre Nebenbuhlerin war tot, ihr Mann erschüttert, die Schwiegermutter schwer getroffen. Sie fühlte Genugtuung, dass die Menschen, die sie für ihr Unglück verantwortlich machte, leiden mussten. Davon würde sie noch lange zehren. Wer auch immer das Mädchen aus dem Weg geräumt hatte – der Mord würde dem Ruf der Familie und des Gutes schaden. Und am nächsten Morgen würde alles groß und breit in der Zeitung stehen: »Ich sehe die Überschrift schon vor mir: ‚Skandal auf Schloss Langen. Mord statt Musik. Tankwartstochter tot im Salon. Geliebte des Grafen'.« »Hör auf, Dorothea«, sagte er. »Die Journalisten können von der Sache noch nichts erfahren haben.« »Du täuschst dich«, sagte sie und begann den strategischen Rückzug Richtung Tür. »Sie sind längst da. Ich habe sie nämlich informiert. Bis ins letzte Detail. Wir wollen doch der großen weiten Welt unsere kleinen Geheimnisse nicht vorenthalten.« Sie kicherte affektiert. Er sah sie an. Hätte sie vor ihm gestanden, hätte er sie vielleicht geohrfeigt. Aber er resignierte vor seiner eigenen Wut. Seine Frau war noch immer bildschön mit ihrem hellen Teint und den dichten, glänzenden roten Haaren. Er hatte sie unterschätzt, hatte Überspanntheit mit Schwäche verwechselt. Jetzt stellte er fest, dass Dorothea bei der Verfolgung ihrer Ziele nicht weniger Energie besaß als seine Mutter und nicht weniger vernichtend agierte als diese. Man sah es ihr nur nicht an. Er lehnte sich wieder zurück. Aggression, dachte er, würde Dorothea nur in ihrem Auftritt bestätigen. Und vielleicht war es sogar gut so, wie alles gekommen war. Trotz des tragischen Endes seiner Affäre mit Annika. Er würde das Gut verlassen. »Ich lasse mich von dir scheiden«, sagte er zu Dorothea. »Dann bringe ich mich um«, entgegnete sie theatralisch. »Das spart mir viele Kosten für die Anwälte und den späteren Unterhalt«, sagte er kühl und drehte ihr den Rücken zu. Sie fauchte, rannte aus dem Zimmer und schlug die Tür zu. Wie hatte er diese Frau nur so lange ausgehalten, dachte er und schloss die Augen.

23.

Carla Moreno hatte sich derweil im Sessel zusammengekauert und schaute angespannt auf den See und das Gut. Das Licht im Wohnzimmer war gelöscht, aber das Feuer im Kamin brannte noch. Draußen konnte sie in der Dunkelheit nichts mehr erkennen. Sara schlief schon, und auch Thomas hatte sich zurückgezogen. Nur Watson lag bei Carla auf dem Kaminvorleger und schnarchte. Im Gutshaus brannte noch immer Licht. »Tun sie mir nun leid oder nicht?«, dachte Carla. Das Mädchen, das bedauerte sie. Eine 19-Jährige aus kleinen Verhältnissen mit großen Hoffnungen. Jetzt war sie tot. Weil sie in eine Gesellschaftsschicht drängte, in die sie nicht gehörte? Weil sie einen Mann liebte, der noch verheiratet war? Weil sie in ein Haus kam, in dem man sie nicht duldete? Oder hatte der Fall ganz andere Hintergründe? War sie nur das unglückliche Opfer eines Giftanschlags, der ein ganz anderes Ziel gehabt hatte? In dem problematischen Beziehungsgeflecht auf dem Gut war es durchaus möglich, dass die Attacke jemand anderem gegolten hatte, der biestigen alten oder der überspannten jungen Gräfin zum Beispiel. So wie sie beide als potenzielle Opfer sah, kamen sie für Carla auch beide als Täterinnen in Frage. Oder hatte das etwas mit Heinrich und seinen krummen Geschäften zu tun?

Gut ein Jahr war sie jetzt hier. Langenbek erschien ihr noch immer wie eine Kulisse: das Gut mit der zerstrittenen Grafenfamilie und die Dörfler, über deren Leben hinter geharkten Fußwegen und bekiesten Auffahrten, gestrichenen Zäunen, exakt geschnittenen Hecken, gepflegten Backsteinfassaden, geputzten Messingtürklinken und gerafften Gardinen auch einiges getratscht wurde. Über Hein Pedersen, dem seine bildhübsche Frau durchgebrannt war. Für Gesprächsstoff sorgten auch der Pastor Josua Blunck und seine magere Frau Henriette, deren einziger Lebenszweck das Putzen und die Herstellung von Marmeladen, Kompotten und Säften war. Gastwirt Möller führte mit seiner Hanne offenbar eine gute Ehe, aber der jüngste der drei Söhne sah dem Wirt so gar nicht ähnlich. War der Vater vielleicht gar nicht der Vater? Die Dörfler tuschelten, ob nicht ein Sommergast der Erzeuger sein könnte, der genauso rothaarig und sommersprossig gewesen war wie der Kleine aus dem Gasthaus. Dem Apotheker Dr. August Harder sagte man eine Vorliebe für gelegentliche Besuche in einem der Etablissements in der Flensburger Altstadt nach, und der Makler Hermann Knudsen nebenan, das hatte Meta Diederichsen, die Lehrerswitwe, Carla zugeflüstert, hatte eine Vorliebe für halbwüchsige Jungen. Aber all das bot keine Hinweise auf Mordlust im Herrenhaus.

Und Meta selbst, die personifizierte Dorftratsche? War sie nur einfach redselig oder auch bösartig? Nicht zu vergessen der alte Anatol Abel. Freundlich, verbindlich, aber undurchsichtig. Die Idealbesetzung für einen Verdächtigen.

Wer mochte das tote Mädchen vom Gut auf dem Gewissen haben, grübelte Carla. Jemand aus dem Dorf oder von auswärts? Eigentlich war es naheliegend, dass einer aus der Grafen-Familie den unliebsamen Eindringling vom Leben zum Tode befördert hatte. Aber wäre der so dumm gewesen, das Mädchen einfach im Salon liegen zu lassen? Man hätte ihr doch viel einfacher unterwegs auflauern können – irgendwo zwischen den Feldern, abends auf dem Weg nach Hause. Nein – sie brauchte einfach mehr Hintergrundinformationen. Morgen würde sie eine Liste mit allen Verdächtigen und Verdachtsmomenten machen und dann Meta Diederichsen besuchen. Vielleicht wusste die ja mehr. Carla schloss die Kamintüren, löschte das Licht und ging schlafen.

24.

Pastor Josua Blunck feilte im Wohnzimmer des Pfarrhauses in aller Frühe an den letzten Worten seiner Sonntagspredigt, wie gewöhnlich unter Aufsicht der Gattin Henriette, die zwar selbst das Abitur nicht geschafft hatte, jetzt aber aus ihrem Gatten einen exquisiten Kanzelredner zu formen hoffte. Noch bevor Zeitungen und Rundfunk berichten konnten, hatte sich der Mord auf dem Gut im Ort herumgesprochen. Blunck baute das Desaster in seine Predigt ein. »Da es Gott gefallen hat, dieses junge Leben zu sich zu rufen«, deklamierte Blunck. »So ein Quatsch«, fiel ihm Henriette ins Wort. »Die Kleine wurde nicht gerufen, sondern geschickt. Jemand hat sie ermordet. Du musst einen Weg zwischen den menschlichen Abgründen, Sünden, Verstoß gegen die zehn Gebote und Vergebung suchen.« »Halt endlich den Mund, Hetta, und rühr dein Kompott«, zischte der Pastor. Es war das erste Mal, dass der Geistliche die Geduld mit seiner mageren Gattin verloren hatte. Sie war jetzt 30 Jahre alt. Hoffnung auf Kinder hatte ihr der Arzt in Flensburg nicht gemacht. Ihr Ehemann wollte sich auf irgendwelche Behandlungen nicht einlassen. Aber wenn der Gatte bis spät in die Nacht über seinen Büchern saß und danach im Fremdenzimmer einschlief, konnte sie ohnehin kaum schwanger werden. Ob auch er zu den Bewunderern Annikas gehört hatte? »Gepriesen sei derjenige, der dem Mädchen das Gift ins Glas gekippt hat«, dachte Henriette unfromm. Die hübsche Annika hatte den männlichen Dörflern ordentlich die Köpfe verdreht. Wer weiß, ob ihr Josua ihrem naiven Charme widerstanden hätte.

Als Pastor Blunck an diesem Sonntagmorgen die Kirche betrat, stockte ihm der Atem. Alle Reihen waren dicht besetzt. Am Ende des Kirchenschiffs standen sogar ein paar Leute, wie das sonst nur an hohen Feiertagen oder bei Hochzeiten vorkam. Das waren nicht nur die Bewohner von Langenbek, sondern auch aus den Nachbarorten Dassendorf, Eddelby und Schönberg. Es machte ihn wütend, weil nicht Anteilnahme oder Glauben die Dörfler in die Kirche geführt hatte, sondern Neugier und Sensationslust. Dabei hielt man nach Hein Pedersen vergebens Ausschau. Auch vom Gut war niemand da. Schade. Blunck predigte von Versuchung, Schuld und Sühne, von Verantwortung und Heuchelei. Und je länger er sprach, desto stärker befiel ihn Übelkeit. Schuld war der Tod des schönen Mädchens, dessen Reiz aus Naivität und Leichtfertigkeit auch ihn angesprochen hatte. Er dachte an Henriette: mager und herrschsüchtig. Eine Scheidung würde ihn zwar befreien, aber auch arbeitslos machen, denn er rechnete nicht damit, dass seine Kirchenvorgesetzten ihm eine Trennung durchgehen ließen. Und die Dörfler – kaum vorstellbar, dass sie sich von einem geschiedenen Gottesmann die Leviten würden lesen lassen. Er war jetzt 32 Jahre alt und gefangen. Er hatte Henriette als Student kennengelernt. Es war ihm ein Rätsel, wie sich eine Frau in nur sechs Jahren von einem fröhlichen, frischen Mädchen in eine unzufriedene, vertrocknete Frau verwandeln konnte. Dabei gab es für ihren Missmut keinen Grund. Sie hatten ein ordentliches Auskommen, lebten in einem schönen Pastorat und in einer herrlichen Gegend. »Wie lange muss ich noch mit ihr zusammenleben – 40 Jahre? 50 Jahre? Hätte der Mörder nicht Henriette ...« Unchristliche Gedanken. Noch dazu auf der Kanzel, während die Orgel spielte. Ob ihm die Gemeinde das ansah? Was würden sie denken, wenn sie wüssten, dass ihr Pastor, der Nächstenliebe predigte, im Geist ein Mörder war. Der seine Frau nicht mehr ausstehen konnte und seine Schulfreundin Ella liebte und mit ihr im Geheimen einen Sohn hatte: Matthias, einen Jungen, den er viel zu selten sehen konnte. Und jedes Treffen steigerte die Abneigung gegen

Henriette, die aus dem Pfarrhaus eine klinisch saubere Marmeladenfabrik gemacht hatte.

Und jetzt dieser Mordfall. Die Polizei im Ort. Sie würden forschen und suchen und misstrauen. Würden sie auch die Sache mit Ella aufdecken? Dann wäre er erledigt als Pastor. Was sollte er tun? Der Ehemann Josua Blunck hatte Angst. Der Pastor Blunck sprach routiniert den Segen. Der Organist spielte den Schlussakkord. Der Geistliche verabschiedete die Gemeindemitglieder mit Handschlag – jetzt eine Gesellschaft, die von Misstrauen beherrscht war. Man musterte sich gegenseitig. Wer wusste etwas? Wer hatte Geheimnisse? Wer hatte etwas getan, wovon die anderen nichts ahnten? Bei der Suche nach dem Täter konnten viele unangenehme Wahrheiten ans Licht kommen – ehelicher Betrug, eine kleine Steuerhinterziehung, ein nicht genehmigter Anbau, Schwarzgeld. So spürte man Neugier, aber auch Angst und Sorge in den Gesichtern. Was würde bekannt werden – das uneheliche Kind des Pfarrers? Die heimlich verschacherten Narkotika des Apothekers? Die geheime Lust des Maklers? Das schwarze Geld des Gastwirts? Die Trunksucht der jungen Gräfin? Das merkwürdige Verhalten des alten Grafen? In der Reihe der mehr oder weniger gläubigen Neugierigen stand auch Meta Diederichsen, offenbar durch den Mord überwältigt. Sie schüttelte fortwährend den Kopf und brabbelte vor sich hin. Kaum hörbar, aber doch verständlich: »Ich weiß, was ich weiß. Ich weiß, was ich weiß.« Der Pastor spürte aufsteigende Übelkeit, vor allem, wenn er an Henriettes Gemüseauflauf zum Mittagessen dachte.

25.

Carla Moreno hantierte in der Küche: Tee für sich und Sara, Kaffee für Thomas. Sie klapperte extra laut, weil sie es nicht erwarten konnte, dass Thomas endlich herunterkam. Sie wollte mit ihm über den Mord sprechen. Sie wollte mehr über die Tat erfahren und über die Hintergründe. Sie wollte wissen, wer es war. Ob sie den Täter kannte? Vielleicht war es auch eine Täterin? Irgendwelche Geheimnisse gab es in Langenbek. Das hatte sie vom ersten Augenblick an gespürt. Ihre Mutter hatte diese Ahnungen stets als Kaffeesatzleserei abgetan. Aber sie selbst glaubte an ihre Voraussicht. Das hatte nichts mit Magie zu tun, erklärte sie Sara, sondern mit Sensibilität und Beobachtungsgabe. Jetzt war es wieder so, dass sie eine Unruhe fühlte. Ob der Mord irgendetwas mit ihr zu tun hatte oder mit Menschen, die ihr nahe standen? Sie fühlte den Zwang, der Sache nachzugehen. War das wirklich nur Neugier? Die Leidenschaft für Geheimnisse? Oder eine Aufgabe? Sie musste zwanghaft Informationen sammeln und wie ein Puzzle zusammensetzen. Gab es da irgendwelche Schwingungen? Ihr Großvater sagte nüchtern, das sei die von ihm ererbte Spürnase. In Gedanken sah sie zum See. Da ging jemand den Weg durchs Schilf entlang. Carla beugte sich vor, konnte aber nicht einmal erkennen, ob es ein Mann oder eine Frau war. Sie dachte noch, wer zum Teufel dort jetzt durch die Nässe stapfte, als Tom die Treppe herunterkam, die Füße wieder in den grauen Wollsocken. Dazu trug er einen ausgeleierten altrosa Pulli von Carla und eine zu kurze Jogginghose von Sara. »Goldig siehst du aus«, sagte Carla. »Setz dich, ich hab schon auf dich gewartet.« »Ich weiß, ich konnte dein demonstratives Klappern hören. Du brauchst mich als Publikum für deine schlauen Gedanken. Dabei könntest du dich genauso gut mit Watson unterhalten. Denn meine Einwände nimmst du sowieso nicht zur Kenntnis.« »Doch, Tom, tu ich.« »Dann sage ich dir: Lass die Finger von der Sache. Da ist ein hundsgemeiner Mord passiert, und zwar nicht Auge in Auge, sondern insgeheim aus dem Hinterhalt. Der Mörder kann hier überall herumlaufen. Und wer einmal mordet, kann das immer wieder tun, wenn ihm jemand in die Quere kommt. Zum Beispiel so eine neugierige Person wie du.« »Ich bin nicht neugierig«, protestierte Carla. »Ich will nur wissen, wer das getan hat.« Thomas Berner verzog das Gesicht wie ein strenger Pauker, lehnte sich in der Bank am Küchentisch zurück, verschränkte die Arme und schwieg demonstrativ. Carla erzählte ihm von den Dörflern und dem Klatsch, den kleinen Alltagsszenen, die verrieten, was sich hinter den bürgerlichen Fassaden abspielte und vielleicht nicht so ganz mit den Gesetzen in Einklang stand. Vielleicht hatte diese Fähigkeit, alle Details zu bemerken, mit Carlas Mal-Talent zu tun. Sie hatte nicht lange gebraucht, um Einblick in den dörflichen Alltag zu gewinnen und in die höllischen Lebensbedingungen auf Langen. Ohne zu schnüffeln. Der eine erzählte dies, der andere etwas anderes, den Rest konnte man aus den Gesichtern lesen, aus kleinen Szenen erfahren, die sich zwischen Wirtshaus und Kirche abspielten. Natürlich waren ihr die schwarzen Geschäfte des Apothekers längst bekannt. Sie wusste von den Gerüchten über den Makler Knudsen. Die Krise im Pfarrhaus war für jedermann offensichtlich. Und aus dem Verständnis des Pastors für die Wirtskinder konnte man auf Erfahrung im Umgang mit Lausbuben schließen. Entweder Blunck war Onkel, oder Frau Henriette hatte eine Nebenbuhlerin mit Kind. Wer von den Dörflern die Geheimnisse kannte, wusste Carla nicht. Die Dorfpostille jedenfalls, der Langenbeker Bote, den Lore, die Frau des Apothekers Harder, als Chefredakteurin betreute – »Chefredakteurin« stand auch auf ihrer Visitenkarte –, berichtete lediglich über die Erfolge der Blumenzüchter, das Damenkränzchen, den Wettbewerb im Hähnekrähen in Kappeln oder das Scheunenfest in Mohrkirch und über die jährliche Afrika-Sammlung der Gemeinde für hungernde Kinder irgendwo auf dem Schwarzen Kontinent.

Das Mädchen Annika, das im Dorf von der großen weiten Welt träumte, war ein Fall für sich. Carla hatte befürchtet, dass es sich ins Unglück bringen würde. Aber sie hatte eher an eine ungewollte Schwangerschaft gedacht, nicht, dass ihre Koketterie sie das Leben kosten würde. Wie Malstudien in einem Skizzenblock trug sie ihre Beobachtungen zusammen zu einem riesengroßen Bild mit zwei Ebenen – von den sichtbaren und geheimen Ereignissen in Langenbek und auf Langen. Das war jetzt die Grundlage für ihre Gedanken. Aber sie wollte alles wissen. Wer zum Teufel hatte Annika Pedersen umgebracht? Wer gewann etwas aus ihrem Tod? »Worüber grübelst du?« Thomas schreckte Carla aus ihren Gedanken. »Tom, machst du die Recherchen über die von Erbens, das Gut und die Finanzen? Ich gehe jetzt zu Pedersen. Und dann zu Meta. Mal sehen, was ich herausbekomme. Bist du noch da, wenn ich wiederkomme?« »Carlos, ich kenne deine Gesprächslängen. Ich muss arbeiten.« »Natürlich kommst du nächste Woche wieder. Und bring Ingo mit.«

26.

Hein Pedersen saß am Küchentisch und rauchte. Carla klopfte. Der Tankwart hatte nicht geduscht, er war unrasiert und hatte nichts gegessen. Und die Tankstelle war geschlossen. Die frischen Brötchen und die Blumen, die er sonst sonntags verkaufte, standen unausgepackt vor der Tür. Daneben lagen die Zeitungen, die vom »Mord im Schloss« berichteten und spekulierten, ob »in Langenbek ein geheimnisvoller Killer« umging.

»Was wollen Sie?«, raunzte er Carla an. Sie drängte sich entschlossen an ihm vorbei, fand den Weg in die Küche, öffnete das Fenster, um den Rauch zu vertreiben, und setzte Kaffeewasser auf. »Ich brauche Sie hier nicht«, protestierte Hein. »Aber vielleicht brauche ich Sie«, antwortete Carla. »Waschen Sie sich das Gesicht und dann setzen Sie sich zu mir, und vor allem, hören Sie auf zu qualmen.« Hein schlurfte mit hochgezogenen Schultern gehorsam ins Bad. Sie hörte das Wasser rauschen. Und dann kam er wieder. Er setzte sich, sprach aber nicht. Carla sah sich in der Küche um – es war ein heller Raum, freundlich, mit Kiefernmöbeln und einem Flickenteppich auf den Fliesen. Sie nahm zwei Kaffeebecher aus dem Schrank, räumte den übervollen Aschenbecher fort und suchte nach Brot, Butter und Marmelade. »Ich kann nichts essen«, protestierte Pedersen. Carla sah den Mann an, der klein war, gedrungen. Er hatte ein breitflächiges Gesicht mit unglaublich gutmütigen Augen. »So, Hein Pedersen«, sagte Carla forsch. »Sie können hier und heute entscheiden, ob Sie sterben oder weiterleben wollen. Wenn Sie sterben wollen, rauchen Sie sich zu Tode, saufen Sie sich ums Leben oder hören Sie auf zu essen. Ihre Annika wird davon nicht wieder lebendig. Wenn Sie leben wollen, trinken Sie jetzt mit mir einen Kaffee und essen ein

Stück Brot.« Er sah sie verständnislos an. Und dann erzählte sie ihm, wie sie ihren Mann verloren und geglaubt hatte, sie würde sich nie wieder erholen, nie wieder freuen können. Und jetzt wollte sie wissen, wer das junge Mädchen auf dem Gewissen hatte. »Ich will, dass Sie mir alles sagen, was Sie über die Dörfler und die vom Gut wissen. Und ich will, dass der so schnell wie möglich gefasst wird, der Ihre Tochter auf dem Gewissen hat. Ich kannte sie nicht gut. Aber ich glaube, sie war ein liebes Mädchen.« Hein Pedersen nahm einen Schluck Kaffee. Und dann weinte er und fing an zu erzählen.

27.

Auf ein Klopfen öffnete Meta Diederichsen die Tür und sah erstaunt ihren Besucher an. »Was wollen Sie denn hier?«, fragte sie abweisend. »Haben Sie sich verlaufen?« »Können Sie mir vielleicht mit einem Lexikon aushelfen – ich muss etwas über Ecuador nachschlagen. Es geht um Rohstoffe.« »Und Sie selbst haben nichts Geeignetes in Ihrem Bücherregal? Und was haben ausgerechnet Sie mit dem Land Ecuador zu tun?«, stellte die alte Lehrerswitwe mit strafendem Ton fest. Aber der Besuch insistierte. Ein altes Schulbuch könnte es auch sein, jedenfalls ein ganz bestimmtes Detail. Widerwillig trat Meta Diederichsen von der Tür zurück und ging durch den schmalen Korridor voraus ins Wohnzimmer. Der Kuckuck in ihrer Wohnzimmeruhr teilte mit elffacher Verbeugung mit, was die Stunde geschlagen hatte. Metas Wohnzimmer führte mit einer Balkontür zum See. Sie griff ins Regal – Meyer's Lexikon, eine alte Ausgabe mit Lederrücken und Goldprägung, E wie Ecuador. Ihr Besucher stand direkt hinter ihr. Als sie sich nach dem Buch ausstreckte, warf er ihr das kurze Stück Wäscheleine über den Kopf, das er aufgerollt in der Tasche verborgen hatte. Der Angreifer zog zu. Das Hanfseil spannte sich über Metas faltigem Hals, schnitt in die Haut. Die alte Frau röchelte. Sie griff nach seinen Händen, versuchte das Seil zu lockern, trat nach seinen Beinen. Die Lehrerswitwe hatte mehr Kraft, als der Mörder erwartet hatte. Sie war klein und dünn, aber zäh. Dennoch – der Mörder konnte sie leicht festhalten. »Ich weiß, was ich weiß«, hatte sie in der Kirche gesagt. Das hatte sich herumgesprochen. Diese Worte sollten ihr Tod sein. Der Besucher zog und hielt fest. Bis die alte Frau sich nicht mehr bewegte. Dann legte er sie vorsichtig auf dem Boden ab. Ihr grauer Haarknoten hatte sich bei dem Kampf aufgelöst. Sie lag vor dem Bücherregal, halb auf dem Bauch, beinahe wie Annika Pedersen im Salon des Herrenhauses. Der Mörder schwitzte. Seine Hände zitterten. »Alte Tratsche«, sagte der Täter voller Hass, als sei sie verantwortlich für seine Tat gewesen, als könne er sich damit entschuldigen. Metas letzter Besucher sah sich im Zimmer um. Nichts war verschoben. Nichts umgestoßen. Die sorgsam gekämmten Teppichfransen lagen ungestört in Reihe. Metas Wohnzimmermöbel glänzten wie frisch poliert. Es roch nach Bienenwachs im Raum. Die Gardine war geometrisch exakt gerafft. Nur Meta störte die Ordnung, so wie sie auf dem Boden vor dem Regal lag, den Strick um den Hals geknotet. Der Lexikonband E bis H war heruntergefallen. Bloß nichts anfassen. Sollten die doch grübeln, was das zu bedeuten hatte, dachte der Mörder, ging in die Küche, öffnete die Terrassentür mit dem Taschentuch in der Hand und schlich geduckt hinter den Büschen zum See hinunter. Wenn er erst auf dem Weg am Ufer war, würde er sich nicht mehr verdächtig machen.

28.

Kriminalhauptkommissar Kleyn saß, obwohl es Sonntag war, in seinem Büro und starrte auf seine Notizen. Die Fakten waren schnell addiert: eine Tote, 19 Jahre, im Salon von Langen. Todesursache: Gift, wahrscheinlich Zyanid. Das Opfer hatte die tödliche Substanz mit einem Glas Portwein Marke »Duoro« zu sich genommen. Keine sonderlich teure Flasche, wie man sie auf dem Schloss vermutet hätte, sondern ein Supermarktgewächs. Der Inhalt der gesamten Flasche war vergiftet. Der Mörder hatte das Zyanid womöglich mit einer Spritze durch den Korken in die noch verschlossene Flasche praktiziert. Den Korken ließ Kleyn suchen. Jetzt analysierte die Gerichtsmedizin die Substanz im Detail. Das Gift hatte das Mädchen in Sekunden umgebracht, bevor es schreien oder um Hilfe rufen konnte. Äußere Anzeichen von Gewalt gab es nicht. Auf der Flasche waren jede Menge Fingerabdrücke; alle ließen sich den Gutsbewohnern zuordnen und hatten deshalb auf den ersten Blick wenig Aussagekraft. Aber jetzt wurde die Geschichte unangenehm und vermutlich arbeitsreich. Was hatte das Opfer, die Tankwartstochter, auf Langen zu tun? Hatte sie einen der Angestellten besucht? Oder gar jemanden von der gräflichen Familie? Suchte sie einen Job? Oder stand sie jemandem im Weg? Der Gattin des Grafen? Deren Schwiegermutter? Hatte sie ein heimliches Techtelmechtel mit einem Bediensteten – vielleicht mit dem arroganten, aalglatten Sekretär? Den würde er liebend gern festnehmen. Aber vielleicht war das Opfer gar nicht als Opfer ausersehen, sondern nur unerwartet im Gartensalon aufgetaucht und hatte zur falschen Zeit den falschen Schluck aus der falschen Flasche genommen? Auch diese Möglichkeit musste er ins Auge fassen. Dann könnte jemand aus der Familie Ziel des Anschlags gewesen sein. Wer?

In jedem Fall gab es ein Dutzend potenzieller Opfer und möglicher Verdächtiger, und keiner von ihnen war dem Kommissar sonderlich sympathisch. Kam hinzu, dass über 200 Konzertbesucher die Chance gehabt hätten, in den Salon zu schlüpfen und eine Portion Gift in den geschlossenen und offen herumstehenden Flaschen zu deponieren. 200 Leute, die überprüft werden mussten. 200 Verdächtige von Meier, Müller, Schulze auf dem Land bis zu Vertretern der besseren Gesellschaft aus Hamburg, Kiel und den »Vons« und »Zus« von den Landsitzen Schleswig-Holsteins. Dazu die Musiker, der Pianist Jakowlew und der Intendant Julius Land samt seiner journalistischen Geliebten, die ihn bei Laune hielt, während die ältliche Gattin, eine amerikanische Erbin namens Gwyneth, daheim in München mit den drei Kindern vergeblich auf den Angetrauten wartete. Dieser Herr Land würde sicher begeistert sein, wenn man ihn nach seinem Tagesablauf fragte. Auch der Hamburger Kaufmann Siebenhüner, Konsul irgendeines afrikanischen Zwergstaates, würde sicher freudig Auskunft geben, wer die knackige Blondine mit dem Silikonbusen war, die er ins Konzert geführt hatte. Ein Fräulein Mischnick, so stand es in den Unterlagen. Frau von Holzhausen, die Hoteliersgattin, war bei der ersten Befragung zwar ausnahmsweise nüchtern, dafür aber komplett außer sich gewesen, weil der zuständige Beamte es an dem gehörigen Respekt fehlen ließ und die silberne Taschenflasche der Dame inspizierte. Sie enthielt dann aber kein Gift, sondern Gin. Ein Faktum, das jetzt aktenkundig war, sehr zum Ärger der Dame. »Kleyn«, sagte er sarkastisch zu sich, »mit diesem Fall hast du den absoluten Treffer gelandet.« Er mochte kaum an die weiteren Recherchen denken, als er die Namensliste las – Ehrenberg, Bast, Guericke. Der bekannte Journalist Kornbluhm, Bankier Sandersen, der pikanterweise in Begleitung der Grünen-Abgeordneten Monika März gewesen war, die Kleyn wegen ihrer Designerklamotten kaum erkannt hatte. Vor allem, weil sie auf ihr Aushängeschild, die grüne Strähne im Haar, verzichtet hatte.

Er würde sich überlegen, wen er mit der Befragung der Prominenz beauftragen könnte. Dabei konnte er sich in Ruhe denjenigen seiner Untergebenen aussuchen, dem er am wenigsten gewogen war. Legte der sich mit den Zeugen an, könnte er selbst sich mühelos distanzieren und den Undiplomatischen rüffeln; würde derjenige brauchbare Informationen bringen, könnte das seiner eigenen Karriere nützen. Bei den Ermittlungen würde er sich vor allem bei dem vorlauten Dorfpolizisten bedanken. Dem könnte er die unangenehmste Recherchearbeit zuschieben. Und die zickige Dame mit dem Hund würde er zum Verhör nach Flensburg zitieren, morgens ganz früh, wenn sie am Stadtrand im Stau stehen müsste, er würde sie möglichst lange warten und sich vielleicht dann noch wegen wichtiger Termine entschuldigen lassen. Bis zum nächsten Mal. Er lächelte. Ein Stefan Kleyn ließ sich nicht brüskieren. Und schon gar nicht von einer neugierigen spanischen Kellnerin. Sollte die doch ihre Paella rühren. Also: Montag früh, 9 Uhr, Schloss Langen. Dann könnte er den Gräflichen gleich noch das Frühstück verderben.

Frühstück. Barbara fiel ihm ein. Frühstück zu zweit. Sich hinsetzen und bedienen lassen. Seine Laune, die eben noch gestiegen war, sank wieder. »Die Menschen werden immer selbstsüchtiger«, dachte er. Vielleicht sollte er doch auf seine Mutter hören, sich eine junge Freundin suchen, sie heiraten, mit zwei Kindern ans Haus binden. So hätte er seinen Alltag geregelt und könnte ungestört an seiner Karriere basteln. Blieb die Frage, ob ihn eine solche junge Dame auf Dauer ungestört ließe. Da war er sich noch im Zweifel. Und eine Polin, Russin oder Thailänderin konnte er sich von Berufs wegen nicht leisten. Wie würde das aussehen, Kriminalhauptkommissar mit Katalogfrau. »Es ist ein Kreuz«, dachte Kleyn voller Selbstmitleid.

29.

Dominik Robert konnte sich nicht auf seine Abrechnungen konzentrieren. Er hatte immer wieder das tote Mädchen vor Augen. Und den Grafen, der vor Schmerz völlig außer sich war. Er hatte ihn solcher Gefühlsregungen gar nicht für fähig gehalten. Was musste geschehen, dass ein über 40 Jahre alter Mann derart die Fassung verlor. Ein Mann mit Vermögen, mit Frau und Kind. Und das wegen eines kleinen Mädchens, das er nur wenige Wochen kannte. Was bedeutete ihm diese junge Frau? Gut, sie war hübsch, aber nicht schön. Sie war einen Hauch gewöhnlich, nicht besonders gebildet, sie war berechnend, und sie hatte, wie Robert fand, keinen Stil. Ob der Graf das nicht bemerkt hatte? Was wollte sie von ihm – Geld? Was hatte sie ihm zu bieten außer Jugend? Das hätte er doch anderswo dutzendweise haben können. Oder war sie für den Grafen die Illusion von Freiheit? Oder der personifizierte Protest gegen die alte Gräfin? Warum zum Teufel hatte er sie ins Schloss gebracht? Oder war sie einfach aufgekreuzt – vielleicht sogar, um ihn unter Druck zu setzen? War sie etwa schwanger? Oder wollte er sie heiraten? Kaum vorstellbar. Das hätte im Hause Erben-Werthern ein mittleres Erdbeben ausgelöst. Die alte Gräfin hätte ihn zweifellos enterbt. Vielleicht hatte ja jemand von der Familie die Kleine erledigt, um das Ärgernis aus dem Weg zu schaffen. Aber wie dumm, sie dann im Haus liegen zu lassen. In jedem Fall musste es wohl eine ernstere Affäre gewesen sein, folgerte Robert. Denn im Fall Karola Seebacher hatte die Gräfin das Problem doch auch schnell und unnachgiebig gelöst. Ob Franzius Näheres über die Sache wusste? Aber der sagte ja nichts. Robert konnte ihn auch nach zwei Jahren noch nicht einschätzen. Ob Franzius aus Loyalität, Berufsethos oder persönlichen Gründen schwieg? Ob er das Geschehen im Haus registrierte oder ignorierte? Er würde also weiter vorsichtig sein. Aber wo konnte er zusätzliche Informationen in seiner eigenen Sache erhalten? Die Bibliothek hatte er fast Buch für Buch durchgesehen. Die aktuellen Papiere des Gutsunternehmens lagen in seinem Arbeitsbereich. Blieb noch der Schreibtisch der alten Gräfin. Aber bis jetzt hatte es kaum Vorwände und Möglichkeiten gegeben, in den Salon von Friederike von Erben zu gelangen, geschweige denn, ihren Sekretär zu durchsuchen. Und leider war die alte Dame fast immer zu Hause. Vielleicht waren die Ermittlungen nicht nur eine Gefahr, dass seine wahre Identität aufgedeckt wurde, sondern auch die letzte Chance, das herauszufinden, wonach er seit zwei Jahren suchte.

30.

Hein Pedersen erzählte von Annika, und Carla Moreno hörte zu. Sie sah das kleine Mädchen vor sich, das der Vater verwöhnte, nachdem die Mutter davongelaufen war. Er hatte sich Sorgen gemacht, weil sie seit ein paar Wochen immer wieder ausging und nicht sagte, wohin. »Frag nicht, Papa«, hatte sie gesagt. »Es ist alles auch zu deinem Besten. Ich tue nichts Unüberlegtes. Ich werde den Kopf nicht verlieren.« Und in der vergangenen Woche meinte sie noch: »Bald geht es uns vielleicht schon besser. Und diese Schwätzer und Spione im Dorf werden sich noch umschauen.« »Mir ist aufgefallen, dass sie sich sehr überlegt ausdrückte, dass sie aufhörte, Groschenromane zu lesen, und dass sie in die Leihbücherei ging. Aber nicht im Traum hätte ich daran gedacht, dass ihre Heimlichtuerei irgendetwas mit dem Schloss zu tun haben könnte. Meine Annika auf Langen. Das hätte sie doch wissen müssen, dass die Familie das nie geduldet hätte. Und selbst wenn – dass es nie von Dauer gewesen wäre. Alle im Dorf wissen doch von der traurigen Geschichte mit dem jungen Heinrich von Erben und der Karola aus der Küche.« »Ich nicht«, hakte Carla nach. »Erzählen Sie.« Das Reden tat Hein Pedersen gut. Er entspannte sich, berichtete, wie sich das Mädchen in den Grafensohn Heinrich verliebte und schwanger wurde, wie das Mädchen plötzlich verschwand und Helga Seebacher sich alle Mühe gab, den kleinen Holger aufzuziehen. Heinrichs Kind. Aber die Erbens, hieß es, gäben ihr keinen Cent, obwohl der Kleine doch ihr Enkel war. »Ich hätte mich nicht so abspeisen lassen«, sagte Carla. »Das ist offenbar das Problem der Gräfin. Niemand lehnt sich gegen sie auf. Und deshalb tut sie weiter so, als wäre die Leibeigenschaft bis heute noch nicht aufgehoben.« Carla stand auf. Sie musste gehen. Sie nahm Hein

Pedersen zum Abschied in den Arm. »Sie können mich jederzeit besuchen. Und wenn Sie Hilfe brauchen, rufen Sie an.« »Sie sind nett«, sagte er. »Und gar nicht wie eine spanische Kellnerin.« Carla lachte. »Aha, der Dorfklatsch. Wie ist denn eine spanische Kellnerin? Sind die alle unnett?« Hein Pedersen hustete und sah verlegen auf die Spitzen seiner Pantoffeln. »Ich kann Sie beruhigen«, setzte Carla hinzu, »ich bin keine. Auch wenn es mir nichts ausmachen würde, eine zu sein. Aber was rede ich für einen Unsinn. Das alles spielt keine Rolle. Jetzt will ich noch bei Meta Diederichsen vorbeischauen. Ich hoffe, ich erwische sie noch vor dem Mittagessen. Vielleicht hat sie irgendetwas gesehen.«

Carla ging die Dorfstraße entlang. Da kam ihr zwischen dem flachen Backsteinbau der einstigen Dorfschmiede und dem futuristischen Bungalow eines Hamburger Rechtsanwalts, der sich hier an den Wochenenden erholte, Lore Harder entgegen. Ob die etwas wusste? Aber Carla mochte sie nicht ansprechen, die spitznasige Frau des Apothekers war ihr von Anfang an außerordentlich feindselig begegnet. »Was wollen Sie hier? Sie gehören hier nicht her«, hatte sie zu ihr gesagt, als sie in der Apotheke einkaufen wollte. Lore Harder, Tochter eines Kapitäns, spielte eine Führungsrolle unter den Damen des Dorfes. Die Harders bewohnten das größte Haus an der Dorfstraße, einen Backsteinbau mit hohem Dach und imponierendem Erker, an den seitlich die Apotheke angebaut war – nicht eben schön. Dafür sah die Harder darauf, dass vor dem Haus die mächtigsten und teuersten Blumenkübel standen, um den Wohlstand des Ehepaares zu dokumentieren. Sie war scharfzüngig und bösartig. Und deshalb mochte sich niemand mit ihr anlegen. Schon aus der Ferne sah Carla den abschätzigen Blick, mit dem ihr die Harder begegnete. Sie lächelte sie betont liebenswürdig an, sagte »Moin«, weil »Guten Tag« gelogen gewesen wäre, und wechselte die Straßenseite. Der Harder, dachte sie, würde sie auch einiges zutrauen. Der müsste man auch auf die Finger sehen. Was tat die überhaupt hier um diese Zeit? Musste die nicht ihren Mann verpflegen?

Carla ging die paar Meter zum Haus der Lehrerswitwe. Die Pforte stand offen – merkwürdig, Meta war doch sonst so pedantisch. Carla klopfte. Keine Antwort. Niemand kam zur Tür. Und das am Sonntagmittag. Der Gottesdienst war vorüber, die Essenszeit begann gerade. »Vielleicht sitzt sie auf der Terrasse und hat nichts gehört«, dachte Carla und ging ums Haus. Aber auch dort antwortete niemand auf ihr Klopfen. Sie sah durchs Küchenfenster. Keine Spur von Meta. Die Terrasse. Die Tür war nur angelehnt. Carla spähte um die Ecke. »Frau Diederichsen!«, rief sie. Sie trat ins Zimmer, sah sich um und erstarrte. Da lag Meta vor dem Bücherregal. Mit verzerrtem Gesicht, einen Hanfstrick um den Hals, die Hände in der Schlinge. Sie hatte vergeblich versucht, das Seil zu lockern. Metas Augen starrten Carla an. Die alte Frau war offensichtlich tot. Carla atmete scharf ein. Es hörte sich fast wie ein Schluchzen an. Sie mahnte sich zu Ruhe und Besonnenheit und überlegte: Sollte sie hineingehen und die Polizei rufen oder zurück zu Pedersen laufen und von dort aus telefonieren? Ein Mobiltelefon hatte sie nicht dabei. Während sie noch nachdachte, stieg ihr ein süßlicher Geruch in die Nase. Metas Parfüm? Sie ging nun doch hinein und schnupperte. Nein, Meta benutzte kein Parfüm. Ein unangenehmer Duft. Wo hatte sie den schon einmal gerochen? Irgendetwas mit Moschus, das schwer in der Luft klebte. Carla zögerte – dann lief sie doch zurück zu Pedersen. »Ich muss telefonieren«, rief sie schon an der Tür. Und dann: »Metelmann, kommen Sie schnell. Noch ein Mord. Meta Diederichsen ist tot.« Sie legte auf. Und Metelmann wählte sofort die Nummer von Kleyn, bevor er seine Wache verließ. »Herr Hauptkommissar«, sagte er knapp, »Sie müssen Ihr Netbook wieder aufklappen. Wir haben eine zweite

Leiche in Langenbek. Die alte Lehrerswitwe.« Kleyn fluchte. »Mist. Nicht schon wieder.« Er nahm Netbook und Telefon. Noch im Treppenhaus mobilisierte er Spurensicherung und Gerichtsmedizin. Vorbei die Visionen von einem geregelten Alltag mit Frau und Kindern.

31.

Tilly Newman fühlte sich wie zerschlagen, als sie am Sonntagmorgen gegen 10 Uhr in ihrem opulent ausgestatteten Hotelzimmer an der Flensburger Förde aufwachte. Sie hatte Höllenqualen gefühlt am gestrigen Tag. Der Weg nach Langen hatte sie schon mitgenommen. Da war immer das beklemmende Gefühl gewesen, doch erkannt zu werden, trotz der Kunstfertigkeit der südamerikanischen Schönheitschirurgen. Sie fühlte sich, als hätte sie einen Stein im Magen, wenn sie sich vorstellte, im Hof Friederike von Erben zu begegnen oder Johannes. Sie war darauf noch nicht vorbereitet gewesen. Was hätte sie dann wohl gesagt? Wie hätte sie reagiert? Und als sie dann wirklich in dem gepflegten Schlosshof stand, dem Musterbeispiel eines schleswig-holsteinischen Gutes, und die Konzertgäste kommen sah, hatte sie Hass gefühlt. Gegen Friederike, die ihr mit ihrem Betrug das alles genommen hatte. Ihr war nur Neumann geblieben. Da war auch das viele Geld kein Trost, das er ihr vererbt hatte. Jetzt war sie nicht mehr jung, dagegen halfen auch keine Schönheitsoperationen, sie hatte kein Kind und konnte nur an viele magere Jahre mit einem Ehemann zurückdenken, der zwar fleißig und erfolgreich war, aber die Ausstrahlung und Lebensart nicht besaß, die ihr an Johannes von Erben so gefallen hatten. Der treulose Johannes war zwar mit Friederike gestraft, die ihn unter dem Joch hatte. Das erzählten sich die Leute in der Gegend, und die Vorstellung gefiel ihr. Dass ihm tatsächlich in genau diesem Augenblick die hübsche Karola Seebacher das Frühstück servierte und er sich am Tisch streckte wie ein zufriedener Bauernhof-Kater, wusste sie glücklicherweise nicht.

Das Konzert im Schloss. Tilly goss sich ein Glas Champagner ein. »Für den Kreislauf«, entschuldigte sie den frühen Alkoholkonsum. Sie dachte zurück an Friederikes Auftritt. Als sie den Saal betrat, wurde ihr fast übel. Damit hatte sie nicht gerechnet. Und dann kam die Polizei. Sie hatten im Salon des Gutes eine Tote gefunden. Was für eine Tote? Wie konnte das geschehen? Gleichzeitig erfasste sie wie eine Welle ein Glücksgefühl. Sie hatte Angst, dass sie rot wurde, dass man ihr etwas anmerkte, dass nicht Freude an Musik, sondern Heimlichkeit sie zum Konzert geführt hatte. Blitzschnell war sie aufgesprungen und hatte die Scheune verlassen. Sie ging durchs Tor hinaus, bevor die Polizei ihren Namen aufnehmen konnte. Sie ruinierte sich Schuhe und Kostüm im Regen und Schlamm, aber das war ihr egal. Und heute Morgen im Radio die Nachricht: Die Tote auf Langen war eine Tankwartstochter. Das Opfer, so die Reporter, war offenbar vergiftet worden. Der Fall war ein Rätsel. Eine Tote. Eine Tote, wiederholte Tilly. Warum war es nicht Friederike? Dann hätte sie Johannes trösten können. Das war doch ungerecht. Tilly fühlte sich wie gelähmt. Aber der Champagner half gegen Enttäuschung und Trübsinn. Tilly schenkte sich ein Glas nach. »Denk doch positiv«, sagte sie zu sich. Auch wenn Friederike noch quicklebendig war, so hatte sie doch einen Skandal im Haus. Und das traf sie sicher bis in die Knochen. Vielleicht war es sogar noch besser so. »Tilly«, prostete sie sich zu, »es ist dein Glückstag.« Nun galt es, den Skandal zu schüren und zu genießen. Man müsste die Zeitungen mit ein bisschen Tratsch füttern und: »Ich werde sie besuchen. Ich werde ihr mein Bedauern versichern. Und ich werde dort in meinen besten Klamotten neben dieser nebelgrauen Gouvernante aufkreuzen. Prost, Tilly. Mal sehen, was Johannes dazu sagt. Und mal sehen, ob ich ihm nicht einen kleinen Vortrag in Geschichte halten kann, mit besonderer Berücksichtigung der Machenschaften einer gewissen Friederike Hallier, die ihn vor den Altar schleppte.« Tilly entspannte sich. Sie sah in den Spiegel. »Jetzt schnell eine Maske, dann zum

Hotelfriseur, und am Nachmittag werde ich 20 Jahre jünger aussehen. Dann fahre ich hinüber zur Teestunde auf einen Plausch. Liebe Friederike: Überraschung!«

32.

Vor Meta Diederichsens Haus drängten sich die Neugierigen. Das Blumenbeet im Vorgarten mit Margeriten und Mohn war schon platt getrampelt. Metelmanns Dienstwagen stand vor der Tür und daneben ein halbes Dutzend Wagen der Kripo. In Metas kleinem Wohnzimmer drängten sich die Ermittler. In ihren weißen Schutzanzügen sahen sie aus wie Mondmenschen. Die ärztliche Diagnose war nur eine Formalität. Der Strick hatte sich tief in Metas Hals eingeschnitten. Er war fest verknotet. »Der Mörder«, dachte Kleyn, »war entschlossen, dem Opfer keine Chance zu lassen.« Aus Hass oder Furcht? Oder hatte sie einfach nur einen Dieb überrascht? Aber zu stehlen gab es hier nicht viel. Wirkliche Wertsachen besaß Meta nicht. Und warum sollte ein Dieb ausgerechnet präventiv einen Strick mitbringen? Ein Messer, gut. Aber ein Seil? Und im Wohnzimmer hätte es auch nicht herumgelegen. Kleyn sah sich um. Es war ein gemütliches Haus, ordentlich, aufgeräumt, blitzsauber, mit alten Möbeln, keinen Kostbarkeiten, aber schönen Stücken. Dennoch nichts, was sich von einem Zufalls-Einbrecher schnell zu Geld machen ließ, kein Computer, keine Unterhaltungselektronik, nur ein uralter Radioapparat und ein Röhren-Fernseher. Über zwei Wände im Wohnzimmer waren Bücherregale aufgebaut. »Neben ihr lag ein Lexikonband. Wollte wohl etwas nachschlagen, das alte Mädchen«, sagte Metelmann, als er sah, wie Kleyn im Zimmer Bilanz machte. Vielleicht wollte sie sich auch mit dem schweren Buch wehren? Ob es etwas zu bedeuten hat oder Zufall ist? »Wer hat die Tote gefunden?«, fragte Kleyn. »Frau Moreno«, antwortete Metelmann und deutete auf die Terrasse, wo Carla in einem Gartenstuhl saß. Kleyn schnaufte. Die schon wieder. Die hatte ihm gerade noch gefehlt. Er ging hinaus, sah Carla giftig an und fauchte: »Es ist wohl Ihr Hobby, beim Morden zuzusehen.« »Kaum«, schnappte Carla zurück und betrachtete ihn genauso abschätzig. »Haben Sie auch sachliche Fragen?« Kleyn giftete sich. Warum machte ihn die Frau so aggressiv? In derselben Sekunde wusste er es: Ihre Selbstsicherheit und Unabhängigkeit erinnerten ihn an Barbara. Diese Dame würde ihren Lebensgefährten genauso kompromisslos vor die Tür setzen wie seine Ex. »Und – haben Sie Fragen« Carla sah ihn kühl an. »Was wollten Sie hier?« »Meta besuchen.« »Am Sonntagmittag?« »Warum denn nicht. Ich war doch schon fast da. Ich hatte vorher schon Pedersen besucht.« »Warum denn das – wollten Sie tanken?« Als er es ausgesprochen hatte, ärgerte sich Kleyn über sich selbst. Warum ließ er sich so aus der Reserve locken? »Wenn Sie sich vielleicht erinnern«, sagte Carla süffisant, »hat Pedersen gestern seine Tochter verloren. Durch Mord. Ich wollte ihn trösten und ihm meine Hilfe anbieten. Das machen wir hier so auf dem Dorf. Wir helfen uns gegenseitig.« »Haben Sie jemanden gesehen?« »Nein.« Und sie beschrieb, wie sie, als Meta nicht öffnete, ums Haus gegangen war, weil sie dachte, die Lehrerswitwe säße vielleicht auf der Terrasse. Sie habe durchs Küchenfenster geschaut, dann durch die offene Terrassentür. Und da lag die Tote. »Was haben Sie dann getan?« »Ich habe einen Moment überlegt, ob ich ins Haus gehen und telefonieren sollte oder ob es besser wäre, die Polizei von Pedersen aus zu rufen. Und das habe ich dann getan.« »Dann hätte der Täter in der Zwischenzeit zurückkommen oder verschwinden können.« »Theoretisch ja. Aber ich hatte die ganze Zeit die Vordertür im Blick. Und zur Terrasse konnte er nicht aus dem Haus, denn ich hatte die Tür geschlossen, den Schlüssel abgezogen und Metelmann gegeben.« »Danke«, sagte Kleyn, erleichtert, dass Carla offenbar auf einen friedlichen Kurs einschwenkte. »Geben Sie mir bitte noch Ihre Personalien«, sagte er geschäftsmäßig. »Die hat gestern schon Ihr

Mitarbeiter ...« »Macht nichts, ich hätte die Daten auch gern gleich im Computer.« »In Ordnung. Carla Moreno, Adresse: Seevilla am Knickweg, keine Hausnummer.« »Beruf: Kellnerin«, tippte Kleyn weiter, ohne zu fragen. »Nein, wie kommen Sie darauf? Ich bin Malerin.« »Aber alle im Dorf sagen doch ...« »Ich denke, Sie ermitteln. Ich wusste nicht, dass Sie nur aufschreiben, was alle sagen.« Carla sagte das ganz ohne bissigen Unterton. Er hielt deshalb nicht dagegen, sondern entgegnete nur: »Ich hatte mich auch schon gewundert, wie sich eine Kellnerin die Miete für die alte Seevilla leisten kann.« »Die Seevilla gehört mir.« Kleyn wurde das Gespräch zunehmend peinlicher. »Gehört Ihnen?« Er sah sie irritiert an. »Ich habe sie geerbt, falls Sie das beruhigt.« »Aha«, sagte er und kam sich dämlich vor. »Aber um auch die letzten Ungereimtheiten aufzuklären – ich besitze ein Hotel auf Mallorca. Vielleicht kommt daher das Gerücht von der Kellnerin.« Kleyn wand sich verlegen. Carla spürte das, fand aber, dass er wegen seiner Arroganz ein paar unangenehme Minuten verdient hatte. »Und woher können Sie so gut Deutsch«, wollte er wissen, weil er dem Gespräch eine umgänglichere Note geben wollte. Leider hatte er wieder das falsche Thema gewählt. »Ich bin hier in Schleswig-Holstein aufgewachsen«, sagte Carla schlicht, ohne ihm den kleinsten Hinweis zu geben, wie sehr sie dieses Gespräch amüsierte. »Nicht genau hier, sondern 50 Kilometer entfernt auf Gut Ahrenberg. »Waren«, er traute sich kaum die Frage zu stellen, »Ihre Eltern dort beschäftigt?« »Sie meinen sicher in der Küche? Ja, man kann sagen, dass meine Eltern dort beschäftigt waren. Meinem Vater, Baron von Roehl, gehörte das Gut, jedenfalls bis er Pleite machte.« »Dann sind Sie eine Baronesse«, stellte Kleyn fest, der schon zu diesem Zeitpunkt den Tag liebend gern aus dem Kalender gestrichen hätte. Zudem spürte er, dass er rot wurde. »Ja«, lachte Carla. »Jedenfalls war ich das. Bis ich mit meinem Mann durchgebrannt bin. Und der war in den

Augen meiner Eltern nichts als ein Pizza-Bäcker. Dabei haben wir mit Restaurant- und Hotel-Service sicher mehr verdient als meine Eltern in ihrem ganzen Leben mit dem Gut.« Carla erzählte die Fakten im Stakkato und lachte. »Aber hier im Ort weiß niemand, wo Sie herkommen«, sagte Kleyn. »Nein. Das ist mir auch ganz recht so. Auf diese Weise bleiben alle die Leute, die nur nach Besitz und Abstammung urteilen, auf Distanz, und ich habe meine Ruhe. Wenn Sie meine Vita jetzt weitertratschen, nehme ich Ihnen das übel.« Er sah von seinem Notebook auf und sagte trocken: »Ich fürchte, die Geheimhaltung liegt nicht mehr in meiner Macht.« Am offenen Fenster stand Henriette Blunck mit staunendem Gesichtsausdruck. Als Kleyn sie ansah, drehte sie sich weg. »Ich fürchte, sie hat gelauscht. Tut mir leid. Ich hatte sie nicht gesehen.« »Ich werde sie schon auf Abstand halten«, sagte Carla. »Tun Sie mir einen Gefallen und passen Sie auf sich auf. Und halten Sie die Augen offen«, sagte der Kommissar ungewöhnlich milde. Carla lachte: »Bin ich jetzt anerkannte Spionin?« »Wer weiß – aber im Ernst. Wir haben keine Ahnung, ob die beiden Morde miteinander zu tun haben oder nicht. Wenn ja, treibt sich hier ein außerordentlich entschlossener Täter herum. Und Sie waren beide Male am Tatort. Außerdem – seien Sie nicht sauer, dass ich so eklig war.« »Erinnerungen an ein abgeschlossenes Partnerschafts-Kapitel?«, tippte Carla und lachte. Er wurde jetzt dunkelrot. »Treffer!«

Von außen klopfte jetzt Pastor Blunck ans Fenster. »Darf ich hereinkommen?«, fragte er. Er bewegte sich in einer jungenhaften Art, als hätte er einen Streich ausgeheckt und fürchtete, jetzt erwischt zu werden. »Natürlich«, sagte Kleyn ungewohnt freundlich. Blunck druckste herum, dass er helfen, aber nicht tratschen wolle, manches sehe und höre – und er verfing sich in einer langen Reihe von Nebensätzen.

Kleyn unterbrach ihn: »Herr Pastor, wir sind über jeden kleinen Hinweis glücklich. Manchmal sind es winzige Details, die uns weiterhelfen.« Und dann erzählte Blunck, wie Meta oft vor sich hin redete, sagte, was ihr durch den Kopf ging, als würde sie laut denken. Manchmal schien sie sich etwas vorzusprechen, das sie nicht vergessen wollte. Manchmal schien es aber auch, als hätten diese Selbstgespräche Methode, als wolle sie etwas erreichen, etwas mitteilen. »Und so war es auch nach dem Gottesdienst, als ich die Gemeinde verabschiedete. ›Ich weiß, was ich weiß‹, hat sie gesagt. Immer wieder. Ich dachte, vielleicht hatte das etwas mit dem Mord an Annika Pedersen zu tun. Vielleicht hatte sie irgendetwas gesehen oder gehört.« Vielen Dank, Herr Pfarrer«, sagte Kleyn. »Pastor«, korrigierte Blunck, aber das nahm Kleyn gar nicht zur Kenntnis. »Wir müssen herausfinden, wo Frau Diederichsen gestern war.« Carla fiel ein, dass sie die alte Dame am See gesehen hatte, als sie mit Watson unterwegs gewesen war. »Vielleicht hat sie dort herumgeschnüffelt«, vermutete der Kommissar. »Glaub ich nicht«, konterte Carla. »Sie war eine nette alte Dame. Ein wenig einsam. Ein bisschen spinnert. Sie brauchte deshalb Neuigkeiten wie ein interessantes Fernsehprogramm. Die Leute im Dorf waren ihre Familie. Sie wollte alles wissen, aber sie hat nicht getratscht oder intrigiert, sondern immer nur gefragt.« »Ich glaube nicht, dass sie nur die harmlose Lehrerswitwe war«, schaltete Metelmann sich ein. Kleyn wandte sich überrascht dem Dorfpolizisten zu. Und auch Carla war erstaunt, weil Metelmann sich bisher aus allen Spekulationen herausgehalten hatte. »Getratscht hat sie wirklich nicht, aber …« Metelmann stockte. Carla und Kleyn sahen ihn an. Und Metelmann erzählte verlegen, dass seiner Meinung nach Metas Schnüffeleien System hatten. Sie habe Beobachtungen und Neuigkeiten gesammelt wie andere Leute Briefmarken. Dabei ging es ihr nicht um den Tratsch, sondern um das Wissen. Und sie glaubte vielleicht, Macht zu haben, wenn sie Dinge erfuhr, die die Nachbarn lieber für sich behalten hätten. »Ich glaube, es gefiel ihr, wenn andere Angst hatten, sie könnte ihre Geheimnisse erraten oder preisgeben. Und ich bin fast sicher, dass sie diese Selbstgespräche manchmal ganz gezielt geführt hat, um Leuten zu beweisen, dass sie genau über sie Bescheid wusste.«

Carla stutzte: »Ich glaube, Metelmann hat recht.« Sie selbst wäre von sich aus nicht auf die Idee gekommen, Metas Neugier so zu betrachten. Aber es stimmte. Die alte Dame wirkte manchmal wie ein Terrier auf der Jagd. Und wenn sie mit Menschen sprach, beobachtete sie sie nicht nur in ihren Reaktionen, sondern auch in ihrer Haltung zu anderen. Das fiel ihr jetzt erst ein, nachdem Metelmann das angesprochen hatte. Mochte sein, dass Meta mit ihrer Bemerkung in der Kirche wirklich jemandem Angst einjagen oder zumindest sich wichtigmachen wollte. Dennoch – vielleicht hatte der Mord an der Diederichsen auch gar nichts mit der Tat im Schloss zu tun.

Carla stand auf und wollte gehen. »Ach, mir fällt noch etwas ein. Als ich vorhin in das Wohnzimmer schaute, fiel mir ein süßlicher Geruch auf, irgendein Parfüm oder Rasierwasser. Ich habe das schon einmal gerochen, weiß aber nicht, wo. Ach – und das habe ich auf der Terrasse gefunden.« Sie legte Kleyn ein winziges Stück Flitter in die Hand. »Ein Strass-Steinchen«, sagte der Kommissar. »Das muss nichts mit Metas Tod zu tun haben, wenn es hier draußen lag. Vielleicht irgendein Flitter von einer Dekoration.« Carla lächelte: »Klar, aber das ist kein Strass. Wenn Sie genau hinsehen, ist das ein winziger alter, flach geschliffener Tafeldiamant. Der muss aus einem antiken Schmuckstück gefallen sein. Vielleicht gehörte es ja Meta. Ihre Schnüffler können das doch mal überprüfen, was die alte Dame so in der Schmuckschatulle hat.«

Die Szene wurde aus der Distanz genau beobachtet. Der Makler Knudsen war, als die Polizei anrückte, auf seinen Dachboden gestiegen. Jetzt verfolgte er das Geschehen mit dem Feldstecher durch das kleine, runde Fenster. Er schwitzte, und das nicht nur, weil die Luft unter dem Dach stickig war. Knudsen wusste, dass Meta ihre Nachbarn bespitzelt hatte. Er hatte Angst.

33.

Auf Gut Langen fühlten sich die meisten Bewohner wie gelähmt. Nur Dorothea von Erben war aufgekratzt, als habe sie Muntermacher geschluckt. Der Skandal, der ihre Schwiegermutter erschütterte, und der Verlust, der ihren Gatten quälte, wirkten auf sie wie ein Aufputschmittel. Jahrelang hatte sie sich unvollkommen gefühlt, zu wenig beachtet von ihrem Gatten, gemaßregelt von der alten Gräfin, ohne Aufgaben und ohne Ziele. Jetzt sann sie auf Rache. Summend spazierte sie durchs Haus. Sie war fest entschlossen, in Zukunft hier eine Hauptrolle zu spielen. Mit der Affäre, glaubte sie, hatte sie ein Druckmittel.

Eberhardt von Erben hatte unterdessen sein Schlafzimmer an diesem Sonntag überhaupt noch nicht verlassen. Es war schon fast Mittag, als die alte Gräfin nach einem ausgedehnten Frühstück energisch und ohne zu klopfen in Eberhardts Zimmer trat. Er lag auf dem Bett. »Ab wann gedenkst du, wieder unter den Lebenden zu weilen und deinen Pflichten nachzukommen?«, fragte sie inquisitorisch. »Lass mich in Frieden«, sagte er und drehte sich um. »Nein, du hast einen Job hier. Wir erwarten am Nachmittag erneut Gäste, Konzertgäste.« Er konnte es nicht glauben. Sie wollte tatsächlich das Konzert veranstalten und mit der Sensationslust Kasse machen. Musik und Mord, was für eine Mischung. Sie wolle eine kleine Ansprache halten und den Leuten sagen, dass es eine Liebestragödie im Dorf gegeben hatte, und ansonsten das Desaster für die Popularität des Ortes nutzen.

Eberhardt richtete sich auf. »Wenn du es wagen solltest, eine solche Rede zu halten, werde ich auch eine kleine Ansprache vorbereiten und den Leuten mitteilen, dass es nicht irgendeine Liebestragödie war, die per Zufall auf dem Schloss ihr Ende fand, sondern dass jemand das Mädchen umgebracht hat, das ich heiraten wollte.« »Heiraten? Du bist verheiratet, mein Lieber.« Er unterbrach sie harsch. Das Gespräch nahm denselben Weg wie der Streit am Vortag. »Lass es uns kurz machen: Ich verlasse Langen. Und Dorothea.« Er drehte sich unmissverständlich um, und die alte Gräfin wusste, dass es ihm dieses Mal ernst war.

Friederike von Erben fühlte Panik. Sie war daran gewöhnt, dass sich alle nach ihren Wünschen richteten. Freiwillig oder unter Druck. Jetzt hatte sie Angst, dass ihr die Macht entglitt. Sie mobilisierte ihren kompletten Argumentationsschatz von Pflicht und Aufopferung bis zum Enterben. »Das wirst du nicht. Ich habe nicht umsonst jahrelang mein privates Vermögen in das Gut gepumpt. Solltest du gehen, werde ich dich enterben.« Und sie griff sich an die Brust. »Lass es, Mama«, sagte Eberhardt. »Der Trick funktioniert nicht mehr. Spiel mir keinen Herzinfarkt vor. Dr. Muncke sagt, du seiest kerngesund und würdest leicht 100 Jahre alt. Meine Entscheidung steht fest. Sobald die Ermittlungen hier abgeschlossen sind, gehe ich. Und enterben kannst du mich nicht. Das Gut gehört Vater.«

Friederike von Erben betrachtete ihren Sohn kalt, als sei er ein Fremder. Er war unrasiert, hatte tiefe Ringe unter den Augen, und die Haare klebten ihm am Kopf. Er ließ sich gehen. Das war ihr zuwider. »In Ordnung. Ich stelle einen Verwalter ein.« Sie richtete sich generalsmäßig in ihrem Kostüm auf. Es würde ihnen allen leidtun. Ohne ihre persönlichen Einkünfte würde das Gut nicht mehr lange existieren können. Sie würde sie noch alle unter Kontrolle bekommen. Die Kinder und ihren Mann. Sie war es schließlich, die das Geld hatte.

34.

In dem abgelegenen Haus von Anatol Abel blieben an diesem Sonntag die Läden lange geschlossen. Der alte Mann hatte bis spät in der Nacht aufgesessen und gegrübelt. Stand der Mord in einem Zusammenhang mit der Vergangenheit? Hatte das Mädchen etwas gewusst und war zum Schweigen gebracht worden? Was am unangenehmsten war: Die Ermittlungen konnten Staub aufwirbeln und ihn in seiner mühsam erworbenen Ruhe stören. Und das, wo er vielleicht kurz vor dem Ziel seiner Recherchen stand. Dabei war Dominik noch immer nicht fündig geworden. Es fehlte der entscheidende Beleg, die Verbindung von der Gegenwart zur Vergangenheit. Es war zum Verzweifeln. Vielleicht gab es auch gar keinen schriftlichen Beweis mehr. Vielleicht hatten die alte Gräfin oder schon ihre Eltern alles vernichtet? Dann war alles umsonst gewesen.

35.

Henriette Blunck ging nachdenklich nach Hause. Sie mochte kaum glauben, was sie eben gehört und gesehen hatte. Meta Diederichsen, die alte Klatschtante, war tot. Und die Kellnerin war gar keine Kellnerin. Deshalb also war sie so arrogant und auf Distanz bedacht. Sie hatte sie nie gemocht, ihr das feudale Haus am Dorfrand geneidet und das Aufheben, das manche Leute um Carlas Bilder machten. »Die Kellnerin als Künstlerin«, sagte Henriette spöttisch und fand vor allem in Lore Harder eine Verbündete, die Carla genauso wenig mochte. In diesem Moment kam ihr Hanne Möller, die Frau des Bürgermeisters und Gastwirts entgegen, die spät zwar, aber doch noch an dem neuen Klatsch über das Desaster im Ort teilhaben wollte. »Stimmt das, Henriette?«, rief sie schon von weitem und ruderte mit den Armen. »Meta ist tot?« Die Pastorsfrau nickte. »An ihrem eigenen Tratsch erstickt«, meinte die Möller bösartig. Die pausbackige Hanne Möller war eigentlich eine gutmütige Frau. Doch sie hatte keinen Grund gehabt, Meta zu lieben, die nach der Geburt des dritten Möller-Kindes, des jetzt fünfjährigen Jannis, immer wieder penetrant nach der Familienähnlichkeit gefragt hatte. Woher kamen die feuerroten Haare des kleinen Jungen? Die Eltern waren beide dunkelblond. »Merkwürdig, merkwürdig«, pflegte die Diederichsen zu nuscheln, wenn Hanne Möller gerade hoffte, das Thema wäre erledigt. Aber Hanne lebte seit fünf Jahren mit der Angst vor offenem Gerede. Jetzt war Meta tot. Und sie hatte ihre Ruhe. Was für ein Glücksfall.

Henriette Blunck war froh, jemandem die Neuigkeiten aus Metas Haus schildern zu können. Und Hanne Möller war eine bereitwillige Zuhörerin. Hatte sie doch die Chance, wenigstens aus zweiter Hand erstklassige Informationen zu erhalten. So erfuhr sie von Metas schrecklichem Tod, dem grauenhaften Aussehen der Leiche, geschildert in expressionistischen Farben. Und das Beste behielt sich die Pastorsgattin bis zum Schluss als Pointe auf. »Stell dir vor, Hanne, diese Kellnerin hat uns alle an der Nase herumgeführt. Die Moreno ist in Wirklichkeit eine Hotelbesitzerin, die Villa am Knick hat sie nicht gemietet, sondern geerbt, und außerdem ist sie eine Tochter von Gut Ahrenberg. Du weißt doch, der alte Baron, der Pleite gemacht hat und dem dann die Frau mit einem reichen Kräuterhansel davongelaufen ist, obwohl sie vor Vornehmheit kaum gehen konnte.« »Die Moreno?«, fragte Hanne Möller fassungslos. »Nie und nimmer. Das glaub ich nicht. Die hat doch gar nicht das Auftreten einer Frau aus besserem Hause. Und die Geschichte mit der Malerei habe ich immer für eine vorgeschobene Sache gehalten. Malerei. Wer weiß, was die malt. Und wenn da Leute kamen, waren das sowieso immer Männer.« »Aber die hat doch einen Freund, einen Journalisten. Das hat mir auch Meta erzählt.« »Und wenn der Freund weg ist, kommen die anderen«, konterte Hanne. Die beiden Damen waren enttäuscht. Ausgerechnet die Zugezogene, die sie beide so wenig schätzten, hatte mehr Geld als sie alle zusammen. Ärgerlich. Höchst ärgerlich. Bitter. Schmerzlich und ungerecht. Und dann gab es auch noch zwei Morde auf einmal in einem Dorf, in dem seit Jahren, ach was, in Jahrhunderten nichts geschehen war. Beide beratschlagten, wer Annika umgebracht und wer Meta den Hals umgedreht haben könnte, beide verabredeten, sich bald auf einen Kaffee zu treffen, um weitere Neuigkeiten auszutauschen. Und beide hofften, dass bei den Recherchen ihre eigenen kleinen Geheimnisse auch Geheimnisse bleiben würden.

Bei Annika, könnte man denken, war es jemand aus dem Schloss. Ein uneheliches Kind hatte denen wohl gereicht. Aber was Meta anging – die war ein paar Mal mit diesem unheimlichen alten Abel zusammen gewesen. Was die beiden wohl zu bereden gehabt hatten? Henriette und Hanne waren einig: Bei dem wusste man sowieso nicht, woran man war. Dem trauten sie noch am ehesten einen Mord zu. Niemand hatte eine Ahnung, woher er kam und wovon er lebte. Vielleicht sollte man dem Kommissar aus Flensburg mal einen Tipp geben. Der konnte ja schließlich nicht wissen, was im Ort los war. »Also, ich werde mal eine dezente Bemerkung fallen lassen«, sagte Hanne Möller. »Denn von uns aus dem Dorf kann es ja schließlich niemand gewesen sein – außer der Kellnerin oder was immer sie ist. Denn wenn sie nichts zu verbergen hat, hätte sie uns doch sagen können, wer sie ist. Oder?« Die Wirtin nickte entschlossen und ging nach Hause.

36.

Tilly Newman summte die Untergangsmelodie aus dem Film »Titanic« und schminkte sich die Augen. Ein bisschen helles Beige, ein wenig Flieder, eine Spur Kajal – das hob das Grün in ihren Augen, fand sie. Hellblaues Chanel-Kostüm – ein schöner Kontrast zu dem Gouvernanten-Look der alten Gräfin. Und dann der schwere Goldschmuck, den sie sich hatte anfertigen lassen – Chanelkette, Armband und Ohrclips von ihrer Goldschmiedin zu Hause in Amerika. Dazu Chanel-Schuhe, Tasche, fertig. Sie schwebte hinunter durch die Hotelhalle. Der Wagen, ein silbermetallicfarbener Benz, den sie samt Chauffeur gemietet hatte, wartete schon. »Halten Sie bei einem Blumengeschäft«, kommandierte sie. Sie kaufte 50 rote Rosen. »Eine für jedes Jahr, das wir uns nicht gesehen haben – na ja, so in etwa«, dachte sie. »Noch mal nach Langen«, wies sie den Chauffeur an und lehnte sich zufrieden in die Polster. Tilly war in Hochstimmung: Friederike in Schwierigkeiten. Das entschädigte sie für viele bittere Momente, für die unerfreulichen Anfangsjahre in Amerika und für die Zeit mit Kurt, dem Langweiligen, den sie anstelle von Johannes, dem eleganten Grafen, hatte nehmen müssen. An den Gedanken, dass Johannes vielleicht nie vorgehabt hatte, sie zu ehelichen, verschwendete sie keinen Gedanken.

»Fahren Sie direkt vors Portal«, befahl sie dem Chauffeur. Der Wagen hielt. Tilly stieg aus, nahm die Blumen, ging zum Tor und ließ den Türklopfer dreimal kräftig aufschlagen. Nach zehn Sekunden öffnete Franzius indigniert die Tür. »Sie wünschen?«, sagte er spitz und musterte die ihm unbekannte Dame, die offenbar direkt aus einem Chanel-Schaufenster nach Langen spaziert war. »Ich möchte die Gräfin besuchen.« »Gräfin Erben-Werthern empfängt heute nicht«, sagte Franzius. »Oh, mich schon. Ich bin eine alte Freundin – Nathalie Voigt. Sagen Sie ihr das. Das wird sie freuen.« Franzius wunderte sich und wollte schon die Tür schließen. »Aber Sie haben jetzt nicht vor, mich draußen stehen zu lassen?«, fauchte Tilly. »Ich denke, Sie bitten mich jetzt schnell in einen der Salons. Möglichst in einen, in dem keine Toten herumliegen«, fügte sie spitz hinzu. Franzius verzog keine Miene, öffnete die Tür gerade so weit, dass die spindeldürre Tilly hereinschlüpfen konnte, und wies nach rechts in den Frühstückssalon. Mit durchgedrücktem Kreuz und gemessenen Schritten im Stil englischer Paraden schritt Franzius die Treppe hinauf zum Zimmer der Gräfin, klopfte an und meldete, als er hereingebeten wurde: »Da unten ist eine – äh – Dame, eine gewisse Nathalie Voigt.« »Kenne ich nicht«, sagte die Gräfin. »Sie bezeichnete sich als alte Freundin und ließ sich nicht abweisen. Und sie behauptete, Sie würden sich freuen.« »Ach du liebe Güte. Bin ganz außer mir vor Vergnügen«, schnappte die Gräfin. »Wo haben Sie sie abgestellt?« »Im Frühstückssalon, gnädige Frau.« Friederike ging hinunter, verdrießlich. Nathalie Voigt, ihre Schulfreundin. Freundin. Die hatte sie doch komplett vergessen. Wo kam die denn plötzlich her, und was wollte die hier nach so vielen Jahren? Die hatte sie doch eigentlich erfolgreich abgestreift. Nun – bevor es Ärger gab, würde sie sich diese Dame einmal ansehen. Johannes war glücklicherweise nicht im Haus. Auf alle Fälle musste sie den unerwünschten Besuch möglichst schnell loswerden, bevor die Konzertgäste kamen.

Friederike von Erben ging die Treppe hinunter und öffnete die Tür zum Frühstückssalon mit einem Ruck. Sie stand im Eingang, die nussbraunen, gefärbten Locken ordentlich in Reih und Glied aufgebaut, das Gesicht leicht gebräunt und mit tiefen Falten zwischen den Brauen und neben dem Mund, die vergleichsweise schmale Figur in ein graues Herrenschneiderkostüm gegossen wie in eine Uniform. Sie sah ihr Gegenüber an. Nathalie Voigt, tatsächlich. Zaundürr, blond gefärbt mit fedrig frisiertem Bob und fast faltenlosem Gesicht, sorgsam geschminkt, mit lang modellierten Nägeln und im hellblauen Chanel-Kostüm. »Friederike«, zwitscherte sie und hielt ihr die Rosen entgegen. »Erinnerst du dich noch? Es ist an die 50 Jahre her. Oder sogar mehr? Ich kam gerade in der Gegend vorbei und dachte, bring deiner alten Freundin ein paar Blumen, für jedes Jahr, das wir uns nicht gesehen haben, eine.« Friederike von Erben stand immer noch starr in der Tür und betrachtete die Gestalt im Zimmer wie eine Erscheinung. »Nathalie Voigt? Ich habe dich kaum erkannt. Die Schönheitschirurgen haben nicht viel von dir übrig gelassen«, stellte die Gräfin knapp fest. Tilly bog sich vor Lachen. »Dafür hast du dich im Original erhalten, gut abgehangen«, entgegnete Tilly und kicherte meckernd. »Stell doch die Blumen in die Vase. Und dann darfst du mir etwas zu trinken anbieten. Am liebsten Champagner. Aber nicht Veuve Cliquot. Die Witwe macht so alt. Ich bevorzuge Taittinger. Und bitte ohne Gift.« Sie kicherte wieder. Die Gräfin verzog keine Miene. »Hallo, Friederike, aufwachen. Tilly ist da. Ich heiße nämlich jetzt Tilly. Tilly Newman, seit ich in Amerika lebe und diese vielen, vielen Millionen von meinem Kurt geerbt habe.« Sie setzte sich in einen Sessel in der Ecke des Salons, öffnete das Chanel-Täschchen und zündete sich eine Zigarette an. Friederike zog am Klingelzug und bestellte bei Franzius Champagner für ihre Besucherin. »Und für mich einen Kräutertee.« »Oh Gott, Friederike, immer noch so abstinent?«, stichelte Tilly. »Was macht denn eigentlich unser gemeinsamer Graf Johannes? Den würde ich auch gern begrüßen. Wir haben uns ja so lange nicht gesehen.« »Er ist außer Haus. Geschäfte.« »Interessant.« Tilly kam jetzt immer besser in Form. »Eigentlich wollte ich schon gestern vorbeischauen. Ich war in eurem Konzert. Aber da passte es wohl nicht so gut. Ihr hattet ja eine Leiche herumliegen.« Friederike zog scharf die Luft ein. Sie hätte ihre einstige Freundin liebend gern nach draußen befördert, scheute aber den potenziellen Konflikt. Sie konnte sich jetzt keine neuen Feindschaften leisten. Und wenn Nathalie auspackte, was damals geschehen war, würde das peinlich werden. Wer weiß, ob sie nicht auch mit der aktuellen Misere etwas zu tun hatte. »Es ist ganz offensichtlich nicht mein Tag«, dachte die Gräfin. Erst die Auseinandersetzung mit Eberhardt, dann dieses geliftete Fossil aus der Vergangenheit. Da ging draußen schon wieder der Türklopfer. 24 Schritte später stand Franzius in der Tür. »Der Kommissar aus Flensburg ist wieder da.« »Bringen Sie ihn in den Gartensalon. Da kennt er sich ja schon aus. Nathalie – lass dich nicht bei dem Champagner stören, ich bin beschäftigt«, sagte die Gräfin und ging hinüber zu Kleyn: »Na, Herr Kommissar, schon herausgefunden, wer in meinem Salon gemordet hat?« fragte die Gräfin leutselig. »Leider noch nicht. Deshalb brauche ich auch Ihre Hilfe und die Ihrer Familie und Mitarbeiter. Ich würde gern bei Ihnen beginnen.« »Ich habe nicht lange Zeit – unser Konzert«, unterbrach ihn die Gräfin. »Sie wollen wirklich heute auf dem Gut ein Konzert veranstalten? Ich kann mir nicht vorstellen, dass irgendjemand kommt.« »Im Gegenteil, Herr Kommissar, die Leute werden in Scharen kommen. Und Langen braucht das Geld. Oder glauben Sie, dass ein solches Anwesen sich auch heute noch aus der Landwirtschaft finanzieren lässt? Ich decke schon jetzt einen Teil der Kosten aus einem Unternehmen, das ich in Hamburg besitze. Haben Sie schon einmal von Caesar Moden gehört? Das ist ein Geschäft, das ich von meinen Eltern geerbt habe.«

Das hatte er nicht gewusst, aber er ließ es sich nicht anmerken, und die Gräfin war offenbar überzeugt, dass dieses Detail ihrer Familiengeschichte jedem bekannt sein müsste.

»Die Eigentümer können sich heutzutage das Erbe ihrer Väter nicht mehr leisten«, dozierte Friederike von Erben. »Die

Gutshäuser und Ländereien werden von Spekulanten und Baulöwen gekauft, die sich dann mit dem historischen Besitz schmücken. Denken Sie nur an Gut Ahrenberg, das nur knapp eine Stunde von hier entfernt liegt«, fuhr sie fort. »Ja«, antwortete Kleyn und bemühte sich um einen möglichst neutralen Gesichtsausdruck. »Das hat mir Frau Moreno schon erzählt.« »Was weiß denn eine spanische Kellnerin über die Geschichte eines schleswig-holsteinischen Gutes«, fasste Friederike von Erben nach. Kleyn setzte sich ganz locker zurück und machte ein frommes Gesicht. »Die von Roehls waren doch eine sehr angesehene Familie hier, bevor der Baron sich verspekulierte. Hatte wohl die falschen Berater, habe ich gehört bei meinen Befragungen.« »Ach was«, sagte die Gräfin bissig, »diese Moreno scheint ja glänzende Informanten zu haben. Glaubt wohl, sie könne hier in der Gesellschaft aufsteigen, weil sie eine feudale Villa bewohnt. Weiß Gott, wie sie sich das leisten kann.« »Frau Moreno hat ihre Informationen aus erster Hand«, setzte Kleyn den Schlagabtausch fort. »Wieso – hat sie auf Ahrenberg gearbeitet?« »Eigentlich nicht«, sagte der Kommissar salbungsvoll und machte eine Kunstpause. »Ich denke, die Arbeit haben damals noch die Angestellten für sie als Tochter des Hauses übernommen.« »Tochter des Hauses? So ein Unsinn. So etwas hat gestern der Sekretär meines Sohnes schon erzählt. Sehen Sie sich die Dame doch an – typisch Kellnerin.« Friederike von Erben legte, wie immer, wenn sie gereizt war, den Kopf auf die Seite und betrachtete den Kommissar mit aufgerissenen Augen. »Sie sieht aus wie ein Huhn, wenn es überlegt, ob vor ihm ein Regenwurm oder ein Fahrradventil liegt«, dachte Kleyn. Er fühlte sich beschwingt, weil er schneller als erhofft die Chance bekommen hatte, der alten Gräfin eins auszuwischen, und er hatte Mühe, ernst zu bleiben. »Da liegen Sie komplett falsch. Es ist tatsächlich so: Carla Moreno hieß doch früher Charlotte von Roehl. Sie führt auf Mallorca ein sehr erfolgreiches Hotel. Und die Villa hat sie von ihrer Tante geerbt. Ich dachte, dass man in Ihren Kreisen dann selbstverständlich Kontakt hätte.« »Hä, hä.« Tilly Newman lachte trocken. Sie stand in der Tür zum Gartensalon und schwankte leicht. Friederike von Erben und Kommissar Kleyn hatten sie nicht bemerkt. Sie hatte Champagnerglas und -flasche in den Händen und goss sich Schluck für Schluck nach. »Schön dumm gelaufen, Friederike. Hast dich als Kaufmannstochter mühsam in den Adel hochgeheiratet, und da kommt eine kleine Kellnerin vorbei, die du nicht auf dem Schirm hast, und ist tatsächlich aus bestem Hause. Ganz schön ärgerlich.« Tilly kicherte, verschluckte sich, hustete. »Lassen Sie uns doch bitte noch einen Moment allein«, bat Kleyn. »Wir haben noch ein paar Fragen zu klären.« Aber die ungebetene Besucherin schaukelte ins Zimmer herein. »Aber Herr Kommissar, ich gehöre doch faktisch zur Familie. Seit 50 Jahren. Oder, Friederike?« Die Gräfin blickte gedankenverloren aus dem Fenster über den See. »Eine Unverschämtheit«, sagte sie dann. »Diese Dame hat uns alle getäuscht.« Kleyn wusste genau, wen sie meinte: »Oder Sie haben sich von Ihren Vorurteilen täuschen lassen«, sagte er und dachte, dass die Gräfin eine wirklich unangenehme Frau war. Er bemühte sich, seine Befragung möglichst sachlich fortzusetzen, um sich ein Bild von den Gutsbewohnern zu machen. Ob die Anwesenheit Annikas allgemein bekannt gewesen war, ob die Gräfin von der Beziehung ihres Sohnes gewusst hatte, ob Eberhardts Frau davon eine Ahnung gehabt hatte. Und vor allem: Wer konnte das Gift in die Flasche im Salon praktiziert haben? Tilly Newman saß still im Hintergrund, beobachtete die Szene und kümmerte sich Schluck für Schluck um den Inhalt ihrer Champagnerflasche. Kleyn notierte sich die Personalien des Butlers Franzius, den er bislang nur mit versteinerter Miene angetroffen hatte. Er erfuhr von der schönen Dorothea und ihrer Abhängigkeit von Therapien und Therapeuten, dem abwesenden Grafen und dem anmaßenden Sekretär. Alles aus der Sicht der Gräfin. Die sprang plötzlich auf: »Und jetzt entschuldigen Sie mich bitte. Ich habe zu tun. Selbstverständlich stehen Ihnen die Mitarbeiter des Hauses zur Verfügung. Und wenn Sie wollen, können Sie sich in der Küche einen Kaffee machen lassen.« Sie ging ohne Gruß. Kleyn hatte nicht einmal Zeit, gegen ihren Aufbruch und die unverschämte Ansage zu protestieren. Das wurmte ihn.

»Rumms«, sagte Tilly Newman und kicherte. »Das war ein Abgang.« »Sagen Sie mir bitte Ihren Namen«, wandte sich Kleyn an die ihm unbekannte Besucherin. »Nathalie Voigt-Neumann. Aber in den Staaten heiße ich Tilly Newman«, sagte sie, formte die Rs und Ls so, dass man ihren langjährigen Amerikaaufenthalt heraushörte, und klimperte mit ihrem Goldschmuck. »In welchem Verhältnis stehen Sie zur Familie von Erben?« »Verhältnis!« Tilly kicherte. »Verhältnis, das ist köstlich. Ich war eine Schulfreundin der Gräfin, die damals noch keine Gräfin war – und die Freundin des Grafen.« Jetzt erfuhr auch Kleyn die Geschichte von Friederikes Betrug, und Tilly schmückte die Story von den beiden reichen Kaufmannstöchtern aus Hamburg genüsslich aus. »Ja, wir sind gleich alt, auch wenn Sie das vielleicht nicht vermuten«, sagte sie selbstgefällig, betrachtete mit gespielter Bescheidenheit ihre Fingernägel. »Nein, wirklich nicht«, pflichtete ihr Kleyn bei und bemühte sich, nicht zu grinsen. Er wunderte sich, dass sie auf Langen offenbar nicht erwartet worden war, als alte Schulfreundin. Und er dachte, dass es schon ein merkwürdiger Zufall sei: »Sie kommen zurück, und die Erbens haben eine Leiche im Zimmer.« »Eine höchst unpassende Bemerkung«, quittierte Tilly spitz, »das konnte ich doch gestern beim Konzert noch nicht wissen.« Beim Konzert war sie also auch gewesen. Kleyn suchte ihren Namen vergebens auf der Liste der Gäste. Das würde er überprüfen müssen. Hatte sich die Dame in Chanel am Abend zuvor verdrückt oder hatten seine Mitarbeiter geschlampt? Auf alle Fälle würde er Madame Tilly und ihre merkwürdige Besuchsgeschichte näher untersuchen müssen. Er notierte ihren gegenwärtigen Aufenthaltsort im Hotel an der Förde. »Sie dürfen einstweilen nicht abreisen«, sagte er und verabschiedete sich.

Kleyn wandte seine Gedanken dem Dienstbotentrakt zu. Er ließ sich von Franzius die Gesprächstermine organisieren und fing mit der Befragung der Seebachers an. Die beiden hatten nicht gewusst, dass Annika auf Langen war, versicherten sie und erzählten Kleyn von der unglücklichen Liaison ihrer Tochter mit Heinrich von Erben, von ihrem Enkel Holger und ihrer unseligen Abhängigkeit vom Schloss. Und er stockte. Er sah Helga Seebacher an. Genau das war es. Über Friederike von Erben hatte er noch kein freundliches Wort gehört. Was wäre denn, wenn gar nicht das junge Mädchen, sondern die Gräfin Ziel des Anschlags gewesen war? Dann hatte er jetzt eine ganze Legion von Verdächtigen, die Seebachers eingeschlossen. Das Verhalten der Herrscherin auf Langen war Grund genug, Gift in den Portwein zu mischen und ihn der Gräfin zu kredenzen, dachte Kleyn unwillkürlich. Aber eben auch sehr ineffizient. Denn wenn tatsächlich die Gräfin das Ziel des Giftanschlags gewesen sein sollte, war der Plan gründlich danebengegangen. Gleichzeitig wäre damit zu rechnen, dass der Täter einen zweiten Versuch unternehmen würde. Wenn, ja wenn.

Dominik Robert war der Nächste. Auch er versicherte dem Ermittler, nichts vom Besuch des Mädchens auf Langen gewusst zu haben – bis zu dem Moment, als er die Tote im Salon fand. Dass Eberhardt von Erben in die junge Annika verliebt war, hatte er zufällig bei einem Telefonat mitgehört. Aber der Ernst der Beziehung sei ihm nicht bewusst gewesen. Er könne es jedoch verstehen, dass der Graf Zuwendung außer Haus gesucht habe, bei der Mutter und der äußerst exaltierten Gattin.

Nur Franzius war in den Besuch der Tankwartstochter eingeweiht gewesen. Eberhardt von Erben hatte ihn gebeten, sie zu bedienen, falls sie irgendetwas brauchte. Mehr wusste auch der Butler nicht. Sagte er jedenfalls. Und eine Einschätzung der Affäre ließ er sich nicht entlocken. Kleyn war verärgert. Ein Butler – der musste doch alles sehen, hören und wissen. Vielleicht war das auch bei Franzius so. Aber der Mann schwieg eisern. Immerhin hatte der Kommissar erfahren, dass der loyale Franzius mit Vornamen Theodor hieß. Kein Wunder, dass er auch das verschwieg. Kleyns Gedanken waren ihm offenbar am Gesicht abzulesen, denn Robert sagte unvermittelt: »Sie werden aus Franzius nichts herausbekommen. Ich weiß bis heute nicht, ob er treu, uninteressiert oder gerissen ist. Wahrscheinlich ist er gerissen. Aber beweisen kann ich das nicht.«

»Wo ist eigentlich der alte Graf Johannes von Erben?«, fragte Kleyn den Sekretär. »Er verbringt die meiste Zeit in seinem Jagdhaus. Wenn Sie möchten, kann ich ihn herbitten. Oder Sie fahren selbst hinüber.« Auch das fand Kleyn merkwürdig, dass der Graf nicht auftauchte, wenn in seinem Haus eine Katastrophe stattfand. Das machte auch ihn verdächtig. Aber Robert lieferte ihm die Erklärung: Kein Telefon im Jagdhaus, wenig Lust auf die Familie und kein Interesse an Handys. »Haben Sie ihn zufällig gestern hier gesehen?« »Nein.« »Und wieso hat ihn niemand geholt?« Robert schwieg betreten. Niemand hatte daran gedacht. Es war Alltag auf dem Gut, dass der alte Graf auf Distanz ging, und alle waren daran gewöhnt. »War sonst jemand hier?«, fragte Kleyn weiter. »Bauer Kruse kam vorbei. Aber der kommt immer vor den Konzerten, um sich wegen des Autoverkehrs zu beschweren. Manchmal parken die Gäste auch auf einer seiner Wiesen. Metelmann musste schon Dutzende von Anzeigen aufnehmen. Kruse hat auch versucht, den Grafen zu verklagen, ist aber nicht damit durchgekommen. Denn auf Langen werden ausreichend Parkplätze angeboten und die Familie ist nicht für das verkehrswidrige Verhalten der Besucher verantwortlich. Gestern Nachmittag war er besonders wütend. Er versprach, irgendjemandem von uns den Hals ...« Robert stockte. »Was wollten Sie sagen?« »Er versprach, jemandem von uns den Hals umzudrehen. Aber das würde Kruse niemals tun. Der ist cholerisch. Er würde jemandem eine reinhauen, in die Autotür treten. Aber er würde niemals einem Mädchen etwas tun. Und Gift – nein, so etwas Hinterhältiges würde Kruse niemals machen«, versicherte Robert. »Ich werde mir den Herrn dennoch einmal genauer ansehen«, sagte Kleyn und notierte den Namen Kruse.

Die Sache ging ihm mehr und mehr auf die Nerven. Er hatte zwei Mordfälle in einem kleinen Kaff und wusste nicht, ob beide zusammenhingen. Er musste sich mit Mitgliedern der besseren Gesellschaft herumschlagen, in ihrem Privatleben herumstochern, ohne sie zu verärgern, einen oder zwei Mörder finden und eine Hobby-Miss-Marple auf Distanz halten, damit sie ihm nicht in die Suppe spuckte, und es gab Dutzende potenzieller Verdächtiger oder auch keinen einzigen. Er wusste eigentlich gar nichts. »Das hat mir alles gerade noch gefehlt«, seufzte er voller Selbstmitleid.

Metelmann klopfte an die Salontür. »Kommissar Kleyn, wir haben etwas gefunden im Fall Diederichsen. Das ist ein Lotto-Sechser. Kommen Sie schnell herüber.«

37.

Als der Kommissar gegangen war, kehrte Friederike von Erben in den Gartensalon zurück. Sie ließ sich ungewöhnlich viel Zeit. Ihr sonst gestochener Schritt war zögerlich. Die Gräfin, die sonst kaum um Argumente verlegen war, wusste schlicht nicht, wie sie sich der ehemaligen Freundin gegenüber verhalten sollte. Nicht dass sie Schuldgefühle plagten, aber die alte Tilly war so unangenehm selbstsicher aufgetreten, und die Gräfin hatte schlicht keine Ahnung, welche Waffengattung sie wählen sollte im anstehenden Konflikt. Überraschte Freundlichkeit? Knappe Aggressivität? Sollte sie sie vor die Tür setzen oder sich einfach dumm stellen? Besonders unangenehm, dass sie nichts wusste über das Verschwinden von Tilly aus Norddeutschland, dass gleichzeitig die einstige Freundin aber offenbar bestens über sie und ihre Familie informiert war. Eine Situation, wie sie die Gräfin gar nicht liebte und die deren Selbstsicherheit erheblich erschütterte. »Nützt nichts, da muss ich durch.« Die Gräfin machte sich Mut, öffnete entschlossen die Salontür und wählte die Methode »dumm stellen«. »Ach, Tilly, was für ein unangenehmer Mann, dieser Kommissar, und was für eine Überraschung, dich zu sehen.« Im zweiten Teil ersparte sie sich das Adjektiv »schön« klugerweise. Tilly hatte inzwischen der Champagnerflasche weiter zugesprochen und war bester Laune. Auf diesen Augenblick hatte sie gewartet. Tag der Abrechnung. »Hast du dir wohl nicht gedacht, dass du mich noch mal in deinem Leben triffst«, sagte sie. »Und jetzt werde ich die Sache mit deinem miesen Betrug öffentlich machen. Bei Johannes und vielleicht noch in dem einen oder anderen Gesellschaftsmagazin. Ich habe dir die Sache nämlich nie verziehen.« Sie stellte Flasche und Glas betont ordentlich auf den Tisch, stand auf, ging zur Tür, drehte sich kurz um, lächelte und sagte: »Schade, dass es dich nicht getroffen hat. Als Tote im Salon hättest du dich gut gemacht.« »Ich weiß nicht, wovon du redest«, sagte die Gräfin, doch ihre alte Freundin war schon durch die Halle verschwunden. Friederike war sprachlos. Und ratlos.

38.

Unterdessen war Kleyn Metelmann in den Hof gefolgt. Sie stiegen in den Golf des Dorfpolizisten, fuhren durch das Torhaus auf die Hauptstraße, an der Kirche vorbei zu Meta Diederichsens Haus. Drei Beamte waren dabei, die Kate und die persönlichen Hinterlassenschaften der alten Lehrerswitwe zu durchsuchen. Immer in der Hoffnung, eine Spur zu finden, die den Mörder verraten könnte. Was sie entdeckt hatten, verriet aber lediglich eine Menge über Meta: »Sehen Sie«, sagte Metelmann und reichte Kleyn einen ganzen Stapel Schulhefte mit dreifachen Schönschreib-Linien. »Das hatte sie in der Abseite in einem Schuhkarton versteckt.« Kleyn schlug die erste der Kladden auf. Das Heft war mit Metas sorgfältiger, gestelzter Handschrift mit aggressiven Oberlängen vollgeschrieben. Es sah aus wie ein Tagebuch. Es war auch so eine Art Tagebuch. Es beschrieb aber nicht Metas eigenes Leben und ihre Betrachtungen und Herzensregungen, sondern es war eine Dokumentation zum Leben von Metas Nachbarn. Kleyn war konsterniert. Er setzte sich auf einen Stuhl im Wohnzimmer und blätterte. »17. September 2003. Pastor Blunck ist schon wieder nach Flensburg gefahren«, war da in steilen Buchstaben aufgezeichnet. »Das nächste Mal werde ich ihm folgen. Sicher hat er dort eine Freundin. Kein Wunder bei der knochigen, kinderlosen Frau. Vielleicht ist er auch homosexuell. Dabei tut er immer so fromm und moralisch. Das kostet ihn den Job, wenn ich rede.« Oder 8. Mai 2005. »Hanne Möller hat sich in Hamburg auf dem Hauptbahnhof wieder mit ihrem rothaarigen Studenten getroffen. Es war ganz leicht, ihr nachzugehen. Beim Zeitungsstand hat sie ihm einen Briefumschlag übergeben. Wahrscheinlich Geld. Schweigegeld? Jedenfalls ist es ganz eindeutig, dass ihr drittes Kind nicht von Klaus Möller ist. Augen, Haarfarbe, Locken – alles das genaue Abbild des Studenten. Wenn die im Dorf das wüssten. Ein Bankert im Gasthaus beim Bürgermeister. Wenn Hanne, die immer so bieder tut, mich noch mal anpampen sollte, werde ich ihr klarmachen, dass sie gefälligst freundlich zu sein hat. Und Klaus kann auch kaum ein Interesse daran haben, wenn seine frommen politischen Freunde von der CDU sich über ihn kaputtlachen, weil er ein Kuckuckskind aufzieht.«

Kleyn lehnte sich zurück. Ein Motiv für den Mord an Meta hatte er damit schriftlich. Nein, es waren sicher viele Motive und ebenso viele potenzielle Täter. »Wie viele Hefte sind es?«, fragte er Metelmann. »Genau 23. Wenn wir nicht noch mehr finden in einem anderen Schapp.« Die alte Dame musste ihre Nachbarn Tag und Nacht überwacht haben. Kleyn saß im Wohnzimmer der Lehrerswitwe, sah auf die sorgsam mit Stecknadeln in Form gebrachten Gardinen, auf die Teppichfransen, die seine Leute durcheinandergebracht hatten, denen man aber die vormalige Ordnung noch ansah, und auf den Stapel Schulhefte, in denen stand, was Metas Spitzeltätigkeit über Jahre ergeben hatte. »Da sagen die Leute immer: ‚Zieht aufs Land, da ist es friedlich'«, dachte Kleyn. Aber wenn man sich dieses malerische Dorf betrachtete, herrschten hier doch höllische Verhältnisse hinter den akkuraten Klinkerfassaden und den Haustüren mit den geputzten Messingklinken. Auf dem Kiez von Hamburg oder im überschaubaren Milieu von Flensburg mit seiner Rockerszene rechnete man noch mit Unterdrückung, Täuschung, Betrug und Gemeinheit. Aber hier hinter den blitzblanken Fenstern mit den blütenweißen Gardinen, in dem Idyll mit dem Schloss, beim Konzert? Alles nur Fassade.

39.

So ein Thema hatten sie seit langem nicht mehr gehabt beim Stammtisch am Sonntagnachmittag. Was waren nasse oder trockene Sommer, Rinderwahnsinn und Maul- und Klauenseuche gegen Mord? Mord in ihrem Dorf. Und das gleich zweimal. Klaus Möller, Gastwirt und Bürgermeister, war hin- und hergerissen, ob er begeistert oder empört reagieren sollte; begeistert, weil Langen nun in die Zeitung kam, oder empört, weil Langen mit Morden in die Zeitung kam. Würde das seinem Ehrgeiz nützen? Würden die Neugierigen in den Ort strömen oder die Ängstlichen fortbleiben? Könnte er sich politisch vielleicht sogar profilieren? Der Wirt hatte rote Flecken auf den Wangen, als er seinen Stammtischbrüdern nachschenkte. »Auf Kosten des Hauses«, sagte er, der sonst peinlich darauf achtete, dass das Bier die Gläser mit viel Schaum füllte und der Schnaps nur bis an die Unterseite der Eichmarke reichte. Makler Hermann Knudsen schüttelte ratlos den Kopf. Der Apotheker Dr. August Harder gab zwischen Bier und Pfeife sein geballtes Fachwissen zum Besten. »Wenn die Kleine vom Tankwart so lautlos umgefallen ist, kann das nur Zyankali gewesen sein. Da tust du keinen Schnaufer mehr. Bums. Weg. Soll aber für den Betroffenen nicht angenehm sein. Die Toten sehen niemals friedlich aus.« »Woher willst du wissen, ob sie friedlich sterben oder nicht?«, konterte Dorfarzt Fred Muncke, gleichfalls bedacht, Sachkunde an den Tag zu legen und die Stammtischbrüder zu beeindrucken. »Außerdem muss sie erst obduziert werden. Kaffeesatzleserei in Sachen Todesursache hat keinen Zweck. Bislang wissen wir doch gar nicht, womit der Mörder sie umgelegt hat und wie das Zeug in den Schnaps gekommen ist, den die Kleine verputzt haben soll.« Tierarzt Lorenzen dagegen wollte Menschenkenntnis dokumentieren.

»Wenn ihr mich fragt – mich wundert das alles gar nicht. Das Mädchen hat immer nur mit dem Hintern gewackelt. Und jetzt hat jemand ihrem Geschäker ein Ende gemacht.« »Woher willst du das denn so genau wissen, ob sie mit dem Hintern gewackelt hat?«, fragte Bauer Kruse knurrig. »Ich finde, die Annika war ein niedliches Ding. Und egal, ob sie mit dem Hintern gewackelt hat oder nicht. Niemand hat das Recht, sie einfach abzumurksen.« Die Stammtischbrüder schwiegen betreten. Kruse war ein aufbrausender Kerl, mit dem es sich niemand verderben wollte. »Was sagt ihr denn zu der Sache mit Meta?«, fragte Möller die Meinung der Kumpels ab – auch um das Thema zu wechseln. Denn wenn Kruse erst mal zu großer Form auflief, konnte das eine sehr hitzige Stammtischdebatte werden. »Ob das derselbe Täter war?« »Meta war eine böse Sieben«, sagte Kruse bedächtig und betrachtete den Schaum in seinem Bierglas. »Habe nie gehört, dass sie ein gutes Wort über jemanden sagte. Hat immer nur herumgeschnüffelt. Vielleicht hat sie etwas herausgefunden, das tödlich war. Obwohl auch Meta bei aller Bosheit nicht verdient hat, dass man ihr einfach den Hals umdreht.« »Weiß eigentlich jemand, ob Meta Verwandte hat?«, wollte Möller wissen, der jetzt seine Rolle als Bürgermeister spielte. »Ich meine, wegen Erbschaft und Beerdigung und so.« »Ich glaube, da ist irgendein Neffe«, mutmaßte Kruse. »Sie hat mal so etwas zu meiner Frau gesagt. Aber ob sie zu dem Kontakt hatte oder ob das ein verlorener oder verstoßener Neffe war, weiß ich nicht. Am besten, du fragst die Damen, Klaus. Die wissen immer Bescheid. Hähä.« Er lachte trocken. »Ich glaube, dass Meta ihr Privatleben sehr bewusst unter Verschluss gehalten hat«, sagte Lorenzen nachdenklich. »Vielleicht war es ihre eigene Neugier, die sie dazu gebracht hat, sich vor potenziellen anderen Metas zu hüten.« »Ob sie ein Geheimnis hatte?«, fragte Landarzt Muncke wie elektrisiert. Der Mediziner war so neugierig wie drei Pfarrer oder zehn Nonnen.

Er witterte eine Geschichte, die es sich lohnte bei einer der anstehenden Einladungen der Pharma-Industrie auf irgendeinem Golfplatz der Republik weiterzuerzählen. Eine Schmonzette aus dem Dorf, die Geheimnisse einer alten Jungfer, der ein unbekannter Mörder den Garaus gemacht hatte – das war besser als die langweiligen Russen-Witze des Kollegen Breithuber aus Neumünster, der an der Bar gern die Unterhaltung führte. Wenn er den mit Metas Geheimnis mundtot machen könnte ... Wunderbar.

Muncke nahm genüsslich einen Schluck Bier und ließ ihn langsam durch die Kehle laufen. In Gedanken sah er sich schon neben Breithuber an der Bar im Golfclub stehen, süffisant lächelnd, während er wie nebenbei die Geschichte vom Mord erzählte und ihm zu verstehen gab, wie gut er die Interna der Polizei kannte und dass er gleichsam Vertrauensperson sei, die man auch fachlich um Rat bat. Vielleicht konnte er für sich noch eine tragende Rolle hinzudichten. Er könnte etwas beobachtet haben, was die Lösung des Falles beschleunigte. Die Kollegen würden andächtig lauschen, und Breithuber würde sich giften. »Ach, Meta«, dachte er, »so hättest du doch noch etwas Gutes getan.« Da war es einen Moment still in der Runde. Jeder hing seinen Gedanken nach, grübelte, welche Enthüllungen die Ermittlungen der Polizei bringen könnten, wer wohl der oder die Täter sein könnten und wie man am besten die eigenen kleinen Geheimnisse vor der Neugier der Stammtischbrüder verbergen könnte. »Aber vielleicht war es ja auch dieser Neffe, der an das Erbe heranwollte«, sagte Möller versonnen. Die Stammtischbrüder nickten vielsagend. Tatsächlich, das wäre allen am liebsten gewesen, wenn der oder die Täter von außen gekommen wären. »Hoffentlich überprüfen die auch die gesamten Konzertgäste«, sagte Muncke.

40.

Carla Moreno saß am Küchentisch mit einem großen Becher Tee. Sie war allein. Sara schlief schon. Und Thomas war am späten Nachmittag nach Hause gefahren. Was für ein Wochenende, dachte sie. Sie hatte die Dramen um Annika und Meta scheinbar gleichmütig erlebt, sich von ihrer Leidenschaft tragen lassen, dass sie gern alles ganz genau wissen wollte. Doch die Fakten sahen so aus, dass in diesem kleinen, idyllischen Dorf im Norden von Schleswig-Holstein an einem einzigen Wochenende zwei Menschen ermordet worden waren. Ein junges Mädchen, das eine alte Ehe bedrohte, und eine alte Frau, die klatschte und tratschte. Und es gab keinerlei Hinweise darauf, ob beide Taten zusammenhingen und wer sie begangen haben könnte. Carla fröstelte. Ihr Spürsinn regte sich, gleichzeitig fühlte sie auch Furcht. Es gab hier in diesem Idyll am See einen Mörder, vielleicht auch zwei. Aus dem Dorf? Von auswärts? Würde es noch mehr Tote geben? Carla stand auf und ging zum ersten Mal, seit sie hier wohnte, durch das Haus und sperrte Vorder- und Hintertür sorgfältig zu und prüfte, ob im Parterre alle Fenster geschlossen waren. Und morgen würde sie mit Sara reden. Ausflüge ohne Begleitung waren zunächst einmal gestrichen.

41.

Kleyn saß in seinem Büro in Flensburg und sah aus dem Fenster auf die Altstadthäuser mit den verwinkelten Höfen. Es war der Montagvormittag nach dem Mord an der Tankwartstochter. Er wartete auf den Bericht des Gerichtsmediziners Konrad Herrsching aus Kiel, der ihm zügige Bearbeitung versprochen hatte. Die Unterlagen und Fakten wollte er sich dann persönlich abholen. »Das haben wir hier bei uns noch nicht gehabt«, hatte Herrsching am Telefon gesagt und sich schlicht geweigert, Kleyn weitergehend zu informieren, was die Untersuchung der toten Annika Pedersen ergeben hatte. Er sollte sich erst auf den Weg machen.

Kleyn konnte solche Überraschungen nicht leiden. Er wollte gleich und vollständig Bescheid wissen. Geduld war nicht seine Sache. Aber Herrsching gehörte zu den Leuten, die sich von ihm nicht antreiben oder kujonieren ließen. Er war auch gegen Kleyns Anflüge von schlechter Laune immun. Und er brauchte immer einen Auftritt für die Verkündung seiner Erkenntnisse. Das ließ er sich nicht nehmen. Trotz der Umstände war der Kommissar ungewöhnlich milder Stimmung. Er kam zügig voran über die Autobahn nach Kiel und stellte seinen Wagen vor dem Gebäude der Rechtsmedizin auf dem Campus der Christian-Albrechts-Universität ab. Kleyn lief in den zweiten Stock zum Büro des Rechtsmediziners. Doch der war noch nicht da. Er nutzte die Wartezeit, um in der kleinen Küche der Abteilung heißes Wasser für Pulverkaffee zu machen – eine freundliche Geste dem Rechtsmediziner gegenüber. Er hatte das kochende Wasser kaum in die Thermoskanne laufen lassen, als Herrsching schon pfeifend die Treppen heraufgesprungen kam, einen Aktendeckel in Behördenrosa unter dem Arm. »Moin, Moin«, sagte der Rechtsmediziner, ein Schlaks von über

1,90 Metern Größe mit schütterem Haar, tief eingegrabenen Nasolabialfalten, außerordentlich breitem Mund und knarzender Stimme. Kleyn erinnerte er immer an einen Frosch. Nur die Größe und Statur passten nicht dazu. Körperlich wirkte der Doktor wie ein Weberknecht mit ungelenken, überlangen Gliedmaßen. Neben Herrsching kam Kleyn sich stets noch mickriger vor. Da half nicht einmal das durchgedrückte Kreuz. Herrsching nahm seine überragende Größe wie alle Großen gelassen. Es wäre ihm gar nicht in den Sinn gekommen, dass es jemanden stören könnte, neben ihm wie ein Pennäler zu wirken.

»Da sind Sie endlich«, sagte Kleyn und verriet nun doch seine Ungeduld. »Schneller ging's nicht, ich hatte noch einen anderen Kunden«, entgegnete Herrsching. »Ich wollte unbedingt, dass Sie herkommen, weil ich Ihr Gesicht sehen wollte, wenn Sie das Ergebnis lesen.« Er hielt die Akte krampfhaft fest, als er neben Kleyn in dessen Büro ging. Er ließ sich auf den Besucherstuhl fallen und wartete, dass der Kommissar zwei Kaffeebecher auf den trostlos-beige furnierten Behördenschreibtisch stellte, Pulverkaffee hineinschaufelte und das heiße Wasser drüberlaufen ließ. »Zucker und Milch habe ich nicht gefunden in Ihrer schlecht sortierten Küche.« »Macht nichts – hier ist die Akte.« Herrsching legte dem Kommissar den rosa Deckel auf den Tisch wie eine Belohnung, langte nach dem Kaffee, rührte mit einem Bleistift um, weil Kleyn den einzigen Löffel noch immer in der Hand hielt, und lehnte sich zurück.

Kleyn stellte seinen Becher jetzt betont langsam ab, als habe er keine Eile, das Obduktionsergebnis zu erfahren, dann zog er die Akte zu sich heran, schlug sie auf und überflog die Regularien – Name, Fundort, Zeit, Ablauf der Obduktion mit Einzelergebnissen, Blick in Schädel und Magen und dann die Analyse von Mageninhalt und Blut. »Beträchtliche Konzentrationen von Zyanid«, stand da geschrieben. Die Zahlen sagten ihm nichts. »Was hat das zu bedeuten«, fragte Kleyn und sah zu Herrsching auf. »Da wollte jemand ganz sichergehen, dass die Tote keinen Schnaufer mehr tat. Mit der Menge Gift hätten sie locker einen Elefanten umlegen können. Ich wundere mich nur, dass das Opfer das Gebräu überhaupt freiwillig getrunken hat. Das muss scheußlich geschmeckt haben.« Dabei sei es gar nicht so einfach, an solche Mengen von Zyanid zu kommen. »Es sei denn, man wäre Mitglied so eines Freitod-Clubs und hätte sich für mehrfachen Selbstmord gemeldet.« Herrsching machte eine strategische Pause. »Oder man hat seht gute Kontakte zu einem Goldschmied. Die arbeiten auch mit Zyaniden. Und wer auch immer das Gift in den Portwein praktiziert hat, er muss sehr entschlossen gewesen sein, seinem Opfer auch wirklich keine Chance zu lassen.«

Kommissar Kleyn starrte auf das Papier. »Täter oder Täterin?«, sagte Kleyn mehr zu sich als zu seinem medizinischen Gegenüber. »Ein Täter oder zwei. Und beide waren kompromisslos.« »Täter oder Täterin?«, grübelte Kleyn und vor allem – war Annika das Ziel des Anschlags oder jemand anders: Der Täter war auf alle Fälle das Risiko eingegangen, dass ein Unschuldiger von dem Portwein trank. Jedenfalls, wenn die Flasche schon länger dort stand. Er würde das klären müssen. Bei Meta dagegen war die Opfer-Frage klar.

»Da fällt mir ein – haben Sie das zweite Opfer aus Langenbek auch schon untersucht?« »Nein, damit sind wir jedenfalls noch nicht fertig. Sagen Sie, was ist das überhaupt für ein Ort bei euch da oben auf dem Land, an dem jeden Tag eine neue Leiche gefunden wird?« »Sie sollten einmal mit hinkommen. Dann halten Sie das Geschehen überhaupt nicht für möglich. Langenbek sieht aus wie die Kulisse für eine Fernsehserie.« Herrsching schluckte den letzten Kaffee, schaute in den Becher, als erwarte er giftige Krümelchen auf dem Grund, runzelte kurz die Stirn als unwillkürliches Zeichen, dass Kleyns Gebräu kein Genussmittel war, und stand in der für ihn typischen, merkwürdigen Art auf – erst streckte er die Beine, dann schob er mit den Armen den Oberkörper hoch, als hätte er ein Rückenleiden. Aber das war nur eine Marotte. »Ich hoffe, Sie werden in der Woche weitere Lieferungen von Leichenfunden einstellen. Ich könnte nämlich gut einen oder zwei freie Tage brauchen«, sagte Herrsching, drehte sich um, öffnete für seinen Besucher die Tür, zog aus instinktiver Erfahrung der Großen den Kopf ein, obwohl das nicht nötig gewesen wäre, und ging. Kleyn nahm den Aktenordner, machte sich auf den Weg zu seinem Auto und grübelte. Zyanid, hoch dosiert. Wer zum Teufel hatte das getan?

42.

Carla stand in ihrem Atelier vor der Staffelei mit der Zeichnung von Eberhardts Leiden, die sie am Abend des Mordes gemacht hatte. Kaum zu glauben, dass es erst zwei Tage her war, dass Annika im Salon des Schlosses umgebracht, und nur einen Tag, dass auch Meta Diederichsen ermordet worden war. Carla schaute auf den See, der jetzt ganz ruhig in der Sonne lag. Der Wind bewegte leicht das Schilf am Ufer, und über der Insel in der Mitte flirrte die Hitze. Es war ein friedlicher Anblick wie auf einem romantischen Landschaftsbild, ein Idyll, das unwirklich, wie komponiert wirkte. Zur linken Seite erstreckte sich der See, zur rechten lag das Schloss mit seiner Terrasse und den gelblichen Fronten, den Mansardendächern, Giebeln und Erkern. Ob das Haus in seiner rund 230-jährigen Geschichte schon Ähnliches erlebt hatte? Was war hier schon alles passiert in über zwei Jahrhunderten? Wie viele junge Komtessen waren hier von den Familien verheiratet worden, ohne den zukünftigen Gatten auch nur annähernd zu kennen, geschweige denn zu lieben? Wie viele junge Mütter waren hier im Kindbett gestorben? Wie viele Hausmädchen waren von Gräfinnen geknechtet und von Hausherren geschwängert worden? Oder aber wie viele Dienstboten hatten sich in den Kellern und Speisekammern bereichert? Wie viele faule Verwandte hatten sich von den Familienoberhäuptern durchfüttern lassen? Wie viele Dichter, Maler und Musiker, wirkliche Talente und Dilettanten, hatten sich hier in Bewunderung gesonnt? Wie viele geistreiche Gespräche mögen hier geführt worden sein, wie viele Intrigen gesponnen? Wie viele Gräfinnen hatten mit Künstlern oder Hauslehrern ihrer Kinder getechtelmechtelt?

Carla fand historische Bauten faszinierend. In ihrer Vorstellung war die Geschichte in den Mauern konserviert, man konnte die Vergangenheit und die Aura der früheren Bewohner spüren. »Wenn die dort auch so eine Chronik hätten, würde ich gern darin blättern«, sagte sie halblaut.

Sie betrachtete noch einmal die Zeichnung mit dem trauernden Eberhardt und schlug dann das Papier um. Mit Kohlestift notierte sie auf der Staffelei die Namen: Annika und Meta ganz oben auf dem Blatt und darunter die von Erbens und ganz unten die der Dörfler. Wer hatte was mit wem zu tun? Wer stand wem im Weg? Da zeichneten sich als potenzielle Mörder der Tankwartstochter nur die Bewohner aus dem Schloss ab, der trauernde Eberhardt ausgenommen. So viel schauspielerisches Talent, dass diese Szene gespielt wäre, traute sie ihm nicht zu. Die alte Gräfin, das wäre ihre Lieblingstäterin. Aber Meta – die könnte jeder ermordet haben, der sich von der Dorftratsche beobachtet gefühlt hatte. Oder war da vielleicht mehr? Hatte Meta Verwandtschaft, gab es etwas zu erben? Und vielleicht hatte Thomas ja auch inzwischen etwas über die von Erbens herausgefunden. Ach, wenn sie doch nur einen Vorwand finden könnte, sich auf dem Gut umzusehen.

43.

Pastor Josua Blunck öffnete auf der Suche nach seiner Frau die Küchentür. Henriette stand am Herd. Sie rührte Marmelade. Gemischte Früchte. Sorgsam und bedächtig. Wenn man betrachtete, wie viel Zeit am Tag die Pfarrersfrau mit Kochen und der Herstellung von Eingemachtem zubrachte, war es kaum verständlich, dass sie so knochig geblieben war. Der Pastor hatte derweil zwei schlaflose Nächte hinter sich. Er hatte Angst vor der Zukunft, aber auch vor der Gegenwart. Die Untersuchung der beiden Morde, da war er sicher, würde Licht in manches Geheimnis im Ort bringen. Und die Gefahr, dass dabei auch sein heimliches Privatleben aufgedeckt würde, war groß. Also hatte er beschlossen, lieber gleich reinen Tisch zu machen. Er hatte in der Nacht das Für und Wider abgewogen, Schweigen oder Reden. Und er war zu der Überzeugung gekommen, dass, selbst wenn sich alles ganz nachteilig entwickeln würde, er am Ende vielleicht mit Reden weiter käme als mit Schweigen. Natürlich würde er sein Amt verlieren. Ein Pastor mit unehelichem Kind war hier auf dem Land kaum denkbar. Aber er könnte versuchen, als Religionslehrer zu arbeiten, oder einfach nur Sprachunterricht und Nachhilfestunden geben, Latein und Griechisch, Englisch und Französisch. Er könnte nach Flensburg ziehen zu Ella und Matthias, der inzwischen drei Jahre alt war und den er viel zu selten sah. Mit Ellas Lehrergehalt würden sie anfangs leben können. Er wusste, dass ihre Tür für ihn offen stand. Und Henriette hatte ein wenig geerbt, er würde ihr nicht viel Unterhalt zahlen müssen. Vielleicht hatte er auch Glück, und sie würde einen Mann finden, der ihre hausfraulichen Qualitäten schätzte. Henriette! Er würde es ihr sagen. Jetzt.

Henriette verrührte die letzten Erdbeeren der Saison zu Marmelade und fragte, ohne aufzusehen: »Welches Thema nehmen wir denn nächsten Sonntag für die Predigt?« Sie sagte immer »wir«. »Ich muss mit dir reden, Henriette. Setz dich hin.« »Du siehst doch, dass ich zu tun habe. Die Früchte brennen an.« »Henriette, bitte«, sagte der Pastor leise und scharf, sodass sie erschrak. »Schon gut, schon gut, warte eine Minute, dann kann ich den Herd abdrehen.« Josua Blunck ging in seine Bibliothek, goss sich einen Cognac ein und schluckte den Drink in einem Zug. Der Alkohol brannte in seiner Kehle, nicht nur, weil es sich um eine billige Marke mit frommem Namen handelte, sondern auch, weil der Gottesmann an Spirituosen nicht gewöhnt war. So wirkte der einzige Schluck entspannend. Der Pastor fühlte sich leichter, dem Gespräch mit der Gattin gewachsen. Und schließlich musste es sein. »Mut, Josua«, befahl er sich selbst. Henriette betrat die Bibliothek. Und Blunck begann seine Beichte, erzählte, wie er sich verliebt hatte, dass ihn das Drama im Dorf bewogen hatte, sein Leben zu ändern. »Ich werde dich verlassen.« Sie stand auf, nein sie sprang auf, sie griff nach einem der in Leder gebundenen Folianten auf seinem Schreibtisch und schleuderte das Buch auf ihren Mann. Blunck duckte sich. Sie schrie: »Du Schwein, du hast mich betrogen. Ich habe dir mein Leben geopfert, ich habe alles für deine Karriere getan. Ohne mich wärest du eine Null, ein Nichts.« Und im Takt ihrer Beschimpfungen warf sie ein Buch nach dem anderen ihrem Mann hinterher. Die sorgsam gebaute Fassade aus den Regeln ihres Alltags war zusammengebrochen. »Josua Blunck, ich mache dich fertig. Du bekommst nie wieder einen Job bei der Kirche oder in der Schule. Du kannst gleich auswandern.« Sie kreischte so laut, wie niemand im Dorf es der stets mild wirkenden Pfarrersfrau zugetraut hatte. »Du Schwein.« Carla Moreno hörte den Schrei, als sie gerade am Pfarrhaus läuten wollte, um bei Henriette Blunck nach ein paar Informationen über Meta Diederichsen zu forschen. Sie wartete noch ein paar Sekunden, bevor sie klingelte. Sie zählte: »Einundzwanzig, zweiundzwanzig, dreiundzwanzig …« Bei Siebenundzwanzig öffnete der Pfarrer. Er sah völlig entspannt aus. Sein glattes Gesicht wirkte freundlich. »War wohl im Fernsehen«, dachte Carla ein bisschen enttäuscht, weil sie auf einen handfesten Krach im Pfarrhaus und auf mögliche Informationen gehofft hatte. »Ich wollte nur fragen, ob Sie etwas über Metas Familie wissen«, log sie glatt, »denn wenn die Rechtsmedizin die Leiche freigibt, muss sie doch beerdigt werden. Wir sollten das alles organisieren, falls sie keine nahen Verwandten hat. Schließlich war sie doch unsere Nachbarin.« Carla machte keine Pause zwischen den Sätzen, lächelte treuherzig und schob sich leicht über die Türschwelle in der Hoffnung, der Pfarrer würde sie hereinbitten. Vielleicht war es ja doch nicht nur ein Krach im Fernsehen gewesen? Und schließlich hatte sogar der Kommissar gebeten, sie möge die Augen offen halten, beruhigte Carla ihr Gewissen. Nein, sie war nicht neugierig. Sie recherchierte im Dienst der guten Sache. Sie wollte einfach nur wissen, ob hier etwas los war und was hier los war. Also noch zwei Zentimeter in den Flur des Pfarrhauses. Pastor Blunck war unschlüssig, ob er sie einlassen sollte. Aber andererseits wusste er auch nicht, wie er sie loswerden konnte. Er lächelte Carla entspannt an. So locker hatte sie ihn noch nie gesehen. Sie ging noch zwei Schritte vor und er trat zur Seite und ließ sie hereinkommen. »Ich wollte fragen, ob Sie etwas über Metas Familie wissen«, wiederholte sie. »Hatte sie nicht einen Neffen? Wir müssen doch etwas unternehmen wegen der Beerdigung.« »Nein, ich weiß nichts«, sagte der Pastor. »Es gab im Dorf tatsächlich Berichte über einen Neffen, aber wo der lebt und ob es ihn wirklich gibt, weiß ich nicht. Meta war immer sehr verschwiegen.« Er machte eine Pause und fuhr dann wie in Gedanken fort: »Sie hat immer nur gefragt, aber nie etwas von sich erzählt. Vielleicht findet die Polizei etwas in ihren Unterlagen.« »Vielleicht weiß Ihre Frau mehr«, setzte Carla nach, die ihre Recherche über das Blunck'sche Eheglück nicht so schnell aufgeben wollte. »Sie ist in der Bibliothek, gleich rechts«, sagte der Pastor, griff nach seiner Jacke und schickte sich an, das Haus zu verlassen. Im Klartext: Er floh.

Carla zögerte einen Moment, ging aber dann doch beherzt den Korridor entlang und klopfte an die rechte Tür. »Frau Blunck?« Die Pastorsgattin riss die Tür auf und starrte Carla an. Henriette Blunck hatte rote Flecken auf den Wangen, sie war aufgebracht. »Sie haben mir hier noch gefehlt«, fauchte Henriette. »Solche wie Sie sind es, die in anderer Leute Ehen einbrechen und den Männern den Kopf verdrehen. Hauen Sie ab!« Sie trat auf Carla zu und starrte ihr ins Gesicht. Carla fuhr zurück: »Was ist denn mit Ihnen los? Ich komme doch nur wegen Meta vorbei.« »Raus!« Henriette Blunck riss den Arm hoch und zeigte auf die Tür. »Verschwinden Sie. Sie können sich Ihre Mühe hier sparen. Mein Mann hat schon eine andere!« »Ui, hat wohl die falsche Marmelade gegessen«, sagte Carla, drehte sich um, ging betont langsam den Korridor entlang zur Haustür und war noch keine fünf Schritte auf dem Gartenweg, als Henriette Blunck die Tür hinter ihr zuschlug. »Ende eines Familienidylls«, sagte Carla leise zu sich und sah, dass hundert Meter weiter der Pastor stand und ganz offensichtlich auf sie wartete. Er wirkte verlegen, sah auf seine Schuhe und entschloss sich dann doch zu reden: »Sie hat Spektakel gemacht, nicht wahr?« Carla nickte. »Ich habe das befürchtet, und irgendwie kann ich sie auch verstehen«, sagte er. »Sie müssen mir nichts erklären«, sagte Carla. »Ich möcht' es aber«, sagte Blunck. »Ich muss es einfach einmal erzählen.« »Kommen Sie auf einen Tee zu mir«, sagte Carla. Er lief mit kurzen, hektischen Schritten neben ihr die Dorfstraße entlang, das ganze Stück, mit Blick auf den See, und er sagte kein einziges Wort.

Zu Hause bat Carla den Pastor in die Küche. Sie brühte den

Tee auf, stellte zwei Becher auf den gescheuerten Kneipentisch. »Zucker? Milch?« »Zucker«, sagte der Pastor und schaufelte drei Löffel in seinen Becher. Er umschloss das Gefäß mit beiden Händen, als wolle er sich wärmen und festhalten, und sagte: »Gut.«

Carla schwieg. Sie wartete. Und dann erzählte Blunck. Wie er Henriette auf einer Bildungsreise nach Rom kennengelernt hatte. Wie sie heirateten, weil Henriette es so wollte, wie Henriette seinen Alltag organisierte, wie er sie hatte gewähren lassen, wie sie ihren Ehrgeiz auf ihn zu übertragen versuchte, wie sie alles bestimmte – was seiner Bequemlichkeit und Zögerlichkeit auch entgegenkam –, dass er nicht in der Lage, aber auch zu bequem war, sich durchzusetzen, wie er sich immer mehr eingeengt und überfordert fühlte, wie er in Flensburg an einem Eisstand seine alte Schulfreundin Ella wiedergetroffen hatte, wie Ella und er sich verliebten, Ella schwanger wurde, Matthias auf die Welt kam und wie er sich immer stärker zerrissen fühlte durch die Verpflichtung, die ihn an Henriette und sein Amt band, und den Wunsch, sich aus dem Alltag zu befreien und sein Leben mit Ella zu führen. Und er war einfach zu feige gewesen, sein Leben zu ändern. Und Ella hatte ihm Zeit gelassen und geduldig auf seine Entscheidung gewartet. Er trank Tee und schwieg. Carla sagte nichts. Sie sah ihn nur aufmerksam an und wartete, dass er weiterredete. »Ich hatte Angst vor der Entscheidung, davor, den Beruf zu verlieren, kein Einkommen zu haben, Angst vor Henriettes Reaktion. Und jetzt, wo hier im Ort ohnehin alles drunter und drüber geht, erschien es mir gar nicht mehr so schlimm. Ich habe es ihr einfach gesagt. Dass sie so die Fassung verlor und mich und Sie – er sah Carla beschwörend an – beschimpfte und attackierte, das sage ich ehrlich, erleichtert mein Gewissen ein wenig. Ich werde zu Ella ziehen und mir eine neue Beschäftigung suchen. Vielleicht kann ich auch als Lehrer arbeiten oder ich gebe Nachhilfestunden. Irgendetwas geht schon.« Er lächelte jetzt. Carla lächelte zurück. »Ich finde es wunderbar, dass Sie den Mut aufgebracht haben. Sie waren doch beide nicht glücklich. Sie haben überhaupt nicht zusammengepasst. Außerdem glaube ich, dass die evangelische Kirche sich inzwischen auch schon geschiedene Pastoren leistet.«

Blunck strahlte sie an. Und Carla dachte, dass er mit seinem jungenhaften, glatten Gesicht schon ein wenig schwach aussah, und sie hoffte, dass er bei Ella nicht in den nächsten durchorganisierten Haushalt zog, in dem sein Leben erneut verplant war. Aber wenigstens hatte er dort seinen Sohn.

Blunck trank seinen Tee aus und stand auf. »Danke, dass ich mitkommen durfte. Es hat mir geholfen, mir über meine Gedanken und Gefühle klar zu werden.« »Ganz etwas anderes – glauben Sie, dass Meta von Ihrer Flensburger Liebe wusste?«, fragte Carla ganz plötzlich. »Ich glaube, sie hat irgendetwas geahnt. Das war ein Grund mehr für mich, jetzt reinen Tisch zu machen, bevor aus irgendwelchen Polizeiakten die Wahrheit ans Licht kommt und man ertappt wird. Ich geh' jetzt. Ich denke, ich fahre nach Flensburg. Ich will es Ella nicht am Telefon sagen.« Er stand an der Tür, verlegen, und dann umarmte er Carla linkisch und küsste sie auf die Wange. »Danke. Das war wie unter alten Freunden.« Er winkte, als er den Weg zur Straße ging. »Na prima«, rief Sara vom ersten Treppenabsatz herunter. »Jetzt hast du dem Dorfklatsch aber reichlich Stoff geliefert. Was war denn, dass der Pastor dich besucht? Ich bin vor Neugier fast geplatzt.« Carla berichtete ihrer Tochter im Telegrammstil. »Irgendwie gönn' ich's der Alten«, sagte Sara. »Die war immer ultra-unfreundlich. Und wenn sie mit mir gesprochen hat, dann hat sie so getan, als könnte ich keine drei Sätze Deutsch.« »Ach, vielleicht ist sie doch ganz nett«, entgegnete Carla. »Mami, tu nicht so fromm, du konntest sie auch nicht leiden.« Carla lachte. Sara hatte

Recht. Und ein wenig Schadenfreude konnte sie nicht leugnen. Aber ob das Ganze etwas mit Meta zu tun hatte? Jetzt hatte sie das Blunck'sche Familiendrama aufgeklärt, in der Mordsache war sie keinen einzigen Schritt weiter.

44.

Dominik Robert saß im Büro über der Buchhaltung. Buchhaltung im Wortsinn. Denn im Schloss wurden noch immer Ein- und Ausgänge in Kontobüchern verzeichnet. Die Gräfin wollte es so. Die Abrechnungen, die Robert im Computer speicherte, waren sein Privatvergnügen, mit dem er sich die Arbeit erleichterte, wenn er schnell wichtige Informationen über Einnahmen und Ausgaben benötigte. Sie erleichterten ihm auch die antiquierte Arbeit auf dem Papier. Er druckte seine Computer-Buchhaltung aus und schrieb sie sauber mit der Füllfeder in die Bücher ab. Doppelte Arbeit, murrte er. Aber letztendlich konnte es ihm gleichgültig sein, wenn er die bezahlte Zeit verschwendete. So stellte er Jahr für Jahr einen altmodisch gebundenen Band neben den anderen ins Regal, das für die Buchhaltung und die Belege vorgesehen war. Für das nächste, dachte er, als er von der Schreibarbeit aufsah, würde bald kein Platz mehr sein.

Die Tür ging auf. Eberhardt von Erben kam herein. »Haben Sie eine Ahnung, wo der Ordner mit den Kfz-Unterlagen ist? Ich suche den Kraftfahrzeug-Brief für den Morgan.« Robert sah ihn fragend an, sagte aber nichts. Von Erben antwortete trotzdem auf die unausgesprochene Frage: »Ich will den Morgan verkaufen. Ich brauche das Geld. Ich werde das Schloss nämlich verlassen.« »Das ist vielleicht verständlich«, sagte Robert, überrascht von der völlig unerwarteten Mitteilungsbereitschaft. Denn über dienstliche Belange und einfache Mitteilungen zum Wetter war auch nach Jahren der Zusammenarbeit die Konversation mit dem jungen Grafen nicht hinausgegangen. Die von Erbens hielten auf Distanz zu den Domestiken, wie Gräfin Friederike gern bemerkte. »An Ihrer Stelle würde ich nichts übereilen. Sprechen Sie doch mit Ihrem Vater. – Pardon, es steht mir nicht zu, Ihnen solche Ratschläge zu geben. Aber ich sage offen, dass das Gut auch mir am Herzen liegt. Ich bin gern hier. – Trotz allem.« »Das ist sehr freundlich von Ihnen«, sagte Eberhardt. »Ich werde darüber nachdenken. Aber das Startkapital brauche ich trotzdem. Und der Morgan ist seit über einem Jahr nicht mehr gefahren worden.« Er sah auf das Regal und sagte, während er sich schon wieder zur Tür wandte: »Sie könnten, wenn es Ihnen nichts ausmacht, ein paar von den alten Buchhaltungsbänden auf den Speicher im Ostflügel schaffen und sie in dem Aktenschrank verstauen, wo die alten Papiere liegen. Der Schlüssel müsste in dem kleinen grünen Kasten beim Treppenaufgang hängen. Sie hätten dann wieder Platz hier unten.« Er ging. Und Dominik Robert blieb mit Herzklopfen zurück. »Wo die alten Papiere liegen«, dachte er. »Die alten Papiere.« Er atmete tief durch. Er würde hinaufgehen, wenn er sicher sein konnte, dass die alte Gräfin nicht im Haus war. Er würde so bald wie möglich hinaufgehen. Robert war von einer Unruhe erfasst wie ein Entdecker, der vor einer Expedition steht. Immerhin brachte der Plan des jungen Grafen zum Rückzug auch für ihn die drohende Kündigung. Er würde also nicht mehr viel Zeit haben für seine Nachforschungen. Der Sekretär griff zum Telefon. Er wählte, er wartete. »Ich bin's«, sagte er. »Ich glaube, ich habe etwas, das uns weiterbringen könnte. Wünsch mir Glück.« Er wartete offenbar nur eine kurze Antwort ab und legte dann wieder auf. Der Sekretär des Grafen lehnte sich im Schreibtischstuhl zurück und atmete tief ein. Er blieb eine ganze Weile bewegungslos sitzen. Dann stand er unvermittelt auf, ging zum Regal, nahm die drei ältesten Buchhaltungsbände und legte den Stapel auf den Boden. Morgen würde er auf den Speicher steigen. Denn morgen fuhr Gräfin Friederike nach Hamburg. Er konnte es kaum erwarten.

45.

Kriminalhauptkommissar Kleyn überprüfte die Liste der Konzertgäste aus der Scheune von Gut Langen. Er saß im Büro. Es war inzwischen Montagnachmittag. Eine ganze Reihe von Meier-Müller-Schulzes, aber leider auch etliche Honoratioren, um deren Befragung man nicht herumkommen würde. Vielleicht hatte ja doch jemand irgendeine Kleinigkeit bemerkt, die zum Täter führen könnte.

Kleyn begann, wie immer, wenn er nervös oder unschlüssig war, kleine Schnörkel aufs Papier zu malen, die er zu endlosen Pirouetten verband. Wer hatte ein Motiv in dieser Sache? Und wenn es gar nicht um die unerwünschte Schwiegertochter aus der Tankstelle ging? Vielleicht wollte der junge Graf seine Gattin, die sich angeblich gern bei den Flaschen im Salon bediente, aus dem Weg räumen oder der Sekretär die Gräfin oder die Gräfin den Grafen. Wo war der Graf überhaupt? Der hatte sich immer noch nicht sehen lassen. Und verdammt, das war ein Fehler, ihn noch nicht besucht zu haben. Er müsste mehr wissen über die im Schloss. Aber wer könnte ihm das erzählen? Der Butler war eisern verschwiegen, das Küchenpersonal würde den Job nicht riskieren dort in Langen, mitten auf dem Land, und der Sekretär mochte ihn nicht. Allerdings beruhte das auf Gegenseitigkeit. Carla. Die vermeintliche spanische Kellnerin, die aus dem Schloss Ahrenberg stammte. Kleyn lächelte unwillkürlich. Eigentlich war sie nett. Vielleicht sollte er versuchen, mit ihr auszukommen. Sie wohnte im Ort. Sie kannte die Leute, und sie hatte immerhin versprochen, die Augen offen zu halten. Eigentlich konnte er es nicht leiden, auf andere Menschen angewiesen zu sein. Aber in diesem Fall: Langen war rund 30 Kilometer von Flensburg entfernt, und wenn er den Fall erst gelöst haben würde, ginge es niemanden etwas an, auf wessen Hilfe er dabei gesetzt hatte.

Und dann waren da noch Metas Schulhefte mit der krakeligen Schrift. Die würde er auch lesen müssen. Und wer weiß, vielleicht stand ja noch ein bisschen mehr drin als Altweiberklatsch und vielleicht waren darunter Dinge von Wichtigkeit, deren Bedeutung er als Ortsunkundiger nicht erkannte.

46.

Am Dienstag konnte Dominik Robert es nicht erwarten, dass die alte Gräfin – wie gewohnt – kurz vor Mittag das Haus verließ, um nach Hamburg zu fahren. Geschäfte, sagte sie. Sie musste sich um ihre »Caesar Moden« kümmern, die sie von ihren Eltern geerbt hatte.

Der Hamburger Laden lag in der Innenstadt gleich hinter dem Rathaus in einer Nebenstraße. Er galt als gute hanseatische Adresse für konservative Bekleidung und war inzwischen Zentrale einer kleinen Kette, die Niederlassungen in Düsseldorf und München hatte und demnächst auch in Berlin öffnen sollte. Die Boutique war eine Fundgrube für Kunden mit dem Hang zum britischen Understatement. Hier kaufte man Blazer aus englischem Tuch, die niemals spießig aussahen, aber auch nicht nach einer Saison mit Details ihr Herstellungsdatum verrieten. Hier gab es Pullis, die immer nach demselben Schnitt produziert wurden und in der Waschmaschine nicht einliefen, Faltenröcke und Wachsjacken ebenso wie feines Schuhwerk, Schals und Kaschmirdecken, alles war solide, bei reellen Preisen. Bei Caesar konnte man sich sogar verlorene Knöpfe für Jacken nachbestellen, die man vor einem Dutzend Jahren gekauft hatte und die immer noch ihren Dienst taten. Das Geschäft lag in einem der alten Hamburger Kontorhäuser mit pompöser Eingangshalle mit Springbrunnen, belegte vier Etagen und florierte so prächtig, dass es die Defizite aus dem Gut Langen locker wieder einspielte. Friederike von Erben-Werthern fuhr bis zu zwei Mal pro Woche nach Hamburg, weil sie dem Dienstseifer ihrer Mitarbeiter nicht traute. Außerdem, glaubte sie, war es den Umsätzen förderlich, wenn die Kunden – Bürgerstadt hin oder her – ab und an eine veritable Gräfin in den Räumen trafen, die dann huldvoll die Besucher begrüßte und, wenn es sich einrichten ließ, gleich noch für die Veranstaltungen auf dem Gut warb. Alle paar Monate suchte sie auch die Filialen auf, um auch dort die Mitarbeiter, wie sie sagte, frisch zu machen und die Sortimente zu kontrollieren.

Mord und Totschlag im Ort Langenbek konnten die eiserne Dame nicht davon abhalten, das zu tun, was sie für ihre Pflicht hielt. Und so rauschte sie kurz vor halb 12 Uhr mit ihrem Mercedes-Coupé durch das Torhaus Richtung Landstraße und Autobahn nach Hamburg. Dominik Robert sah ihr einen Moment nach, um sicherzugehen, dass sie nicht noch einmal umkehrte, um etwas Vergessenes abzuholen. Dann nahm er die Ordner aus seinem Arbeitszimmer, holte den Bodenschlüssel aus dem grünen Kasten, durchquerte die Halle und stieg auf der anderen Seite des Hauses über die schmale Treppe hinauf auf den Speicher.

Es fiel nur wenig Licht durch die schmalen Dachgauben auf die Bodenräume, die erstaunlich sauber und aufgeräumt waren. Robert sah sich um. Mächtige Truhen standen in Reih und Glied. Ein großes Kasperltheater war in Plastikplanen eingeschlagen, daneben verstaubte ein wohl hundert Jahre altes Schaukelpferd. Umzugskisten waren beschriftet mit »Kinderbücher«, »Baukasten« und »Vorhänge«. Unter einer großen Stoffbahn standen Tischlampen und große Kessel, und an der Nordwand war eine Reihe von Regalen angebracht, in die man Kisten mit Büchern gestapelt hatte. Robert sah hinein: Romane, die zu unterschiedlichen Zeiten en vogue gewesen und in Vergessenheit geraten waren.

Robert ging zu dem Aktenschrank. Er spürte sein Herz klopfen, als er die Tür aufschloss. Dabei sah der Inhalt prosaisch aus. Aktenordner in Reihe. Alte und neue, graue und vergilbte mit angerosteten Beschlägen. Es waren Aktenordner verschiedener Jahre und Jahrzehnte, und das machte die Sache wieder interessant. Er stellte die Bände, die er mitgebracht hatte, an das

Ende der Reihe fast auf dem Boden des Schranks, dann legte er den Kopf auf die Seite, um nachzulesen, was auf den Rücken der älteren Ordner geschrieben stand: Buchhaltung Gut, Buchhaltung Gut, Steuer der Jahrgänge 1950 bis 1994. Warum die nur diese alten Ordner aufhoben, die konnten doch längst entsorgt werden. Und weiter oben: Caesar, Geschäftsumbau. Wie elektrisiert zog er den alten Ordner mit dem verbogenen, staubigen und vergilbten Deckel und dem verrosteten Scharnier aus dem Schrank. Das war das Geschäft, das er suchte. Er blätterte ziellos in den Belegen, ohne sie wirklich anzusehen. Denn er wusste nicht, was genau er brauchen konnte. Da gab es uralte Architektenzeichnungen auf dünnem Papier, die an den Rändern schon braun geworden waren und abbröckelten. Robert schob die Krümel mit dem Fuß unter den Schrank. Hansen Architekten stand mit schwungvoller Schrift auf dem Plan und das Jahr 1938. Damals hatten die den Laden schon, dachte Robert und blätterte nun doch aufmerksam weiter. Und dann: Julius Goldberger, Textilien. Dieselbe Adresse. Robert hatte das Gefühl, dass seine Finger prickelten. Er blätterte weiter, vor und zurück. Und dann atmete er durch. Er hatte endlich gefunden, wonach er suchte. Hier hatte er den Übergang gefunden, wie das florierende Textilgeschäft der Halliers, das angeblich 1938 neu gegründet worden war, tatsächlich einen jüdischen Vorbesitzer gehabt hatte. Der damalige Eigentümer hatte es unter Zwang verkaufen müssen. Fast immer geschah das zu geringen Preisen; so konnten sich Anhänger der NSDAP an jüdischem Eigentum bereichern. Auch die Eltern der Gräfin hatten offenbar einen solchen Handel getätigt und sich das Geschäft von Julius Goldberger gesichert, dem Onkel des alten Anatol. Der hatte bislang nur nicht beweisen können, dass sich die Halliers das Eigentum seiner Familie unter den Nagel gerissen hatten. Es sollte damals über den Schleuderpreis der sogenannten Arisierung hinaus Absprachen gegeben haben über spätere Zahlungen ins Ausland, die aber nicht eingehalten wurden. Anatols Versuche einer rechtlichen Klärung waren bislang an mangelnden Beweisen gescheitert. Die Familie Hallier hatte nach dem Krieg beeidet, dass der Kauf des Geschäfts regulär abgewickelt worden sei. Das Gegenteil ließ sich nicht beweisen. »Es gab aber eine Vereinbarung noch vor der Enteignung durch die Nationalsozialisten«, sagte Anatol. »Du musst sie finden.« Robert blätterte weiter, vorsichtig, damit die alten Papiere nicht zerfielen. Und dann fand er einen abgehefteten Briefumschlag, der zwischen den Blättern klemmte. Das Scharnier quietschte, als er den Ordner öffnete. Der Umschlag war stockfleckig, das Futter brüchig. Drinnen ein halbseitiges Schriftstück: »Hiermit verpflichte ich, Ferdinand Hallier, mich, Herrn Julius Goldberger, auf einmalige Anforderung 100.000 Mark auf sein Konto in Buenos Aires zu überweisen. Diese Absprache ist jenseits des offiziellen Kaufvertrages gültig und geht an meine Erben über.« Und zwei Unterschriften: Ferdinand Hallier und Julius Goldberger.

Doch der vertriebene Onkel hatte nie eine Mark bekommen. Nur einen impertinenten Brief vom alten Hallier, in dem ihm sein Nachfolger, der sein angestellter Geschäftsführer gewesen war, mitteilte, er könne ja versuchen, das Geld einzutreiben. Darüber hinaus verbitte er sich weitere Belästigungen. Diesen Brief hatte Anatol aufbewahrt. Julius Goldberger hatte sich nach dem Schreiben mit seiner Vergangenheit nicht mehr befasst, da er sich in Südamerika auch ohne das Geld aus seinem alten Geschäft in Hamburg eine neue Existenz aufbauen konnte. Er mochte sich nicht mit der Geschichte belasten, sagte er. Aber Anatol Abel sah das anders. Er wollte die Sache nicht ruhen lassen. Nicht wegen des Geldes, sagte er, sondern wegen der Gerechtigkeit. Er wollte die Halliers, die nach dem Krieg in der Öffentlichkeit Stein und Bein schworen, dass der Senior das Haus aus eigener Initiative und nur durch Zufall an derselben Adresse wie das Goldberger-Geschäft aufgebaut hatte, zwingen, sich der Vergangenheit zu stellen. Aber bislang hatte er die Affäre nur mit dem alten Brief aus Hamburg, der keine Details über das betrügerische Geschäft verriet, nicht beweisen können.

Dominik Robert überlegte, was er jetzt tun konnte. Den Ordner mitnehmen und kopieren? Oder nur die wichtigen Blätter mitnehmen? Oder sollte er den Ordner zurückstellen und später holen? Aber wann? Und was könnte er tun, wenn dann die wichtigen Passagen aus dem Ordner fehlten, wenn irgendjemand Verdacht schöpfte und die Vergangenheit endgültig im Sinne der Familie Hallier verschönerte? Dominik Robert entschloss sich, die Blätter, die die Übernahme des Unternehmens Goldberger belegten, aus dem Ordner zu entfernen. Wann und wo er sie kopieren würde, könnte er später entscheiden. In seinem eigenen Büro schien es ihm zu gefährlich. Und während er den Ordner aufhebelte, die Blätter und Zeichnungen aus der Frühzeit der Firma Hallier eine nach der anderen herausnahm, beruhigte er sich wieder. Selbst wenn die Gräfin das Fehlen der Unterlagen bemerken sollte, was nicht wahrscheinlich war, könnte es ihm egal sein, denn dann hatte er seine Mission für Anatol erfüllt. Und wenn sie ihn hinauswarf, bevor er kündigen konnte? Das Einzige, was ihm Sorgen machte, war die Frage, welche juristischen Folgen das Ganze für ihn haben könnte, sah man einmal von dem Vertrauensbruch ab, den er gegenüber seinem Arbeitgeber beging. Gleichgültig. Die Klärung der Vergangenheit und der Geschichte von Anatols Familie war wichtiger. Er war es seinem Onkel schuldig.

Dominik Robert stellte den Ordner sorgfältig in den Schrank zurück und blies den Staub vom Regal gegen den Rücken. So. Jetzt sah es aus, als hätte niemals jemand die Unterlagen aus der ersten Reihe angerührt. Robert stopfte sich die Papiere vorsichtig unter den Pullover und in den Hosenbund und ging die Treppe zurück ins Parterre. Niemand begegnete ihm unterwegs. In seinem Büro setzte er sich erleichtert in den Sessel und atmete durch. Dann stand er wieder auf, ging zur Tür, öffnete sie einen Spalt und lauschte. Niemand war zu hören. »Besser jetzt als nie«, dachte er, ging zum Fotokopierer, legte eine Seite nach der anderen auf die Glasfläche und fertigte Duplikate. »Und wenn ich schon einmal dabei bin, erledige ich auch gleich den Rest.« Er schob die Kopien in einen Umschlag, nahm die Originale, trug die Kopien in sein Zimmer und legte sie, »wie originell«, dachte er, unter die Matratze, und dann stieg er noch einmal auf den Speicher, mit einem weiteren Kontobuch als Alibi, und ordnete die alten Belege zurück in den Hefter. Als er erneut Staub auf dem Regal verteilt hatte, den Bodenraum verließ und die Treppe hinunterstieg, hatte er feuchte Hände und sein Herz klopfte. Geschafft. »Das, mein lieber Anatol, brauche ich nicht so oft in meinem Leben«, dachte er. »Ich bin zum Spion nicht geboren.« Er ging zurück ins Büro und wählte Anatols Nummer. »Ich habe gefunden, was wir suchten«, sagte er nur und er hörte den alten Mann aufatmen. »Ich komme am Nachmittag und bringe dir die Sachen.« »Ich habe schon fast nicht mehr damit gerechnet«, sagte Anatol Abel, und Robert hörte, dass seine Stimme zitterte.

47.

Kommissar Kleyn nahm den Stapel Schulhefte aus dem Haus von Meta Diederichsen, packte sie in seinen Aktenkoffer und machte sich auf den Nachhauseweg. Er ging zu Fuß. Kleyn bewohnte eines der typischen kleinen Flensburger Altstadthäuser im Stadtteil Jürgensby. Der Putzbau war liebevoll restauriert. Die Zimmer waren winzig, aber gemütlich, die Böden nicht ganz eben, die Decken nicht sehr hoch, so konnte er sich größer fühlen. Kleyn legte die Hefte auf den Wohnzimmertisch, holte sich eine Cola Light aus dem Kühlschrank. Er fand Cola köstlich. Vielleicht deswegen, weil sein Vater ihm das Getränk als Kind verboten hatte.

Metas Hefte waren in der Form eines Tagebuchs verfasst und mit der Akribie eines Buchhalters geführt. Sie hatte stichwortartig ihre Beobachtungen notiert, und Kleyn erkannte nach ein paar Seiten, dass die Notizen für den gesamten Ort Langenbek und sein Gut pures Dynamit darstellten. Und mehr noch. Meta hatte auch genau festgehalten, wer bei den ländlichen Konzerten mit wem aufgekreuzt war, jedenfalls wenn es sich dabei nicht um den rechtmäßigen Begleiter handelte. Sonst hatte sie offenbar nicht einmal bedeutende Prominenz der Erwähnung für nötig gehalten. Der Ermittler wunderte sich, woher die alte Dame die detaillierte Kenntnis der besseren Gesellschaft hatte. Sie musste jedes, aber auch jedes Boulevard-Blatt gelesen haben. Meta Diederichsen, die bescheidene Witwe, war nicht nur eine Dorftratsche, sondern auch eine bösartige Spionin gewesen. Ihre Schulhefte könnten einem Dutzend Scheidungsanwälten für Monate Arbeit verschaffen. Kleyn sah auf die akribische Schrift und kam ins Grübeln. Weshalb machte eine Frau so etwas, die doch offenbar in einem sozial intakten Umfeld lebte? Wie frustriert, nein wie verbittert musste sie gewesen sein. Kleyn fing an zu blättern. Die Hefte waren nach Jahren geordnet, einige randvoll geschrieben, andere nur zur Hälfte oder weniger. Der Kommissar nahm sich ein randvolles. »2001, 15. Juni. Knudsen beobachtet. Er ist wieder auf der Jagd. Touristenfamilie namens Klosowsky war mit Sohn und Tochter übers Wochenende am See. Der halbwüchsige Sohn hatte es Knudsen angetan. Muss an Thomas Manns ‚Tod in Venedig' denken. Der Kleine war eine Art Tadzio. Knudsen fuhr seine bewährte Verständnis-Masche, lief mit Basketball-Kappe durch den Ort und fragte die Kinder nach ihrer Lieblingsmusik. Hätte vielleicht Glück gehabt, so wie damals bei Paul Jensen, dem Lehrling von Apotheker Harder. Paul ließ sich von Knudsen für 20 Mark mit dem Lineal den nackten Hintern versohlen. Sodom und Gomorrha. Tine, das Hausmädchen, hat's mir geschworen. Mal abwarten, was jetzt passiert.« Kleyn konnte es kaum fassen. Er blätterte weiter. »17. Oktober. Harder sieht schlecht aus. Weiße Nase. Ob der sich bei seinen Pillen bedient? Werde die Sache beobachten.« Ein anderes Heft. Nur wenig beschrieben. War wohl ein schlechter Jahrgang für die Diederichsen. »2003. März. Drei Mal war der Pastor diesen Monat in Flensburg. Hat bestimmt eine andere. Und sonntags fromme Reden schwingen. Werde eine Andeutung machen und sehen, wie er reagiert.« »18. Juli 2003. Glück gehabt. War zu Besuch bei Cousine Carola in Flensburg, unten an der Förde. Hinterm Rathaus: Der Pastor. Bin ihm nachgegangen bis in die verwinkelten Gassen oberhalb des Oluf-Samson-Gangs. Nachtjackenviertel. Musste ihm über die steile Marientreppe hinterherschleichen. Margarethenstraße, Altbau. Alles klar. Freundin besucht. Habe gewartet. Die Frau hat ein Kind. Ob das seins ist? Pastor ging nach 9 Uhr. Namensschilder kontrolliert. Sie heißt Ella Blume.«

»14. November. Hanne Möller und Henriette Blunck beim Kaufmann Franz getroffen. Henriette schwadronierte von der

Kunst der guten Ehe und der Treue der Männer, wenn man sie richtig behandelt. ‚Treue Männer gibt's nicht', hab ich gesagt. Sie: ‚Meiner ist treu.' Ich: ‚Woher wollen Sie das wissen?' Gelacht. Sie hat sicher nicht gut geschlafen. Arrogante Ziege. Werd's ihr noch zeigen.«

Kleyn war sich im Klaren: Das würde Arbeit machen, alle Hefte genau zu lesen, auszuwerten und dann zu überprüfen, welche Notizen Bosheiten einer frustrierten alten Frau waren und welche wirkliche Beobachtungen dokumentierten, die vielleicht auf einen Mörder hinwiesen. Er stapelte die Hefte, legte sie, sorgfältig begradigt, auf den Schreibtisch und richtete noch einmal die Umrisse gerade. Gleich oder später? Er entschied sich für gleich. Aber zuerst wollte er sich für die Fleißaufgabe wappnen. Das würde ein langer Abend werden. Oder sollte er? Er zögerte. Warum eigentlich nicht? Die Frau war klug, und sie kannte das Dorf weit besser als er. Wenn sie nur den Mund hielte. Das würde sie, sagte er sich, auch wenn er eigentlich von weiblicher Verschwiegenheit nicht viel hielt. Aber immerhin hatte sie es fertiggebracht, über ein Jahr als angebliche Kellnerin zu agieren, ohne die Dörfler über ihre Herkunft aufzuklären oder sie wegen ihrer Anmaßung zurechtzuweisen. Sie musste verschwiegen sein. Und sie hatte offenbar Humor. Und Selbstbewusstsein. Er griff zum Telefon, wählte und sagte sich gleichzeitig: »Kleyn, du bist verrückt geworden.« »Oh, hallo, Frau Moreno, hier Kleyn. Wären Sie bereit, ein wenig Polizeiarbeit zu leisten?« Am anderen Ende der Leitung oder besser der Funkverbindung war Carla sprachlos. »Entschuldigen Sie, wenn ich gestört habe«, sagte Kleyn ungewöhnlich verbindlich. »Nein, nein«, antwortete Carla und lachte, »aber ich war ein wenig überrascht über die freundliche Nachfrage. Natürlich helfe ich Ihnen. Worum geht's denn?« »Ich habe hier 23 Schulhefte mit Metas Notizen über den Alltag im Dorf. Ich muss herausfinden, wo es vielleicht Hinweise auf einen Täter gibt

und wo die Hefte nichts als Altweibergeschwätz enthalten.«
»Das nenne ich ein Angebot. Es ist mir ein Vergnügen. Am besten kommen Sie her. Ich gebe einen Rotwein aus und dann machen wir uns an die Arbeit. Ich kann es kaum erwarten, Metas Herzensergießungen zu lesen.«

48.

Der alte Anatol musste lange warten, bis Dominik Robert am Dienstagabend endlich kam. Er hörte ihn, als er vor dem Haus hielt. Das singende Motorgeräusch des Autos, eines alten Porsche, war unverwechselbar. Abel hatte die Tür längst geöffnet, als Robert um die Ecke kam und einen großen, braunen Umschlag triumphierend in der Hand schwang: »Onkel, ich hab's, ich hab's gefunden. Jetzt müssen die Erben-Wertherns sich der Vergangenheit stellen.« »Jetzt komm erst einmal herein, dann sehen wir weiter.« Es würde nicht leicht werden, die Familie zur Rechenschaft zu ziehen. Was den finanziellen Ausgleich anging, so waren alle möglichen Entschädigungsfristen längst abgelaufen. Dominik Robert legte den Packen Papiere mit ausholender, triumphierender Geste auf den Tisch wie ein Jäger, der seine Beute präsentiert, und er berichtete von seinem Abenteuer auf dem Dachboden und der Angst, erwischt zu werden. »Es war nicht fair, sich in den Haushalt einzuschmuggeln«, sagte er. »Aber es war auch nicht fair, meinen Onkel um seine Firma zu bringen«, entgegnete Anatol. Es ging auch ihm nicht ums Geld. Er wollte eine Entschuldigung. Aber die Halliers hatten nach dem Krieg einfach behauptet, mit der alten Firma niemals etwas zu tun gehabt zu haben. »Deswegen möchte ich sie stellen. Lass uns jetzt sehen, was wir mit deiner Beute alles nachweisen können.«

Anatol Abel begann die Kopien zu sichten. Da war der Kaufvertrag, wunderbar, da hatten beide unterschrieben, Julius Goldberger und Eduard Hallier. Da die alte Überweisung über 10.000 Mark. Genau so viel hatte Anatols Onkel damals bekommen – und bei der Ausreise an die Nazis abgeben müssen. Der darüber hinaus verabredete Preis von 100.000 Mark jenseits der Arisierung – immer noch ein Schnäppchen für die florierende Firma – wurde nie überwiesen. »Und wenn sie's doch getan haben, vielleicht in Raten?«, fragte Robert. »Dann wären die Belege bei den Akten. Da kannst du sicher sein. Du siehst doch – alles haben sie aufgehoben. Da hätten sie auch die Belege über 100.000 Mark abgeheftet. Und vergiss nicht den Brief, den der alte Hallier nach dem Krieg geschrieben hat. Wenn er gezahlt hätte, stünde das doch drin.« Da gab es noch die Unterlagen vom Umbau des Hauses. Der Auftrag war noch mit Goldberger unterschrieben. Und beendet wurden die Arbeiten dann schon in der Ära Hallier. Der alte Mann blätterte noch einmal sorgfältig die Unterlagen durch. Da fiel ihm ein Duplikat des Vertrags zwischen Hallier und Goldberger ins Auge, das er bislang übersehen hatte. An den unteren Rand des Übereinkommens hatte jemand neben die Zahl 100.000 ein großes und deutliches »Denkste!« geschrieben.

Das war es. Anatol und sein Neffe sahen sich an. Jetzt hatten die Halliers moralisch schlechte Karten.

»Ach, was ich noch vergessen habe, Onkel Anatol, als ich die Ordner zurückstellte auf dem Boden, fiel ein Foto aus einer Tasche. Ich habe es einfach eingesteckt. Ich glaube, es ist das Geschäftshaus.« Abel stand auf, ging an seinen Sekretär und nahm ein Vergrößerungsglas heraus. Da war es, das Haus, das alte Schaufenster und die Fassade mit dem Turm und der Bekrönung mit den Initialen JG, ineinander verschränkt. Anatol zeigte es seinem Neffen. »Mann«, Robert sprang auf. »Messing, einen knappen Meter hoch?« »Ja, so etwa«, sagte sein Onkel und sah ihn fragend an. »Das steht im Schloss auf dem Boden, eingewickelt in eine alte Gardine. Heute drehen sich die Initialen EH über dem Eckürmchen des Gebäudes.« Dominik Robert würde sich noch einmal auf den Boden begeben müssen, um die Initialen des Großonkels so zu verstecken, dass man sie nur im Krisenfall finden könnte. Und ein Foto würde er auch noch schnell machen.

Anatol legte die Papiere zusammen. Jetzt war es Sache des Anwalts, Gräfin Friederike einen ungemütlichen Tag zu bescheren. »Übrigens – meinst du, dass die Kinder von der Vergangenheit des Unternehmens wissen?«, fragte Anatol. »Ich glaube nicht«, sagte Robert. »Ich denke, die alte Friederike würde auf niemandes Verschwiegenheit bauen. Heinrich, der zweite Sohn, hätte keine Hemmungen, das Vermögen zu kassieren. Die Tochter Katharina wohl auch nicht. Dietrich interessiert sich gar nicht für die Langener Belange. Aber der junge Graf, denke ich, ist zu ehrenhaft, um unrecht erworbenen Besitz zu behalten. Und auch sein Vater würde Gelder aus so einem Erbe nicht haben wollen. Ich denke, dass er auch nichts über die Hallier'sche Familien- und Firmengeschichte weiß.«

49.

Kommissar Kleyn stellte seinen BMW vor Carlas Villa ab und sprintete die Treppen hoch. Carla hatte schon eine Flasche Rotwein dekantiert, Käsewürfel und Baguette geschnitten und aus dunklen Oliven eine Tapenade bereitet – mit viel Knoblauch. 23 Schulhefte – das könnte eine lange Nacht werden. »Wir teilen«, sagte Kleyn und legte den halben Stapel vor Carla auf den Tisch. Die hatte Notizblöcke und Stifte schon vorbereitet. »Gut organisiert, Ihre Spionagewerkstatt«, grinste der Kommissar, schlug das erste Heft auf und griff nach einem Käsewürfel. Schweigend saßen sie sich gegenüber, der Kriminalbeamte, der seiner Arbeit nachging, und die Malerin, die ihrer geheimen Leidenschaft frönte und versuchte, die Geheimnisse von Langen zu lüften. Metas Schulhefte boten ihr da eine Menge. Alles, was im Dorf geklatscht wurde, konnte man mit ihren Aufzeichnungen minutiös belegen: Pastors Ausflüge nach Flensburg, Harders Geschäfte mit Drogen, des Grafen Liaison mit der Tankwartstochter. Nur an Anatol Abel und an Carla hatte sich Meta die Zähne ausgebissen, wie jene mit Vergnügen las. Die alte Dame hatte sich grün geärgert, weil sie über »die Spanierinnen« und »den Russen« nichts herausgefunden hatte. Dafür entdeckte Kleyn etwas Entscheidendes über die Lehrerswitwe: »Guck mal, die Alte war nicht nur eine neugierige und bösartige alte Schachtel, sondern eine kühle Erpresserin«, sagte er konsterniert und schob Carla ein dünnes Oktavheft über den Tisch, das in einer der großen Kladden gelegen hatte. »Tschuldigung«, fügte er hinzu, als er bemerkte, dass er sie geduzt hatte. »Ist schon in Ordnung unter Arbeitskollegen« sagte Carla und blätterte das Heft auf, das eine ordentliche Buchhaltung offenbarte. »Ich kann das nicht glauben«, sagte sie. »Ich war mir sicher, dass Meta aus ihrem Wissen Genugtuung zog, dass sie die Leute grillte, weil die Angst hatten, sie könnte plaudern. Aber Erpressung?« Die Fakten aus Metas Buchhaltung waren eindeutig. Aus dem Dorf waren der Apotheker und der Makler unter den Zahlenden, aber es fanden sich auch Namen aus der Hamburger und Kieler Gesellschaft. »Wie die wohl an das Geld gekommen ist«, fragte Carla. »Hier, Postfach, Flensburg, unter Chiffre. Alles bar. Das sind etliche Zigtausend Euro, am Anfang noch Mark. Die betreibt das Geschäft also schon lange.« Kleyn hatte auch das in den Heften verzeichnet gefunden. Und wenn der alten Frau jemand in Flensburg auf der Post aufgelauert hatte und ihr nach Langenbek gefolgt war? »Wir müssen die ganzen Einzahler überprüfen.« Kleyn stöhnte. In der Verbindung mit den Fakten, die die fleißige Meta über ihre Opfer gesammelt hatte, war das eine ebenso aufwendige wie peinliche Aufgabe. Immerhin – Harder und Knudsen hatten sie vor der Tür. Beim Pastor hatte die Witwe, glaubte man der Buchhaltung, nicht kassiert. Und auch nicht beim Gastwirt. Aber Meta musste die Beobachtung der Dörfler und ihrer Gäste fast rund um die Uhr betrieben haben. Carla und Kleyn schrieben sich die Namen der Personen auf, die von der Lehrerswitwe überwacht wurden – und die tatsächlichen oder angeblichen Delikte, derer sie sie verdächtigte. Bei Knudsen war das sehr konkret. Sie hatte beobachtet, wie er sich mit Jugendlichen traf, in Langenbek und in Flensburg. Und auch den Apotheker Harder hatte sie genauestens ausspioniert. »Sieh dir das an«, sagte Carla. »Der hat offensichtlich wirklich mit Drogen und Medikamenten gedealt.« Meta hatte zunächst sorgfältig notiert, wenn abends ein Mann mit Baseball-Mütze kleine Medikamentenpakete abholte. Auch den hatte sie verfolgt – bis nach Flensburg in eine Kneipe mit dem wenig originellen Namen »Zum Anker« am Hafen. Und auch bei Harder ging sie offenbar zur Direktüberwachung über: »Oktober 2004. Habe von Harders Garten aus in die Apotheke gesehen. Hat im Vorbereitungsraum Pulver gemischt und in Stanniolkugeln verpackt. Harder muss zahlen!« »Na wenn das kein Grund ist, der Dame den Hals umzudrehen«, sagte Carla. »Du hast Recht. Wir werden ihn ganz oben auf die Liste der Verdächtigen setzen. Aber der Makler mit dem Faible für kleine Jungen hat auch eine Menge zu verlieren«, antwortete Kleyn. Und dann vertieften sich beide wieder in Metas Buchhaltung dörflicher Sünden.

Es war schon nach Mitternacht, als Kleyn das letzte Heft seines Stapels zuklappte. »Ich muss dann fahren«, sagte er. »Nicht mit dem Rotwein im Bauch, Herr Polizist«, sagte Carla. »Du nimmst das Gästezimmer, das sonst Tom bewohnt. Dann kannst du die Gräflichen morgen schon in aller Frühe quälen.« Auch Carla legte die Kladden zusammen und schob Kleyn die Liste ihrer gesammelten Straftaten über den Tisch. Beide sahen sich etwas verlegen an. »Lass mich einfach ein bisschen mitschnüffeln«, sagte sie und: »Treppe hoch, erste Tür links. Das Bad ist gegenüber.«

Kleyn war früh auf am nächsten Morgen, aber Carla saß schon in der Küche. Sie hatte ihren Morgenspaziergang mit Watson absolviert und dabei einen Blick auf die Gutsanlage riskiert. Aber dort war niemand zu sehen gewesen. Sie schob Kleyn einen Kaffeebecher über den Tisch. Daneben standen Brot, Käse, Wurst und Marmelade. »Und was machen wir nun?« »Nicht wir – ich. Ich hole Metelmann ab und dann gehe ich erst zu Harder und dann zu Knudsen.« Und bevor sie die Frage noch formulieren konnte, sagte er: »Nein. Das geht nicht.« Beide lachten. Sara kam herein: »Habt ihr Frieden geschlossen?« Beide nickten, tranken Kaffee, aßen. Und als Kleyn unvermutet aufsprang und nach seiner Jacke griff, räumte Carla den Tisch ab und grübelte. Und als der Kommissar schon in der Tür stand, sagte sie gedankenverloren: »Stefan, wissen wir eigentlich, wann diese Portweinflasche ins Haus gekommen ist und wer sie gekauft hat? Vielleicht war das Zyankali ja schon drin. Die Flasche könnte auch schon im Laden vergiftet worden sein.« Er blieb nicht einmal stehen, sagte nur: »Ich gehe danach zu Franzius.« »Und ich zum alten Abel«, antwortete Carla. Kleyn holte Luft, schloss aber wieder den Mund. Carla lachte. »Brav. Mittags wieder hier?« Der Kommissar nickte.

50.

Makler Knudsen gestaltete gerade seine Auslage neu, als Kleyn zu seinem Laden an der Hauptstraße kam. Knudsen setzte auf die Konzertgäste, die sich durch die liebliche Landschaft inspiriert fühlten. Kleine Katen, Resthöfe, Dorfhäuser, saniert oder unrenoviert, gern auch mit Pferdebox. Die Zweitwohnsitze auf dem Land waren ein so gutes Geschäft, dass sich Knudsen neben seiner freudlos wirkenden Gattin Renate einen Maserati leisten konnte. Und der wiederum kam gut an bei den jungen Herren, denen der Makler gern imponierte.

Kleyn öffnete die Ladentür – Knudsen sprach natürlich von seinem Shop – und sagte scheinbar jovial: »Moin.« Wer ihn kannte, wusste, dass die Zeichen auf Sturm standen. Der Kommissar musterte den Makler. »Ich wüsste gern, wo Sie am Sonntagmittag waren, so gegen 12.30 Uhr«, sagte er unvermittelt. Knudsen wurde rot. Er wusste genau, dass es um den Tod von Meta Diederichsen ging. »Ich war hier«, sagte er. »Meine Frau kann Ihnen das bestätigen.« Kleyn sah Knudsen abschätzend an. »Die Diederichsen hat Sie erpresst.« »Wie kommen Sie darauf?«, entgegnete Knudsen in einem Ton, der für ein eindeutiges Nein sprach. »Womit sollte Meta mich denn erpressen?« »Lassen Sie das«, entgegnete der Kommissar. »Wir haben das schriftlich.« Er sah auf seinen Taschencomputer und teilte dem Makler, der nicht im Traum damit gerechnet hatte, dass sein geheimes Privatleben bekannt werden könnte, mit, dass er nach Metas Buchhaltung in den letzten 36 Monaten exakt 20.000 Euro bei der Witwe abgeliefert hatte. »Wir wissen genau, welchen allzu jungen Herren Sie nachgestellt haben«, sagte Kleyn knapp. Knudsen wurde puterrot. In Sekunden verarbeitete sein Gehirn die drohende Erkenntnis, dass seine Frau von seinen Leidenschaften erfahren könnte, dass seine

Stammtischbrüder davon hören würden und dass die Kunden Kenntnis von den geheimen Leidenschaften des Maklers nehmen könnten. Damit wäre er in der besseren Gesellschaft erledigt. Denn Verhältnisse mit Sekretärinnen oder eine ordentlich zelebrierte homosexuelle Partnerschaft waren die eine Sache; damit konnte man ja sogar in der Politik Erfolg haben. Die Jagd nach halbwüchsigen Jungen aber war da eine andere Sache. Das verzieh die Gesellschaft nicht.

»Also, wo waren Sie? Ich bin nicht von der Sitte, ich untersuche einen Mord«, insistierte Kleyn. »Ich war tatsächlich hier«, beteuerte der Makler. »Und ich habe nichts gemacht. Ich mag Kinder einfach nur, habe ja selbst keine.« Er sah jetzt aus, als würde er gleich in Tränen ausbrechen. »Und wenn Sie meiner Frau nichts von Metas Erpressung erzählen, wird sie das auch bestätigen.« »Wir werden das prüfen«, sagte Kleyn und verließ den Laden genauso unvermittelt, wie er gekommen war.

Es war nur ein paar Schritte hinüber zur Apotheke des Dr. Harder, die nahe der Kirche lag. Auch hier ging Kleyn forsch zum Eingang, er trat grußlos in den Laden mit der wunderbar kompletten Einrichtung aus dem 19. Jahrhundert, die so überhaupt nicht zu dem schmucklosen Anbau passte, in dem sie lag. Regale aus dunklem Holz, Tiegel und Töpfe aus Messing und blumenverziertem Porzellan bestimmten das Bild. Er wartete ein paar Sekunden, bis der Apotheker kam, der ihn überrascht ansah. »Was kann ich für Sie tun?«, fragte Harder. »Sagen Sie mir, wo Sie am Sonntag um 12.30 Uhr waren«, antwortete Kleyn. Der Apotheker sah den Kommissar irritiert an. Auch er wusste genau, worauf die Frage abzielte. »Warum?«, sagte er dennoch. Kleyn war langsam genervt von den Schattenspielen der Dörfler. »Warum werde ich fragen? Ich weiß, dass Meta Diederichsen Sie erpresst hat, ich weiß, dass Sie mit Drogen handeln und in Ihrem Labor Ecstasy-Kugeln oder wer weiß was rollen. Also – wo waren Sie?« Harder wurde blass. Seine kleinen, dunklen Augen sahen noch runder aus als sonst, die stoppeligen Bäckchen wirkten wächsern.

»Wann?«, fragte er verschreckt. »Sonntagmittag. Sie wissen doch, wann Meta ermordet wurde.« Kleyn sah den Apotheker scharf an und ließ sich keine Regung anmerken. Harder schwitzte. Er sei zu Hause gewesen, sagte er. Zeugen gab es dafür nicht. Seine Frau war spazieren gegangen. Nein, den Gottesdienst hatte er nicht besucht. Er schwieg. Kleyn beobachtete ihn. »Sagen Sie, was Sie gemacht haben.« Er habe gearbeitet, in der Apotheke Salben gerührt. »Welche?«, fragte Kleyn so schnell, dass Harder keine Zeit hatte, sich eine geeignete Antwort auszudenken. »Ich war hier. Ich habe gearbeitet.« Harder sagte nichts mehr. Und Kleyn wusste, dass er heute nichts mehr erfahren würde. Er machte sich eine Notiz im Taschencomputer: »Durchsuchung, Geschäftspapiere, Warenein- und -ausgang.« Aber er sagte nichts, drehte sich grußlos um und ging.

Der Kommissar marschierte zum Schloss hinüber. Er hatte den Türklopfer noch nicht aufschlagen lassen, da öffnete Franzius schon das Portal und begrüßte den Ermittler ungewöhnlich freundlich. »Wen möchten Sie heute sprechen?«, fragte Franzius. »Sie«, sagte Kleyn. Der Butler wollte den Kommissar in den blauen Salon führen, aber Kleyn ging zielstrebig zum Tatort und setzte sich in einen Sessel neben dem Tisch mit den Getränken. »Setzen Sie sich bitte«, sagte Kleyn verbindlich. Es ging um die Bar. Wer kaufte den Wein, wer die Spirituosen, wo bezogen die von Erbens ihre Getränke, wer lieferte, wer füllte die Bar auf? Kleyn erfuhr, dass der Butler die Bestellungen der Grafenfamilie sammelte, darunter auch die Order für die Musikfeste, er gab die Aufträge heraus, kümmerte sich um den Weinkeller und die Bestände an Spirituosen. Er versorgte auch die Bar.

»Und wie war das mit dem Portwein?«, fragte Kleyn. »Das ist

es ja«, sagte Franzius. »Den Portwein habe ich nicht bestellt. Ich kenne die Sorte gar nicht. Und ich weiß nicht, wie die Flasche auf den Tisch gekommen ist, dieses billige Zeug. Das müssen Sie mir glauben.« »Jaja«, sagte Kleyn in Gedanken und überlegte, wer diese Flasche auf den Tisch gestellt haben könnte. Ob das Mädchen Annika den Portwein am Ende mitgebracht hatte? »Nein«, sagte Franzius. »Sie hatte keine Flasche dabei, als sie kam.«

Dominik Robert. Er ließ den Sekretär rufen. Und der konnte sich erinnern. Die Flasche, sagte er, sei mit einem Boten gebracht worden, als Geschenk eingepackt und mit einer Karte. Adressatin, meinte er sich zu erinnern, war die Gräfin. Die Flasche war in der Halle abgestellt worden. Wie sie in den Salon gekommen war, blieb ungeklärt.

Kleyn sprang auf und kommandierte: »Die Karte, die Verpackung!« Butler und Sekretär eilten hinaus, der eine zum Büro der Gräfin, der andere zu den Mülltonnen. Kleyn ging zur Terrassentür und sah auf den See. Wenn die Flasche wirklich an die alte Gräfin adressiert gewesen war, hatte das Mädchen einfach nur Pech gehabt. Das hieß aber auch, dass es einen zweiten Anschlag auf Friederike von Erben geben könnte. Oder hatte doch die alte Dame den Giftcocktail mit geschenktem Portwein, der ihr zu billig war, für das junge Mädchen bereitgestellt, das ihr ländliches Idyll zu sprengen drohte?

Die Gräfin saß derweil in ihrem Büro und sah die Post durch – die Stromrechnung, Werbung von der Glücksspirale, Angebot von Kabel Fernsehen, die Kontoauszüge – und ein Anwaltsschreiben aus Hamburg, Kanzlei Dres. Drost, Weber und Hennig. Friederike von Erben stutzte. Anwälte? War eine Rechnung offen geblieben? Sie riss den Umschlag auf, faltete den Brief auf, begann zu lesen und erstarrte: Im Namen der Erben von Julius Goldberger baten die Juristen um Ausgleich der noch offenen Rechnungen aus der Übernahme des Modegeschäfts Goldberger. Friederike von Erben war seit langem klar, dass die Ansprüche verjährt waren. Die Anwälte schrieben trotzdem. »Wir gehen davon aus, dass es auch in Ihrem Interesse ist, die Angelegenheit gütlich und ohne öffentliches Aufsehen zu erledigen und eine angemessene Entschädigung zu leisten, in welcher Form, das ist verhandelbar.« Das war eine offensichtliche Drohung.

»Goldbergers Erben«, dachte sie. »Die waren doch alle tot.« Außerdem konnte doch niemand mehr irgendwelche Beweise für den Handel haben, den ihr Vater damals eingefädelt hatte. Und ihre Akten lagen sicher verwahrt auf dem Boden. Sie musste dringend nachsehen, ob noch etwas aus der Gründerzeit des elterlichen Geschäfts erhalten war. Und wenn, wäre es sofort zu vernichten.

Goldbergers Erben – wer das wohl war. Verwandtschaft aus Amerika? Sie schlug das Schreiben um. Da war ein Beleg angeheftet. Eine Prozessvollmacht. Die Anwälte handelten im Namen von Anatol Abel! Die Gräfin schrie unwillkürlich auf. Der Alte aus dem Forsthaus. Der hatte sich hier hinterhältig eingeschlichen, um sie auszuspionieren. Ob er das Gut betreten hatte? Konnte er irgendwelche Informationen bekommen haben? Nein, Friederike von Erben war sicher, dass es keine schriftlichen Beweise dafür gab, wie ihre Eltern sich die Emigration der Goldbergers zunutze gemacht hatten. »Alles nach Recht und Gesetz«, hatte ihr Vater immer gesagt, der die Übernahme des Ladens mit Hilfe von Parteifreunden aus der NSDAP zügig über die Bühne gebracht hatte. Friederike von Erben wusste, dass es eine Vereinbarung zwischen Goldberger und ihrer Familie über weitere Zahlungen gegeben hatte. Aber sie konnte sich nicht vorstellen, dass es darüber schriftliche Belege gab. Ihr Vater hatte wohl anfangs tatsächlich die Absicht gehabt, dem alten Geschäftsfreund eine Entschädigung zu zahlen. Aber dann war der Krieg gekommen. »Schwere Zeiten auch für uns«, meinte der alte Hallier, und nach und nach hatten alle geglaubt, dass sie im Recht waren, weil ja auch sie und nicht nur die Emigranten und Verfolgten unter den Zeiten gelitten hatten. Schon der alte Hallier war dann überzeugt gewesen, dass von den Goldbergers ohnehin niemand mehr lebte. Auch Friederike dachte das. Die Geschichte war schuld. Und sie hatte das Gründungskapitel der Firma nicht nur vergessen, sondern in ihrer Erinnerung auch die Fakten umgeschrieben. Und jetzt, ausgerechnet jetzt war nicht nur ihre alte Schulfreundin Tilly, sondern auch einer der Goldberger-Erben aus der Vergangenheit aufgetaucht, um sie an außerordentlich unangenehme Kapitel in ihrem und im Leben ihrer Eltern zu erinnern. Ob die etwas miteinander zu tun hatten? Und womöglich war auch dieser unverschämte Sekretär, der vor drei Jahren aus dem Nichts aufgetaucht war, in die Sache verwickelt. Und dann noch die Geschichte mit dem vergifteten Portwein im Haus. Ob der Anschlag am Ende ihr selbst gegolten haben sollte? Friederike spürte ein flaues Gefühl im Magen. »Da müsste ich am Ende dem Mädchen noch dankbar sein, dass es den Portwein getrunken hat«, dachte sie bitter.

Sie hatte derweil gehört, dass der Kommissar im Haus war, und ging hinunter in den Gartensalon. »Kommissar«, sagte sie ohne Namen und ohne »guten Morgen«. »Ich denke, ich weiß, wer das Gift in den Portwein tat. Und er wollte mich umbringen.« Kleyn sah die Gräfin fragend an. »Es ist ein Mann aus der Nachbarschaft. Er versucht, mich zu erpressen.« »Will er Sie nun erpressen oder ermorden?«, fragte Kleyn süffisant. »Beides«, antwortete die Gräfin. Und sie erzählte dem Ermittler von dem Anwaltsschreiben. Natürlich seien die Forderungen völlig unbegründet. Der alte Abel habe offenbar etwas gründlich missverstanden und wolle sich nun für das Schicksal seiner

Familie rächen. Er habe sich in Langenbek eingeschlichen, um sie auszuspionieren. Friederike von Erben war empört.

»Natürlich prüfen wir, wer die Flasche geschickt hat«, sagte Kleyn. Unterdessen war klar, dass das Gift schon in dem Portwein gewesen war, als er abgegeben worden war. Das hatten die Untersuchungen der Spurensicherung eindeutig ergeben, die in den gräflichen Mülleimern die Verpackung des giftigen Geschenks und den Flaschenkorken gefunden hatte, der im Salon durch einen silbernen Stoppel ersetzt worden war. Der Korken wies den feinen Einstich einer Injektionsnadel auf. Dennoch – der Kommissar begriff nicht, dass der Mörder zu einem so unsicheren, so ungesteuerten Mordinstrument gegriffen hatte, um einen bestimmten Menschen zu treffen. Oder war es dem Täter gleichgültig, wen aus dem Schloss es traf?

Auf der Flasche waren dann die Fingerabdrücke von Franzius, einem Hausmädchen, vom Grafen Eberhardt und Dominik Robert gefunden worden, die alle plausibel erklären konnten, dass sie den Portwein in der Hand gehabt hatten. Aber auch die Fingerspuren von Helga Seebacher wurden identifiziert. Und die hatte weder etwas mit den gräflichen Getränken zu tun noch etwas im Salon zu suchen. Kleyn stieg hinunter in die Schlossküche, wo die Seebacher Silber putzte. Er setzte sich an den Küchentisch, beobachtete die Frau genau und sagte: »Ich habe noch ein paar Fragen.« Allein die Einleitung ließ Helga Seebacher dunkelrot werden. Das schlechte Gewissen? »Wir haben Ihre Fingerabdrücke an der Portweinflasche gefunden, in der das Gift war«, sagte Kleyn unvermittelt. Helga Seebacher stöhnte und ließ sich ihm gegenüber auf einen Küchenstuhl fallen. »Ich schwöre Ihnen, Herr Kommissar, ich habe mit dem Mord nichts zu tun.« »Was ist mit den Fingerabdrücken?« Helga wand sich. Dann erzählte sie, dass der kleine Holger nach oben gelaufen war. Als sie ihn gesucht hatte, stand in der Diele die Flasche, und sie hatte sie, ganz in Gedanken, mit in den Salon genommen und auf den Tisch gestellt. »Wirklich. Da war sie aber noch geschlossen. Wenn die Gräfin das erfährt, bekomme ich Ärger – weil das Kind oben war und weil ich mich in Dinge eingemischt habe, die mich nichts angehen.« Kleyn atmete tief aus. Wieder nichts. Er glaubte der Frau. Er klappte sein Netbook zu und ging verärgert. Wo auch immer er eine Fährte vermutete, verliefen die Spuren im Sand.

Missmutig verließ er das Schloss. Im Hof blieb er kurz stehen und sah auf den bekritzelten Zettel, auf dem Carla ihm die Wegebeschreibung aufgezeichnet hatte. Er stieg ins Auto und machte sich auf zum alten Grafen.

51.

Carla marschierte derweil mit Watson zum alten Anatol Abel. Und sie war wie jedes Mal überwältigt vom Anblick des Gartens, der Abels Haus umgab. Das dunkle Holzhaus mit den schweren Fensterläden war von Blumenbeeten eingerahmt. Dichte Rosenbüsche standen am Weg. Klematis rankte an der Fassade. Carla ging zur Haustür und klopfte. Es dauerte eine ganze Weile, bis sie Schritte hörte und die Tür sich öffnete. Der Mann, der ihr gegenüberstand, war klein, drahtig, und er hielt sich kerzengerade. Sein Gesicht besaß unzweifelhaft einen osteuropäischen Schnitt, aber das Profil zeigte eine scharfe Adlernase. Carla sagte, dass es Dringendes zu besprechen gebe, Abel bat sie ins Wohnzimmer, das peinlich sauber und aufgeräumt war. Sie staunte, denn der Hauseigentümer war ganz offensichtlich über 80 Jahre alt. Sie sah sich anerkennend um. Die Einrichtung war geschmackvoll, gediegen. Aber viele Dinge gehörten offenbar seit langem in dieses Haus, sodass Abel sie wohl mit der Immobilie übernommen hatte.

Carla setzte sich und erzählte, weshalb sie ihn aufgesucht hatte. Abel nahm ihr gegenüber Platz, beobachtete sie und wartete. Carla berichtete dem alten Mann, wie sie durch ihre geheime Leidenschaft in die Untersuchungen geraten war und dass sie den Kommissar jetzt bei seinen Recherchen unterstütze, weil sie die notwendigen Ortskenntnisse besaß. Sie entschuldigte sich, dass sie ihn ausfragen musste, kam aber schnell zur Sache: Wo er war, als das Mädchen ermordet wurde, wo er sich aufhielt, als Meta umgebracht wurde. Abel war, wie er sagte, zu Hause. Nein, Zeugen gab es keine. Er habe keinen Grund gehabt, das Mädchen zu töten, und Meta sei ihm mit ihrer Fragerei zwar auf die Nerven gegangen, aber Grund, sie umzubringen, habe er nicht gehabt. »Vielleicht, weil sie Ihrem Geheimnis auf der Spur war?«, fragte Carla und sah den alten Mann forschend an. »Welchem Geheimnis?«, antwortete der. »Erzählen Sie mir nichts, es ist offensichtlich, dass Sie nicht zufällig hier sind, dass Sie hier im Ort eine Mission verfolgen«, sagte Carla. »Hatten Sie Veranlassung, auf die Gräflichen sauer zu sein? Haben Sie die vergiftete Flasche geschickt?« Es dauerte ein paar Sekunden, bis Abel erst den Kopf schüttelte und dann »Nein«, sagte. Er sah aus dem Fenster und zögerte. »Wollen Sie die ganze Geschichte hören?«, fragte er. Carla nickte. Und dann erzählte Abel von seinem Onkel, der in Hamburg ein wohlhabender Kaufmann gewesen war, der seinem Geschäftspartner, nein, seinem Freund, vertraut und ihm das Geschäft überschrieben hatte. »Was sollte er auch tun? Verloren hätte er es sowieso.« So aber hatte Julius Goldberger gehofft, für Argentinien wenigstens ein wenig Startkapital zu bekommen, um sich eine neue Existenz aufzubauen. Aber nach der Überfahrt hatte Goldberger nie wieder etwas von Hallier gehört – bis der ihm auf Nachfrage klar und deutlich schrieb, er werde nicht zahlen und verbitte sich weitere Kontaktversuche. Nach dem Krieg wollte der Onkel von der alten Heimat nichts mehr hören. Es ging ihm inzwischen gut in Südamerika, für ihn war das Kapitel Hamburg abgeschlossen. Aber er hatte seinem Neffen von den Vorgängen erzählt, weil sie Teil der Familiengeschichte waren. Und er, Anatol Abel, wollte, dass die Familie Hallier beziehungsweise die von Erbens sich einfach nur der Vergangenheit stellten. Vielleicht »Entschuldigung« sagten. »Es macht mich wütend, wenn Friederike von Erben damit prahlt, wie ihr Vater ein Geschäft gründete und zum Erfolg führte, das er tatsächlich für ein Butterbrot übernahm. Ich finde es gemein, wenn man die Verdienste seines Vorgängers verschweigt. Es hätte dem geschäftlichen Ansehen des alten Hallier doch keinen Abbruch getan, wenn er nach dem Krieg die Unternehmensgeschichte, wie sie war, erzählt hätte.

Naja, und was das Geld angeht – 100.000 Mark war ihm die Ehre wohl nicht wert«, sagte Abel bitter.

»Ein wunderbares Motiv für vergifteten Portwein«, sagte Carla trocken. Abel schüttelte den Kopf. Und er erzählte freimütig, dass er schon Rachegelüste gehabt habe. Aber eben nicht mit tödlichem Ziel, sondern mit dem Wunsch, Halliers Erben ein paar peinliche Stunden zu bereiten. So hatte er seinen Neffen auf dem Gut eingeschleust, und der fand die Unterlagen, die den Betrug belegten. Aber auch gerade erst eben. »Ich will die Gräfin treffen, sie auch in der Gesellschaft bloßstellen, das gebe ich zu, aber ich will sie nicht umbringen, sondern ihre Arroganz erschüttern. Das ist für sie vielleicht sogar noch schlimmer als ein Attentat.« Carla nickte. Abel hatte gute Gründe für einen Mord, aber die Logik sprach dagegen. Sie grübelte. »Haben Sie eigentlich einen Gärtner?«, fragte sie unvermittelt. »Nein, das mache ich selbst.« »Sind Sie Gärtner?«, forschte Carla weiter. »Nein, ich bin Ingenieur. Aber ich hatte mich während der Nazizeit als Jugendlicher in einer Gärtnerei in Mecklenburg versteckt. Bei Freunden. Wirklichen Freunden. Und da hatte ich Zeit genug, alles über Blumen zu lernen. Das hat mir geholfen, die Jahre zu überstehen, als ich nicht wusste, wie es weitergehen würde und ob ich mich je wieder unter Leute trauen könnte.« Abel lächelte. Und Carla fand, dass Friederike tatsächlich den drohenden Dämpfer verdient hatte.

In den Mordgeschichten war sie nicht einen Schritt weitergekommen. Bis jetzt war jede Spur im Sande verlaufen.

Carla war in Gedanken, als sie nach Hause lief. Sie ging in die Küche, putzte Gemüse, Zucchini, Auberginen, Paprika, Tomaten und Zwiebeln, um daraus Tumbet, einen mallorquinischen Eintopf, zu bereiten. Die Küchenarbeit beruhigte sie und dämpfte die Ungeduld, mit der sie auf Kleyn wartete. Ob der etwas erfahren hatte, was Licht ins Dunkel brachte?

52.

Der Kommissar war unterdessen beim Waldhaus angekommen, in dem Johannes von Erben mit Karola wohnte, ohne von den Dramen zu wissen, die sich derweil auf seinem Gut abgespielt hatten. Kleyn war überrascht, als ihm auf sein Klopfen eine propere junge Dame öffnete. Er stellte sich vor, wurde eingelassen, fand den alten Grafen gemütlich zurückgelehnt in einer Sofaecke und war wegen der unerwarteten Lebensumstände zunächst einmal sprachlos. Diese Angelegenheit, dachte Kleyn, wurde immer verworrener und undurchsichtiger. Er klärte den Grafen über die beiden Morde im Dorf auf und erfuhr im Gegenzug, wie es zu dem Idyll im Wald gekommen war. Tatsächlich gab es im Jagdhaus weder Telefon noch Fernseher, sodass der Graf glaubhaft machen konnte, dass er von den Dramen nichts wusste. Und er selbst besaß für beide Fälle ein Alibi – die knackige Karola. Kleyn verabschiedete sich mürrisch und fuhr zurück in Carlas Villa, wo er bereits ungeduldig erwartet wurde und sich, milde gestimmt durch appetitliche Essensgerüche, von seiner Gastgeberin in der Küche ausfragen ließ. Er berichtete ihr von seinen Besuchen bei Knudsen und Harder. »Beide haben Grund genug, Meta Diederichsen zum Schweigen zu bringen. Aber wir haben keinerlei Spuren gefunden. Und mit Annika haben beide wohl nichts zu tun gehabt.« Und Kleyn erzählte weiter, dass auch die Befragungen der Konzertgäste außer ein paar peinlichen Enthüllungen über außereheliche Ausflüge nichts ergeben hatten. Und Carla berichtete über ihren Ausflug zu Anatol Abel und dessen geplanten Feldzug gegen Friederike.

Carla hatte ein großes Zeichenblatt auf dem Küchentisch ausgebreitet. Gemeinsam beschrieben sie Klebezettel mit den Namen aller Dörfler und Beteiligten und sortierten die Namen zu einem Puzzle der Verdächtigen.

Auch das Obduktionsergebnis für Meta Diederichsen lag inzwischen auf dem Tisch. Herrsching hatte minutiös analysiert, dass die alte Frau mit einer uralten Hanf-Wäscheleine erdrosselt worden war, wie sie längst niemand mehr benutzte. »Jemand muss sie irgendwo auf dem Speicher gehabt haben«, sagte Kleyn. »Wenn wir doch nur wüssten, wo der Strick herumgelegen hat. Aber wer erinnert sich schon an eine alte Wäscheleine? Und wahrscheinlich gibt es auf den Speichern dieser alten Bauernhäuser Kilometer von diesen alten Leinen.« Carla antwortete nicht. Sie sah aus dem Fenster zum See hinüber. Plötzlich wandte sie sich zu Kleyn und sagte unvermittelt: »Was ist eigentlich mit dieser Chanel-Tante aus der Scheune?«

Bevor Kleyn antworten konnte, klingelte sein Mobiltelefon. Es war Metelmann. Die Apothekerfrau Lore Harder hatte sich gemeldet. Ihr Mann hatte eine Tasche gepackt, das Geld aus dem Safe geräumt und war verschwunden. Wohin – sie hatte keine Ahnung. Was sie sicher wusste, war, dass sie das Alibi widerrufen wollte, das sie ihm für die Zeit des Mordes an Meta Diederichsen gegeben hatte. Ja, sie hatte in der Küche gestanden, nein, sie hatte ihren Mann nicht gesehen. Ob diese Version der Wahrheit entsprach oder die Rache für die Flucht war, Metelmann konnte es nicht sagen. Und Stefan Kleyn fluchte: »Verdammte ...«, er hielt inne und formulierte etwas milder: »Verdammter Mist«, und grinste wie ein Schuljunge. »Wir haben immer mehr Verdächtige, und es gibt nirgendwo einen Hinweis zur Lösung der beiden Fälle. Womit habe ich das verdient?«

53.

Auf dem Gut hatte sich Friederike von Erben vom ersten Schock erholt, den ihr der Anwaltsbrief versetzt hatte. Sie wusste ja, dass die Ansprüche der Goldberger-Erben längst verjährt waren. Zahlen müsste sie also nicht. Wollten die nur Ärger machen, drohen, sich ihr Schweigen bezahlen lassen? Eine Konfrontation konnte sie jetzt nicht brauchen. Die Diskussionen über die Vergangenheit und die Rolle ihres Vaters in der Firmengeschichte würden dem Geschäft nicht zuträglich sein. Denn von hanseatischer Kaufmannsehre zeugte es nicht gerade, den Freund in der Not über den Tisch zu ziehen. Sie würde diese Leute zum Schweigen bringen. Zur Not musste sie sich eben etwas einfallen lassen, vielleicht erzählen, dass der alte Goldberger Schulden gehabt hatte bei ihrem Vater, auf alle Fälle aber darauf bestehen, dass sie selbst von allem nichts gewusst hatte. Bezahlen, so viel war sicher, bezahlen kam in keinem Fall in Frage.

Es war ein Kreuz. Alles kam auf einmal. Der Tod des Mädchens, die Rebellion des Sohnes, der sich ihren Anordnungen nicht mehr fügen wollte, die alte Schulfreundin, die unangenehme Erinnerungen heraufbeschwor, und jetzt diese Forderungen aus der Vergangenheit, die sie längst verdrängt hatte. Sie würde ihren eigenen Anwalt konsultieren müssen. Die alte Gräfin saß in ihrem Salon, sah auf den See, grübelte und zupfte sich gedankenverloren die kleinen Löckchen in Form. Weshalb meldeten sich die Erben erst jetzt? Was wollten sie erreichen? Und vor allem – was hatten sie in der Hand? 100.000 Mark – macht 50.000 Euro – im Ernstfall war das ein Pappenstiel, wenn die Leute dann wenigstens den Mund hielten. Dass diese 100.000 Mark 1938 ein Vermögen gewesen waren, das über Leben und Tod hatte entscheiden können, das wollte sie nicht wahrhaben. Die alte Dame gab sich einen Ruck, stand auf, zog ihr graues Kostüm zurecht und ging hinunter in den blauen Salon. Auch auf dem Weg dachte sie nach. Nein, es konnte keine Belege mehr geben für den Verkauf des Geschäfts. Oder doch? Sie blieb stehen und schwenkte dann um zu der schmalen Treppe, die auf den Boden führte. Sie musste sich vergewissern, dass es keine alten Unterlagen mehr gab von 1938, dann konnte sie alles abstreiten und behaupten, dass die Goldbergers fürstlich bezahlt worden waren. Friederike von Erben ging denselben Weg, den am Vortag Dominik Robert genommen hatte. Und jetzt bewährte sich die Sorgfalt, die der Sekretär hatte walten lassen, als er die alten Ordner sichtete. Die Gräfin schöpfte keinen Verdacht, als sie nach den verstaubten Papieren griff. Sie begann die Geschäftsunterlagen durchzublättern. Und dann fand sie die Belege, die Robert am Vortag kopiert hatte. »Verdammt«, sagte sie, »da gibt es doch noch alte Akten.« Sie hakte den Ordner auf und nahm die Papiere heraus. Und auch die Belege, die aus den ersten Jahren nach der Arisierung stammten, nahm sie mit – Bauakten, Handwerkerrechnungen. Sie blätterte weiter, zögerte noch einmal und klemmte dann doch den ganzen Ordner unter den Arm. Entschlossen stieg sie vom Boden hinunter, ging in den Salon, legte den Ordner in den Kamin, knüllte ein Stück Zeitung, nahm ein langes Streichholz und zündete das Papier an. »Liebe Goldberger-Erben, das war's«, sagte sie, lächelte und ging zurück in ihren Salon, um sich einen Whisky zu genehmigen – einen irischen natürlich.

54.

In der Villa am See wandten sich Carla und Kleyn nach dem Essen wieder dem Aktenstudium zu. Der Kommissar verfasste eine Liste mit allen Leuten, denen Meta nachspioniert hatte. Und als Hauptverdächtige galten die, bei denen die Lehrerswitwe auch Schweigegeld kassiert hatte. Carla sah in Gedanken zum Fenster hinaus auf den See und zum Gut. Aus einem der Schornsteine quoll gelblicher Rauch. »Was die da wohl verbrennen bei der Hitze«, sagte Carla in Gedanken, und jetzt sah auch der Kommissar auf. »Und wenn die irgendetwas verschwinden lassen wollen?« Carla hatte den Satz noch nicht zu Ende gesprochen, als Kleyn schon aufsprang, zum Auto lief und zum Schloss hinüberjagte. Er bremste quietschend, sprang die Treppen zum Tor hinauf und hämmerte an die Tür. Franzius öffnete ihm indigniert. Kleyn schob den Butler beiseite und fragte harsch: »Wer verbrennt hier was?« Franzius sah den Kommissar konsterniert an. Er hatte keine Ahnung. Aber Kleyn war schon weitergelaufen, sah in den Frühstücksraum, dann in den Salon. Dort stocherte die Gräfin in der Kaminglut. »Was verbrennen Sie da?«, rief Kleyn, eilte zu der alten Dame und riss ihr den Schürhaken aus der Hand. Er sah den Ordner im Feuer, griff nach einer Flasche Mineralwasser und löschte die Glut. Die Gräfin schrie auf: »Was erlauben Sie sich!«. Kleyn reagierte kühl. »Sie vernichten Beweismittel.« Die Gräfin protestierte, sagte etwas von alten Papieren. Aber der Kommissar ließ sich nicht aus der Ruhe bringen. »Warum sollten Sie mitten im August plötzlich alte Akten verbrennen, wenn Sie nicht etwas vertuschen wollten? Herkömmliche Akten gibt man in den Reißwolf. Ich werde meine Ermittler hier heute jedes einzelne Stück Papier durchsehen lassen.« Die Gräfin sagte nichts mehr. Sie hatte sich in einen Sessel sinken lassen. Ihr Gesicht wirkte fahl. Franzius sah sie an. Er bemerkte an ihrem Hals einen braunen Streifen, dort, wo sie sich immer mit Selbstbräuner einstrich. »Die Alte hat geschlampt, sie wird nachlässig«, dachte er. Fast hätte sie ihm leidgetan. Aber irgendwie gönnte er ihr den Schlamassel nach all den Jahren der absolutistischen Herrschaft auf dem Gut.

Kleyn telefonierte mit seiner Dienststelle und beorderte zwei junge Kollegen nach Langenbek. »Sie werden hier alle Geschäftsunterlagen sichten«, teilte er der Gräfin mit. »Die alten und die aktuellen.« Und dann hockte er sich zum Kamin und zog vorsichtig mit der Zange den Ordner aus dem Feuer. Das Papier war an den Rändern angebrannt, und die ersten und letzten Seiten waren zerstört. Aber im Inneren hatten die Unterlagen das Feuer überstanden. Zielsicher blätterte Kleyn das Jahr 1938 mit der Goldberger-Geschichte auf. Er musterte die Gräfin und nickte. »Kann ich verstehen, dass Sie das verschwinden lassen wollten. Peinliche Sache, wenig förderlich für das Ansehen des Geschäfts, wenn man gern mit den noblen Grundsätzen hanseatischer Kaufleute renommiert und dann herauskommt, dass man Freunde betrogen hat.«

Die Gräfin fuhr ihn scharf an. »Diese Leute haben mich bedroht. Vielleicht haben sie uns das Gift geschickt.« »Dann hätten Sie die Unterlagen doch gerade als Beweis aufheben sollen«, gab Kleyn zurück. »Bitte verlassen Sie den Salon, bis meine Mitarbeiter die Spuren gesichert haben«, sagte er, wartete, bis der Butler und die Gräfin den Raum verlassen hatten, sperrte die Tür ab und steckte den Schlüssel in die Tasche. Auf Friederike von Erbens empörtes: »Das ist eine Unverschämtheit«, reagierte er nicht. Bevor er das Haus verließ, wandte er sich zu Franzius: »Halten Sie bitte die Augen offen und sagen Sie mir Bescheid, wenn sich hier irgendetwas Ungewöhnliches tut? Ich verlasse mich auf Sie«, sagte er und steckte dem Butler seine Visitenkarte zu. »Hier haben Sie meine Mobilnummer.

Momentan bin ich bei Frau Moreno zu erreichen.« Franzius starrte auf die Karte, dann auf den Kommissar und wieder auf die Karte und nickte. Er schloss hinter Kleyn die Tür und ging gemächlich zu Helga Seebacher hinunter in die Küche. »Du, Helga«, sagte er, so unvermittelt, dass diese zusammenzuckte, »ich glaube, ich wurde gerade zum Hilfs-Sheriff befördert.« Er ließ sich auf einen der wackligen Küchenstühle fallen, und dann erzählte er ihr die Geschichte. Es war das erste Mal seit 15 Jahren, dass er über seine Arbeitgeber und deren Geheimnisse plauderte. Und es tat ihm gut. Es war für ihn die Revanche für die vielen Kränkungen. Dabei wusste er, dass er seinen Job verlöre, wenn es nach Friederike von Erben gehen würde. Helga Seebacher schenkte ihm ein Glas Sherry ein, während sie die kaum glaublichen Nachrichten hörte. Franzius nahm einen Schluck und sagte unvermittelt: »Helga. Ich heiße Theodor.«

55.

Pastor Blunck spazierte durch die Flensburger Altstadt. Er war auf dem Weg zu Ella. Er wollte ihr Blumen kaufen und sagen, dass er sich von seiner Frau getrennt hatte. Er suchte einen Blumenladen, lief auf der Westseite der Förde entlang, als er plötzlich den Apotheker Harder sah, der, ganz offensichtlich in Hast, mit einem Handkoffer beim Nordertor zur Neustadt hinaufeilte und im Hausflur eines kleinen, windschiefen Hauses verschwand, das ein abgeschabtes Schild als »Pension zum Anker« auswies. Der Bazillus der Neugier erfasste nun auch Blunck. Was machte der Harder hier in Flensburg mit einem Koffer, und das in einer der weniger repräsentativen Straßen? Der Pastor wusste von den Drogen-Gerüchten über den Apotheker, hatte aber nicht mehr als Dorfklatsch dahinter vermutet. Und nun diese Heimlichtuerei. Ob mehr dahintersteckte? Ob sich der Mann aus dem Staub machen wollte, jetzt, wo die Polizei in allem und jedem herumstöberte? Vielleicht hatte ja Harder Meta erdrosselt? Blunck ging unschlüssig weiter. Die Blumen vergaß er, lief zu Ellas Wohnung, die hinter dem Schifffahrtsmuseum lag. Seine Freundin öffnete ihm die Tür, bevor er noch geläutet hatte, und sah ihn fragend an. Unangemeldete Besuche einfach so – das hatte es noch nicht gegeben. Sie musterte ihn irritiert. »Da bin ich«, sagte er. Sie trat beiseite, ließ ihn hereinkommen, er zog umständlich die Jacke aus. Ein kleiner Junge schaute aus dem Treppenhaus und fragte: »Papa?« Und bevor der Pastor antworten konnte, stürzte ihm Matthias entgegen und sprang auf seinen Arm. Blunck spürte ein wohliges Gefühl. Genau das wollte er – hier bei Ella und seinem Sohn leben. Und er schämte sich, dass er nicht viel früher, sondern erst unter dem Druck der Morde in Langen diese Entscheidung getroffen hatte. »Ich habe mich von meiner

Frau getrennt, kann ich hierbleiben?«, sagte er zu Ella. »Das ist gut«, antwortete sie, ging ins Wohnzimmer, nahm ohne weitere Worte zwei Gläser, öffnete eine Flasche Sekt und schenkte ein. Als sie sein erstauntes Gesicht sah, sagte sie: »Die Flasche habe ich seit drei Jahren aufgehoben für den Tag, an dem du kommst.« Da nahm er sie, in seiner etwas unbeholfenen Art, in die Arme. Sie tranken und schwiegen eine ganze Weile, während der kleine Junge zu ihren Füßen mit Bausteinen spielte. Blunck sah ihm zu, betrachtete das kleine, aber helle Wohnzimmer mit den polierten Kiefernmöbeln, den großen Fotografien, die Ella auf ihren einsamen Urlaubsreisen gemacht und gerahmt hatte, und lächelte. Er war entspannt, erleichtert, befreit, gleichgültig, was jetzt auf ihn zukam.

Plötzlich sagte der Pastor: »Ich habe Harder hier in Flensburg gesehen. Mit einem Koffer. Ich glaube, er ist auf der Flucht.« »Du musst den Kommissar anrufen«, sagte Ella. Blunck wusste nicht, wie er den Ermittler erreichen sollte. Aber Ella hatte eine Idee. »Ruf die Spanierin an. Du sagst doch, dass die beiden Kumpel sind.« Im Telefonbuch fand Blunck die Nummer von Carla, die gerade mit Kleyn über dem Puzzle der potenziellen Täter saß, und die reichte das Telefon wortlos an den Kommissar. Der schob seine Heft-Lektüre beiseite und antwortete nur knapp: »Ja. Ja. Danke«, und hängte auf. »Die Leitung ist konfisziert für Dienstzwecke«, sagte er, grinste, telefonierte mit seinem Büro und gab Anweisungen, Harder in seiner Pension festzunehmen. »Ich muss nach Flensburg«, sagte er, sprang auf, lief zum Auto und startete mit einer Staubwolke. Und Carla wandte sich wieder den Auszügen aus Metas Tagebüchern zu und verfasste eine Prioritätenliste. Harder stand natürlich ganz oben. Hermann Knudsen hatte ebenso gute Gründe, der Erpresserin den Hals umzudrehen. Beide mussten eine Gefängnisstrafe fürchten, wenn man ihnen auf die Schliche kam. Der

Vollständigkeit halber setzte sie auch Pastor Blunck auf die Liste – aber ganz ans Ende. Zum einen traute sie ihm eine solche Tat nicht zu, zum anderen war das, was Meta über ihn hätte enthüllen können, zwar innerhalb der Kirche nicht gerade karrierefördernd, aber verboten war es ja nicht, eine Freundin und ein uneheliches Kind zu haben.

Der Hamburger Bankier Sandersen hatte auch regelmäßig Geld bei Meta abgeliefert. Sandersen, Sandersen. Wo hatte sie den in den Kladden gesehen? Carla blätterte. Das war noch nicht so lange her. Sie konnte sich an den Namen erinnern – auweia, das war's. Meta hatte den honorigen Mann bei einer ihrer Verfolgungstouren auf den Spuren des Pastors rein zufällig im Bordell verschwinden sehen. Und sie hatte ihm vorgespiegelt, dass es von seinem erotischen Ausflug Fotos gab. 6000 Euro hatte Sandersen bezahlt. Auch dem Apotheker Harder war die gierige Witwe bis zum Etablissement gefolgt.

Klaus Möller und Hanne fanden sich zwar in den Kladden, nicht aber in der Erpressungs-Buchführung. Vielleicht hielt Meta das Gasthaus nicht für lukrativ genug. Oder sie hatte sich die beiden noch für schlechte Zeiten aufgehoben.

Plötzlich erstarrte Carla bei einem Kürzel, neben dem eine besonders imponierende Zahlenreihe stand. Jeden Monat hatte der Mann oder die Frau 2000 Euro abgeliefert. HVE. Wer zum Teufel war HVE? Carla grübelte. Eine Frau? Mit zweitem Namen Veronika? Kannte sie jemanden aus der besseren Gesellschaft, der HVE hieß? Carla ließ die Fotos der Klatschblätter Revue passieren, rief sich die Gästelisten der Schloss-Konzerte in Erinnerung. H – für Herr oder einen Vornamen? Oder ein doppelter Vorname – HV? Hermann, Volker? Plötzlich hatte sie eine Eingebung: Heinrich von Erben, der zweite Sohn des Grafenpaares. Aber was könnte Meta gegen ihn in der Hand haben? Vielleicht die Affäre mit dem unehelichen Kind, dem Enkel der Seebachers? Aber das war doch zumindest auf dem

Gut allgemein bekannt. Vielleicht hatte Meta gedroht, die Geschichte den Zeitungen zu stecken? Aber auch das war keine 2000 Euro im Monat wert. Fieberhaft blätterte Carla erneut die Kladden durch. Sie wollte schon aufgeben, da sah sie ganz unten am Rand für den 6. Juli des Jahres 2003 die Notiz im Telegrammstil: HVE Mohrkirch. Ein Rätsel. Carla würde es mit Kleyn besprechen.

56.

Die Gräfin saß in ihrem Salon und grübelte. Sie war empört. Sie hatte die Herrschaft über das Geschehen verloren. Sie war den Gegebenheiten ausgeliefert und besaß keine Macht, die Ermittlungen in ihrem Interesse zu lenken, Schnüffeleien in ihren ureigensten Belangen zu unterbinden. Polizei- und Klatschreporter wühlten in Fakten und Verdächtigungen im Zusammenhang mit Gut Langen. Die Gräfin fühlte aufsteigende Hitze, Wut und Hilflosigkeit. Und an allem war Eberhardt Schuld mit seiner Affäre. Das hatte sie den Untersuchungen des impertinenten Kommissars, dem Zusammentreffen mit der unverschämten Charlotte von Roehl ausgesetzt, die sie, da war sie überzeugt, bewusst getäuscht und blamiert hatte. Sie war umgeben von Stümpern und Schwächlingen. Womit hatte sie das verdient. Und zu allem Übel kam auch noch diese lächerliche Nathalie aus den USA zurück, dieses geliftete Wrack, das sich jetzt Tilly nannte. Warum ausgerechnet jetzt? Ob das etwas mit dem Mord an der Kleinen im Salon zu tun hatte? Ob Nathalie das Mädchen gekannt, vielleicht sogar auf Eberhardt angesetzt hatte, um ihr zu schaden, die sie doch einmal ihre beste Freundin gewesen war? Friederike von Erben dachte zurück. Vielleicht war das die Revanche für ihre Ehe mit Johannes, den Nathalie doch sicher an der Angel gehabt zu haben glaubte, damals. Die Gräfin stand auf und ging an das Mahagoni-Bücherregal im englischen Stil. Sie schloss die verglaste Tür auf und fuhr mit dem Zeigefinger über eine Reihe von ledergebundenen Fotoalben, in die Jahreszahlen eingeprägt waren. 1950 bis 1955. Sie zog einen der weichen, braunen Bände aus dem Regal und klappte ihn auf, sie blätterte durch die Farbfotos in den süßlichen, pastelligen und inzwischen etwas verblichenen Tönen der 50er Jahre. Natürlich hatte sie damals

als Schülerin auf dem Internat Elisenhöhe eine Kamera besessen, eine Leica. Und natürlich hatte sie ihre Erinnerungen in Farbe fotografiert. Da gab es Bilder vom Internat, von den Räumen, vom Speisesaal, von dem See hinter der Gutsanlage, in der die Ausbildungsstätte residierte. Sie hatte Bilder gemacht von den Ruderausflügen der Mädchengruppen und von den Vorbereitungen der Freundinnen, wenn sie sich für Partys zurechtmachten, sich in die engen Taillen der Petticoat-Röcke zwängten oder die schmalen Etuikleider anzogen. Friederike zählte zu denen, die am besten von allen Mädchen gekleidet waren. Kein Wunder, konnte sie sich doch aus dem Modegeschäft des Vaters bedienen. Die Gräfin blätterte weiter. Da war ein Bild von Nathalie im Badeanzug. Sie sah genauer auf das Gesicht. »Ganz schön gestrafft«, dachte sie. Tatsächlich war Nathalie ein bildhübsches Mädchen gewesen, blond, lieblich, während Friederike ein eher herber Typ war – was sie bereits damals unterstrichen hatte. Schon als Schülerin hatte sie in den oberen Klassen die Tendenz zu Kostümen und Hosenanzügen gehabt. Als sie den Band ins Bücherbord zurückstellen wollte, fiel ein Foto heraus: Nathalie – und Johannes. Wieder spürte Friederike Wut, Eifersucht auf die Freundin, die sich den begehrten Junggesellen geangelt hatte. Aber sie hatte es ihr ja gezeigt. Jetzt saß sie auf dem Gut, sie war mit Johannes verheiratet, sie war Gräfin. Nathalie einfach nur reich. Und eben einfach nur eine Neumann. Ein schlechtes Gewissen hatte sie nicht, dass sie die beiden auseinandergebracht hatte. Und da sie zu selbstkritischen Betrachtungen nicht neigte, nahm sie nicht zur Kenntnis, dass sie mit ihrem Mann zwar vier Kinder hatte, dass sie aber sonst mit dem Grafen nichts verband. Sie liebte die Fassade des adeligen Daseins, er wollte das Leben genießen. So ging jeder seinen Weg für sich. Sie tangierte das nicht. Denn um Liebe war es ihr nie gegangen.

Jetzt machte sich Friederike von Erben zum ersten Mal Sorgen über die Zukunft. Es ging nicht um das Geld. Die Modekette warf genug Profit ab, um auch das Gut zu erhalten und zwei der Kinder regelmäßig zu unterstützen. Vor allem Heinrich benötigte immer wieder Geld, und auch Katharina forderte zuweilen einen Zuschuss, wenn sie zu viel für Kleidung und Schmuck ausgegeben hatte, dass es sogar ihr nachsichtiger, alter Gatte Arturo nicht hinnehmen würde. Sonst hörte die Gräfin wenig von ihr. Was sie tat und wo sie sich aufhielt, konnte sie in Illustrierten nachlesen – eine Gesellschaft bei Elton John, eine Musicalpremiere in New York – Katharinas gesellschaftlicher Ehrgeiz war so groß wie der ihrer Mutter. Nur dass es sie nicht in Adelskreise zog, sondern in die bunte Society.

Wie würde es weitergehen mit den Ermittlungen? Wie könnte sie Nathalie auf Distanz halten? Und vor allem: Was machte sie mit diesem alten Abel, der plötzlich Ansprüche an das Unternehmen anmeldete?

Friederike von Erben schrieb an einer Liste in ihrer Agenda, wie sie das immer tat. Aufgaben – und erledigen. Akribisch strich sie ab, was getan war.

»Hamburg Geschäft« stand da, das hatte sie schon erledigt und gestrichen
»Konzert – Julius Land: Einführung«– Haken.
»Anatol Abel« – Fragezeichen.
Aber auf der Seite davor hatte sie noch notiert:
»Hein Pedersen, Annika.« Sie zögerte einen Augenblick. Dann strich sie den Namen Annika mit entschlossenem Schwung aus und schrieb daneben: »Erledigt!«

57.

Tilly Newman hatte erneut den Fahrer ins Hotel an der Flensburger Förde bestellt. Sie war unzufrieden mit den Ereignissen. Das heißt genauer – sie war nicht wirklich zufrieden. Der Aufruhr im Schloss hatte ihr schon gut gefallen. Aber Friederike war leider nur verärgert gewesen über ihren Auftritt und nicht wirklich gekränkt. Und das trotz der peinlichen Leiche auf dem Gut. Und jetzt noch eine zweite Tote im Dorf. Sie würde ein paar Schäufelchen Bösartigkeit nachlegen müssen, um Friederike wirklich zu schaden. Dafür wollte sie sich in Langenbek noch einmal gründlich umsehen. »Ich mach dich fertig«, sagte sie halblaut, aber laut genug, dass der Fahrer sich erschrocken umdrehte und bremste. »Sie Trottel«, sagte Nathalie wütend, denn sie hatte sich gerade die Lippen nachgeschminkt und sich durch das Bremsen einen breiten roten Strich durch das Gesicht gezogen. »Halten Sie an«, sagte sie. »Ich muss das erst reparieren. Sie wischte das Rot ab, besserte das Make-up aus und schminkte sich die Lippen mit erstaunlich sicherer Hand nach dem ganzen Champagner, den sie auf Langen genossen hatte. »Nein, bleiben Sie stehen«, sagte sie, als der Fahrer, der im Rückspiegel ihre Renovierungsarbeiten beobachtet hatte, nach Abschluss der Bemühungen wieder weiterfahren wollte. Jetzt stand er genau vor dem Dorfgasthaus. Hier wollte sie ein paar Erkundigungen einziehen. Es hatte sie bitter gewurmt, dass sie Johannes von Erben noch immer nicht zu Gesicht bekommen hatte. Ihn wollte sie treffen. Ihn wollte sie nach so vielen Jahren über Friederikes Machenschaften aufklären. Sie würde nicht eher abreisen, bevor sie nicht reinen Tisch gemacht hatte. Und das hieß, dass es mit Friederikes Herrschaft auf dem Gut ein für alle Mal vorbei sein müsste. Dass sie damit auch ihren einst Angebeteten desillusionieren würde, war ihr gleichgültig. Auch ihn wollte sie strafen, weil er die Lügen seiner späteren Frau nie hinterfragt hatte. Und dann könnte sie ihn ja trösten – späte Genugtuung, dachte sie und straffte in Gedanken an ein trautes Tête-à-Tête den Rücken.

Nathalie stieg aus und tänzelte damenhaft über das Kopfsteinpflaster vor dem Gasthaus. Sie trat ein. Klaus Möller sortierte gerade Biergläser ins Regal. Er blickte erstaunt auf die Dame in Chanel. So etwas hatte er noch nicht gesehen – zaundürr und aufgebrezelt, dachte er. Und auch sie sah sich erstaunt um. Die Einrichtung mit deutscher Eiche und den alten landwirtschaftlichen Geräten an der Wand neben der Theke war nicht gerade nach Tillys Geschmack. Sie musterte die Ausstattung amüsiert und fragte dann herrisch: »Haben Sie Champagner?« Hatte er nicht. »Prosecco«, sagte er zögernd. »Dann einen Kaffee«, antwortete Tilly, zupfte an ihrer gefiederten Frisur, schritt durch die fast leere Gaststube, setzte sich zum Fenster und sah Klaus Möller herausfordernd an.

Der brachte ihr keine fünf Minuten später den Kaffee mit einem Keks auf der Untertasse, den sie angeekelt mit spitzem Finger auf den Tisch schnippte. Der Gastwirt zuckte die Schultern und drehte sich um. »Halt, warten Sie«, sagte Tilly. »Ich brauche ein paar Informationen.« Er drehte sich um, zog die Augenbrauen hoch. Jetzt war er doch neugierig geworden. Er wartete: »Johannes von Erben, wo hält der sich auf, wenn er nicht auf dem Gut ist. Haben Sie da eine Ahnung?« fragte Tilly. »Wahrscheinlich in seinem Jagdhaus«, antwortete Möller knapp und wunderte sich, weshalb die aufgetakelte Dame nach dem Grafen fragte. Sie spürte die Skepsis, und weil sie Näheres wissen wollte, gab sie sich freundlich: »Und wo liegt dieses wunderbare Jagdhaus – ich bin eine alte Freundin. Ich möchte ihn überraschen.« Klaus Möller beschrieb ihr die Richtung über die schmalen Wege durch die Wiesen an den Waldrand zu dem Holzhaus kurz vor Barsbek. Tilly legte demonstrativ einen Zehn-Euro-Schein auf den Tisch, ließ den Kaffee stehen und ging zurück zum Wagen. Klaus Möller sah ihr grinsend nach und dachte: »Na, das wird was geben«, und er wandte sich wieder seinen Biergläsern zu.

Tilly saß derweil schon wieder im Auto und beschrieb dem Fahrer den Weg zum Jagdhaus. Der manövrierte den schweren Mercedes mühsam über die schmalen Straßen und die Feldwege, immer mit den Rädern einer Seite auf der mit Gras bewachsenen Mitte, die zwischen den Spuren stark erhöht war, weil so der Wagen nicht aufsetzen konnte. Nach einer Viertelstunde Fahrt hielten sie vor einer groben Blockhütte, deren Giebel das Geweih eines 16-Enders zierte. Die Bohlen des Hauses waren dunkel, unter den Fenstern hingen Blumenkästen mit roten Geranien. Tilly war irritiert. Sollte das wirklich das Jagdhaus des Grafen sein? In diesem Moment ging die Tür auf und Johannes kam heraus. Sie erkannte ihn sofort an seinem markanten Schädel. Grau war er – soweit er noch Haare hatte. Natürlich. Er musste fast 75 Jahre alt sein. Aber er sah gut aus. »Halten Sie, warten Sie!«, kommandierte Tilly, sprang graziös aus dem Wagen und lief hinüber zum Grafen. »Johannes«, rief sie, »hallo, Johannes, da bin ich.«

58.

Der Gastwirt Klaus Möller war durch den seltsamen Besuch der Dame mit dem leicht amerikanischen Akzent irritiert. Sie hatte nach dem alten Grafen gefragt – eine Freundin, wie sie sagte. Merkwürdig. Wie so vieles in diesen Tagen, seit Annika im Schloss ermordet aufgefunden worden war und Meta Diederichsen erdrosselt in ihrem Haus gelegen hatte. Meta. Eine bösartige Person, die hinter scheinbarer Freundlichkeit und Tüdeligkeit die gemeinsten Gerüchte gestreut hatte. Auch über ihn und Hanne. Das ging schon seit Jahren. Anlass war sein jüngster Sohn, der kleine Johannes, ein quirliger Rotschopf mit Locken. Aber Hanne und er waren beide dunkelhaarig, so wie ihre beiden Elternpaare. Die Familienähnlichkeit drückte sich lediglich in der Stupsnase aus, die der Kleine von seiner Mutter geerbt hatte. Er selbst fand sich im Äußeren des Sohnes keine Spur wieder. Meta hatte immer wieder gefragt, von wem der kleine Junge denn die wunderschönen Haare hätte. Und dann mit etwas Abstand hatte sie sich nach dem studentischen Sommergast erkundigt, der vor etwa sechs Jahren bei den Möllers logiert hatte, um sich von einer hartnäckigen Infektion zu erholen. Ein junger Mann mit auffallend roten Haaren. Und Locken.

Klaus und Hanne hatten über diese Sache nie gesprochen. Er hatte sich nicht getraut zu fragen, weil er Angst vor der Reaktion hatte, ganz gleich, ob der Verdacht stimmte oder nicht. Sie hatte nichts gesagt. Aber jetzt war Meta tot. Und Klaus wollte wissen, was an ihren Redereien war. Er konnte sich nicht vorstellen, dass Hanne die alte Lehrerswitwe erdrosselt hatte. Wenn sie erschlagen worden wäre, im Zorn, in Wut, dann würde er für fast niemanden eine solche Tat ausschließen. Aber erdrosseln? Festhalten, bis der andere sich nicht mehr rührt?

Das glaubte er nicht. Aber er wollte wissen, ob die Gerüchte stimmten oder nicht. Dabei wusste er, dass allein die Frage ihre funktionierende Ehe gefährdete. Aber er hatte zu lange darüber nachgedacht.

Er ging hinauf in die Wohnung im ersten Stock. Hanne saß im Wohnzimmer am Bügelbrett. Der Fernseher lief – irgendein Krimi. Sie legte gerade die Jeans der drei Söhne zusammen und sah ihn fragend an, als er hereinkam. »Hanne, ich muss mit dir reden.« Sie stellte den Fernseher und das Bügeleisen ab. »Warum so offiziell? Was gibt's denn?« Sie sah ihn offen an, und er schämte sich wegen seines Verdachts. »Es geht um Meta. Ich muss das einfach klären.« »Glaubst du etwa, dass ich sie umgebracht habe?«, fragte Hanne süffisant. »Dann könnte ich dich ja auch fragen, denn über dich hat sie genauso gemein getratscht wie über mich. Um es abzukürzen: Nein, ich habe die Alte nicht abgemurkst. Und du?« »Ich auch nicht«, sagte der Gastwirt. »Aber es ist wegen der Gerüchte. Nicht, dass es irgendetwas ändern würde, wenn es stimmte, aber ich möchte einfach wissen, was wahr ist. Ist der kleine Hannes mein Sohn oder nicht?« »Was glaubst du denn?«, entgegnete Hanne. »Kannst du dir vorstellen, dass ich so eine entscheidende Sache fast sechs Jahre vor dir verheimlicht hätte?« Klaus Möller wurde rot. »Nein«, sagte er knapp und sah auf seine Schuhspitzen. Sie saß erstaunlich entspannt vor ihrem Bügelbrett und ließ ihn noch ein wenig zappeln. Dann lächelte sie und sagte: »Für Hannes' rote Haare gibt es eine ganz einfache Erklärung. Das hat tatsächlich mit einem Familiengeheimnis zu tun, aber es ist nicht meines, sondern das meiner Mutter. Sie hatte während ihrer Tätigkeit im Krankenhaus eine Affäre mit einem Arzt. Einem rothaarigen Arzt. Er ist mein Vater, hat mir aber seine Haarfarbe nicht direkt vererbt. Die setzte sich erst bei Hannes durch. Und der Student, der im Sommer vor sechs Jahren bei uns Ferien machte, Sebastian, ist mein Halbbruder. Er hatte von der Affäre seines Vaters und von mir erfahren und wollte mich kennenlernen. Wegen meiner Mutter habe ich niemandem davon erzählt. Und ich möchte, dass es unter uns bleibt. Mir ist es gleich, was die Leute reden, und dir hoffentlich auch, wenn du jetzt weißt, dass nichts an den Gerüchten ist.« Klaus Möller kämpfte gegen die Tränen. Er nahm Hanne in die Arme. »Alles gut?«, fragte sie. Er nickte: »Wir müssen es aber dem Kommissar erzählen, damit er uns gar nicht erst verdächtigt.« Er lächelte, drehte sich um, ging zurück in die Gaststube und pfiff fröhlich »Lovely Rita«.

59.

Als Kommissar Kleyn nach Flensburg kam, saß Harder mit Handschellen wie ein Häufchen Elend im Vernehmungszimmer. Erst jetzt war es ihm bewusst, dass sein bürgerliches Idyll aus den Fugen geraten war. Er würde wegen seiner Drogengeschäfte ins Gefängnis müssen. Apotheke, Rathaus, Gemeinderat, Freunde, Ansehen – alles dahin. Auch seine Ehe war natürlich am Ende, obwohl ihm seine Frau Lore kaum fehlen würde. Was schlimmer war: Sie würde sich vermutlich scheiden lassen, und das könnte teuer werden. Wenn er aus dem Gefängnis käme, hätte er keine Existenz mehr. Dabei liebte er den Luxus. Und wann er an seine Schwarzgeldkonten kommen könnte, stand in den Sternen. Immerhin – einen geheimen finanziellen Fallschirm für die Zukunft hatte er schon. Er würde sich nur – in angemessenem Abstand von polizeilicher Neugier – ein neues Umfeld suchen müssen und sich dann mit dem Geld etwas Neues aufbauen. Harder entspannte sich sichtlich, als er insgeheim seine Lage analysierte. »Sorge dich nicht, lebe!« – der Ratgeber von Dale Carnegie war eines seiner Lieblingsbücher.

Der Wandel in Harders Haltung entging auch Stefan Kleyn nicht. Der Kommissar war schlechter Laune, als er sich gegenüber an den Schreibtisch setzte und mit der Befragung begann. Er war trotz des neuen Falls zur Ruhe gekommen in Langenbek, in Carlas Haus, er hatte sich wohl gefühlt und musste nun Hals über Kopf zurück ins Büro. Er musste sich mit dieser Drogenaffäre am Rande der Morde befassen und wusste noch immer nicht, ob Harder mehr als den Handel mit Ecstasy und Tabletten auf dem Kerbholz hatte. Er würde ihn liebend gern als Mörder von Meta hinter Gitter bringen, so selbstsicher wie er ihm da jetzt gegenübersaß.

Tatsächlich hatte Kleyn nicht die Spur einer Idee, wo er den oder die Täter suchen sollte in der leidigen Affäre auf dem Dorf, und die Leute in seinem Team hatten bei der Befragung der Konzertgäste nichts außer ein paar außerehelichen Affären aufgedeckt. Die Gespräche mit Carla am Tisch und das Sortieren von Fakten hatten ihm vorgegaukelt, dass er auf dem richtigen Weg war. Im Auto nach Flensburg war ihm wieder klar geworden, dass er nichts wusste. Und Typen wie Harder konnte er schon gar nicht leiden. Sie igelten sich hinter einer bürgerlichen Fassade ein, verlangten nach Recht und Ordnung, wenn jemand durch ihren geharkten Vorgarten stapfte, und legten für sich die gesetzlichen Regeln höchst großzügig aus. Und während des Gesprächs wurde Kleyn noch ärgerlicher. Denn Harder gab sich jetzt als Büßer. Er behauptete, dass er nur eine ganz kleine Menge Ecstasy hergestellt habe, und versuchte, das Geschehen als die Tat eines Mannes darzustellen, der sich auf dem Dorf mit seinem Leben und seiner mäkeligen Gattin gelangweilt habe. Harder bemühte sich angestrengt, einen ehrlichen Eindruck zu erwecken, und nutzte die ganze Klaviatur der Körpersprache für tiefes Bedauern.

Was Kleyn besonders ärgerte, war, dass er ihm die Schilderung nicht widerlegen konnte. Der Apotheker war schlau vorgegangen. Die Durchsuchung der Apotheke hatte keine größeren Mengen verbotener oder verdächtiger Substanzen gebracht. Mit einem gewieften Anwalt, und den würde Harder ohne Zweifel anbringen, käme er mit einer vergleichsweise moderaten Strafe davon. Gegen den Apotheker sprach allerdings, dass er die Drogenkügelchen offensichtlich gewerbsmäßig verkaufte und Kontakte zum Milieu hatte. Doch auch das musste erst bewiesen werden. Und der junge Mann mit der roten Baseballkappe, der regelmäßig kleine Pakete bei Harder abholte, war auch noch nicht gefunden. Und der Apotheker behauptete hartnäckig, der Junge, den er gar nicht näher und nur dem Vornamen nach kenne, ein gewisser Jens sei das, habe nur Medikamentenbestellungen ausgetragen.

Es blieben ihm zwei unaufgeklärte Morde, während er sich hier mit Drogenkügelchen befassen musste. »Wo waren Sie am Sonntag zwischen 11 und 1 Uhr«?, fragte Kleyn erneut. Und Harder antwortete: »Zu Hause. Und meine Frau hat mich gesehen. Aber sie wird es nicht bezeugen, weil sie auf Scheidung und großzügige Abfindung setzt.« Fingerabdrücke oder sonstige Hinweise auf Harders Anwesenheit in Metas Haus hatte die Spurensicherung nicht gefunden. Immerhin blieb Harder einstweilen wegen Verdunkelungsgefahr in Haft, obwohl er eine feste Adresse und eine bürgerliche Existenz hatte. Aber wer weiß, wo der Apotheker weitere Drogen bunkerte oder ein kleines Geldversteck verbarg mit genug Polster für einen Ausflug ins Ausland ohne Rückflugticket.

Es blieb vertrackt. Als Stefan Kleyn allein in seinem Büro am Schreibtisch saß, fühlte er sich leer. Selten hatte er vor einer Aufgabe gestanden, zu der er gar keinen Zugang fand. Wie er die Sache auch drehte und wendete – er hatte eine Menge Verdächtige, Unregelmäßigkeiten, sogar Verbrechen, aber nicht den Hauch einer Ahnung, wer Annika Pedersen und Meta Diederichsen getötet hatte. »Verflixtes Dorf!« Wenn er nicht zügig Ermittlungsergebnisse vorlegte, würde man an seiner Dienststelle eine Sonderkommission einrichten und ihn in seiner Arbeit gängeln. Darauf hatte er am wenigsten Lust.

60.

Nach Kleyns Abfahrt beschloss Carla, eine Runde mit Watson durch das Dorf zu drehen, um den Kopf frei zu bekommen. Da die Sonne schien, hatte der Hund keine Einwände und trottete willig hinter ihr her. Carla spazierte zur Hauptstraße. Der Ort erschien menschenleer. Als sie beim Pastorat vorüberkam, konnte sie Henriette Blunck in der Küche hantieren sehen. Wahrscheinlich kochte sie, dachte Carla, aber dann sah sie durch die Fenster, dass die Gattin des Pastors packte. Aha, der Gottesmann hatte sich offenbar für die Freundin und den Sohn entschieden. Doch bei aller Mühe konnte Carla für Henriette Blunck kein Mitleid empfinden. Die Dame hatte sich ihr gegenüber schon sehr unangenehm verhalten. Als hätte die Blunck ihre Gedanken gespürt, sah sie aus dem Fenster. Auch auf die Distanz zur anderen Straßenseite konnte Carla sehen, dass sie ihr einen giftigen Blick zuwarf. Jedenfalls war sie davon fest überzeugt.

Carla ging weiter bis zum Ende des Dorfes hinter dem Supermarkt und machte dann kehrt. Auf dem Rückweg kam sie bei der Apotheke vorbei und sah unwillkürlich hinüber. Lore Harder fegte gerade den adrett gepflasterten Plattenweg zum Wohnhaus. Und auch sie sah auf. Carla sagte »Moin«, wie es hier für jede Tageszeit üblich war, und machte ein freundliches Gesicht, obwohl auch die Harder sie monatelang geschnitten und höchst herablassend behandelt hatte. Lore Harder streckte sich, sah noch einmal hinüber, überlegte einen Moment und rief dann: »Kann ich Sie etwas fragen?« Carla war irritiert, ging aber über die Straße und sagte noch einmal: »Guten Tag.« Die Harder war verlegen. »Ich brauche einen Rat. Und ich weiß nicht, wen ich fragen soll. Die Leute im Dorf sagen, dass Sie an der Untersuchung der beiden Morde beteiligt sind.« Carla schnitt ihr das Wort ab: »Ich bin nicht beteiligt, ich habe nur mit ein paar Beobachtungen geholfen – da ich ja in die Dorfgemeinschaft nicht eingebunden bin, traute man mir wohl am ehesten eine neutrale Betrachtung zu«, sagte Carla, zufrieden, dass sie die kleine Pointe einbauen konnte. Ein Dankeschön für viele unfreundliche Begegnungen. »Ich glaube doch, dass Sie beteiligt sind«, widersprach Lore Harder hastig. »Der Kommissar geht bei Ihnen ein und aus – ist ja auch egal. Ich würde Sie einfach gern um Rat fragen. Kommen Sie einen Moment herein?« »Der Hund …«, sagte Carla. »Er kann mit.« Carla wusste, dass Lore Harder Hunde verabscheute. Ihr Problem musste also erheblich sein.

Die Apothekergattin nötigte Carla ins Wohnzimmer, bot ihr einen Tee an, der auf dem Stövchen stand, und setzte sich ihr gegenüber. Watson streckte sich auf dem blitzblanken Stäbchenparkett aus und Lore Harder würdigte ihn keines Blickes. Beide Frauen schwiegen. »Ich möchte mich für mein ekliges Verhalten entschuldigen«, sagte die Harder. Und Carla fühlte mit Genugtuung, dass ihr das nicht leichtfiel. Offenbar also wirklich ein gewaltiges Problem. Sie ging über die Entschuldigung hinweg. »Wie kann ich Ihnen denn helfen?« »Sie wissen ja wohl, was mit meinem Mann passiert ist?« Carla nickte. Und Lore Harder erzählte, dass ihre Ehe seit langem am Ende sei, dass man sich wegen des Lebens auf dem Dorf arrangiert habe, dass aber die nächtlichen Bordellbesuche ihres Mannes sie sehr gekränkt hätten. Carla ließ gelangweilt den Blick spazieren gehen in dem peinlich ordentlichen Wohnzimmer mit den sorgsam gerafften Gardinen, die von golddurchwirkten Kordeln gehalten wurden. Ein biederer, spießbürgerlicher Rahmen für Drogengeschäfte. Vielleicht hätte ein wenig mehr Unordnung dem Eheleben gutgetan, dachte Carla und nickte freundlich, weil sie neugierig auf den weiteren Verlauf der Geschichte war – oder besser gesagt, sie wollte gern wissen, wie's weiterging. Kurzum: Lore Harder wollte sich scheiden lassen. Vor allem wegen der Dogengeschäfte, von denen sie natürlich nichts gewusst hatte. Ihr Mann hatte aber schon präventiv erklärt, dass es außer dem mit Hypotheken belasteten Haus und dem Geschäft kein Vermögen gebe. »Er will mich billig abspeisen. Und ich weiß, dass er Geld hat.« »Haben Sie denn Beweise?«, wollte Carla wissen. »Er hat Auslandskonten.« Jetzt wurde die Sache spannend. »Und woher wissen Sie das?« Lore Harder zögerte. Aber dann erzählte sie, dass die Apotheke sehr gut ging, trotzdem über den Lebensunterhalt hinaus kaum etwas aus dem Geschäft abfiel. Vor etwa zwei Jahren war sie misstrauisch geworden. Sie hatte Unterlagen und Bankbelege durchgesehen, aber nichts finden können. Was am Abend nach einem guten Geschäftstag in der Kasse lag, war nicht viel. Sie war also überzeugt, dass ihr Mann in die Kasse griff und das Geld außerhalb ihrer Reichweite deponierte. Und dann war sie ihm nachgefahren. Dabei hatte sie herausgefunden, dass er ein Schließfach hinter der dänischen Grenze in Sonderburg besaß. Ein Konto gab es dort offenbar nicht. Aber er hatte auch ein anonymes Bankkonto bei der Bank Austria in Salzburg. Wo er die Belege und Schließfachschlüssel aufbewahrte, davon hatte sie keine Ahnung. »Sie müssen unbedingt einen Anwalt nehmen«, riet Carla. »Und Sie sollten dringend mit Kommissar Kleyn reden. Denn hier geht es um mehr als eine Eheauseinandersetzung und den Streit um Geld.« Das Ganze habe auch mit den Mordfällen im Ort zu tun. »Mehr kann ich Ihnen nicht sagen. Sprechen Sie Kleyn an. Oder wenn Sie möchten, bitte ich ihn, bei Ihnen vorbeizukommen.« Lore Harder sah irritiert auf. Diese Information hatte sie nicht haben wollen. Dass sich die Polizei für die Schwarzgelder interessieren könnte, hatte sie nicht bedacht. Und da war sie wieder, die Abneigung gegen die spanische Kellnerin. Lore Harder verfluchte ihre Vertrauensseligkeit und beschloss im selben Moment, alles abzustreiten, sollte die Moreno dem Kommissar von dem Gespräch berichten.

Carla lächelte, als sie ihre Gastgeberin beobachtete. Das Mienenspiel verriet viel von dem, was Lore Harder verschwieg. Carla stand auf und sagte: »Ich muss gehen.« Sie wandte sich zur Tür, Watson folgte ihr, und dann drehte sie sich noch einmal um: »Was wollen Sie denn nun machen? Haben Sie nichts gelernt?« Lore Harder antwortete mechanisch: »Ich bin Apothekerin.« »Und warum führen Sie dann nicht die Apotheke weiter? Die läuft doch offenbar gut.« Die Harder sah auf. Sie war Mitte 40. Und das erste Mal in ihrem Leben forderte sie jemand auf zu arbeiten. Auf die Idee wäre sie von sich aus nicht im Traum gekommen.

Als Carla nach Hause kam, rief sie Kleyn auf dem Handy an. »Stefan, ich habe etwas herausgefunden. Wenn du morgen kommst – Überraschung.« Auf seine Nachfrage war sie nicht diskussionsbereit. »Morgen«, sagte sie. »Nur so viel: Mit dem, was ich jetzt weiß, kannst du Harder in der Drogensache festnageln.« Und für den Mord an Meta hatte er auch tausend Gründe, dachte Carla. Und seine Frau auch. Und wenn sie Kleyn Lore Harders Enthüllungen berichtete, würde sie gut auf sich aufpassen müssen. Jedenfalls war sie sicher, dass es der letzte Tee war, den Lore Harder ihr angeboten hatte.

61.

Johannes von Erben erschrak, als vor seinem Jagdhaus in der Nähe von Barsbek plötzlich ein silberner Mercedes hielt, dem eine Dame im hellblauen Chanelkostüm mit Perlenknöpfen entstieg. Das Haus kannten außer den Dörflern nur wenige Eingeweihte. Und von der Familie verirrte sich niemals jemand hierher. Als sie dann »Johannes« rief, glaubte er, sie sei eine Irre. Sie warf sich ihm an den Hals, hüllte ihn mit einer von Moschus dominierten Parfumwolke ein, und er hatte Mühe, ihren knochigen Körper auf Distanz zu halten. »Johannes, erkennst du mich denn nicht mehr? Ich bin's, Tilly, ich meine Nathalie, deine alte Freundin.« Er starrte sie an, machte runde Augen. »Nathalie? Was für eine Nathalie? Ich kenne keine Nathalie.« Er konnte sich beim besten Willen nicht erinnern, je in eine derart dürre Blondine verschossen gewesen zu sein. Doch seine gute Erziehung verleitete ihn, sie ins Haus zu bitten. Karola war in der Küche. Noch. Im Ernstfall, dachte er, war sie seine Lebensversicherung, und er musste jetzt doch grinsen, als er seinen aufgetakelten Besuch betrachtete. »Setz dich, Nathalie, und hilf mir, dich in meine Vergangenheit einzuordnen. Ich bin ja nicht mehr der Jüngste«, sagte er entschuldigend. Das war ihr Zeichen. Sie ließ sich in einen der mächtigen Sessel im Wohnzimmer sinken, platzierte ihr Chaneltäschchen neben sich auf einem Kissen und startete mit einem Sermon über alte Schulfreundschaft, über ihre gemeinsamen Treffen und den Verrat der falschen Schlange Friederike, die ihr Lebensglück zerstört hatte, weil ihr, Nathalie, nur der Elektriker Kurt Neumann geblieben war. »Und offenbar ernährt er dich nicht gut«, warf Johannes von Erben ein. Tilly ließ sich jedoch nicht unterbrechen in ihrem Redeschwall. Nun sei sie zurückgekommen, um reinen Tisch zu machen und ihm die Augen zu öffnen, mit was für einer Frau er verheiratet war. Und das, wo sie sich doch so gut verstanden hatten. Jetzt sitze sie auf einem Berg Geld, das ihr der liebe Kurt hinterlassen habe, und gedenke, nach Deutschland zurückzukehren, sich an einem schönen Ort und womöglich mit einem angemessenen Gefährten niederzulassen, zwitscherte sie und lächelte ihn so lieblich an, wie das ihre vergangenen Liftings gerade noch zuließen. Es dämmerte ihm, wer die Dame gewesen sein musste, als sie noch knapp 20 Jahre alt gewesen war. »Gute Idee«, sagte er. »Such dir doch was in der Stadt. Da hast du Zerstreuung.« »Ich dachte eigentlich eher an das Land«, zirpte sie und: »Hast du nicht ein Gläschen Champagner, damit wir auf unser Wiedersehen anstoßen können?« Noch einmal klimperte sie verheißungsvoll mit den Wimpern, fest überzeugt, er müsse sich in Grund und Boden ärgern, dass er die graue Friederike und nicht sie, die elegante Nathalie, geehelicht hatte. »Champagner haben wir hier nicht, aber du kannst ein Bier haben. Und wenn dir das nicht reicht, auch einen Aquavit oder einen Wodka«, entgegnete er fröhlich. Bier. Tilly schüttelte sich vor Ekel. Das war ja wie bei Kurt, dem Elektriker. Johannes von Erben begann sich zu amüsieren. Das Ziel des Besuchs war ganz offensichtlich. Die Dame wollte ihn grillen. Aber dagegen war er dank Friederike immun. Er lächelte so charmant, dass ihr Herz schlug, und dann wandte er sich zur Seite und rief: »Karola, Liebes, wir haben Besuch. Komm doch herüber und bring ein Bier mit.« Tilly erstarrte, als Karola Seebacher aus der Küche herüberkam. Sie hatte sie für das Hausmädchen gehalten. Und jetzt sagte Johannes: »Darf ich bekannt machen: Das ist Karola Seebacher, meine Lebensgefährtin, und das ist Nathalie – wie heißt du jetzt eigentlich?« Karola lächelte, sie war rot geworden, weil sie nicht damit gerechnet hatte, dass er vor Fremden ihr Verhältnis öffentlich machen würde. Sie reichte ihm eine Flasche Tuborg Bier, ein Glas und einen Flaschenöffner, aber

Tilly war schon aufgesprungen. »Lebensgefährtin«, fauchte sie. »Sitzt hier im Wald mit seinem kleinen Verhältnis. Du bist auch nicht besser als Friederike. Ein Jammer, dass das Gift im Schloss diese kleine Nutte und nicht euch beide umgebracht hat.« Sie rannte zum Ausgang, feuerte die Tür hinter sich zu, sprang ins Auto und herrschte den Fahrer an: »Glotzen Sie nicht so blöd, fahren Sie.«

Im Jagdhaus saß Johannes von Erben auf seiner Bank und schüttelte sich vor Lachen. Und Karola weinte. »Was ist denn?«, fragte er. »Du hast mich vorgestellt.« »Klar. Und wenn der ganze Schlamassel hier vorbei ist, musst du dich nicht mehr verstecken. Wenn du mich alten Knochen willst. Ich werde zu Hause ordentlich aufräumen. Das hätte ich schon längst tun sollen.«

62.

Auf dem Gut standen die Zeichen auf Sturm. Friederike von Erben saß in ihrem Salon vor Aktenbergen. Sie hatte sich mit ihren Anwälten beraten wegen der Goldberger-Erben. Sie hatte dabei erfahren, dass tatsächlich keine Geldforderungen anstanden, aber das besserte ihre Laune nicht. Denn die Juristen rieten ihr, sich mit Anatol Abel an einen Tisch zu setzen und die Firmengeschichte wahrheitsgemäß zu korrigieren. Das Ergebnis war, dass sie nun auch aufgebracht war gegen ihre Berater. Roland Scholz, ein besonnener Jurist, hatte ihr die plausible Geschichte schon in den Mund gelegt: »Sie sagen einfach, Sie hätten von den Hintergründen nichts gewusst und bedauerten zutiefst, dass der Senior seinen Verpflichtungen womöglich nicht nachgekommen sein könnte. Schön im Konjunktiv, damit der eine oder andere glaubt, er könnte vielleicht doch gezahlt haben. Sehr diskret eben. Dann weisen sie auf den Ablauf von Entschädigungsfristen hin und spenden demonstrativ eine Summe für eine wohltätige Institution. Das Geschäft wirft doch genug ab. Und dabei lassen Sie sich für die Gesellschaftsspalte der Abendnachrichten Hände schüttelnd mit dem alten Abel ablichten und plaudern über Familienehre. Das wird weder Ihrem noch dem Ruf Ihres Geschäfts schaden, im Gegenteil.« »Ich erwarte von Ihnen, dass Sie meine Interessen vertreten und nicht mein Geld verteilen«, entgegnete Friederike von Erben. »Die haben doch gar nichts in der Hand.« Ihre Wut war grenzenlos, als sie erfuhr, dass die Goldberger-Erben nicht nur die alten Verträge, sondern auch einen Brief ihres Vaters besaßen, in dem der ganz offen die Vereinbarung über den Kaufpreis bestätigte, aber die Zahlung verweigerte. Leider ließ sie sich in ihrem Ärger zu einer höchst unbedachten Reaktion hinreißen: »Aber wir haben doch alle Unterlagen vernichtet.

Die können nichts mehr haben!« Eine peinliche Pause entstand. Dann sagte Scholz kühl: »Also haben Sie von der Affäre gewusst. Ein Grund mehr, sie jetzt elegant zu lösen.«

Friederike von Erben knallte den Telefonhörer auf. Wer hatte dem alten Abel die Belege vom Boden des Gutes geliefert? Für sie kamen nur zwei Personen in Frage: Franzius und der unverschämte Sekretär ihres Sohnes.

Sie ließ Franzius rufen. Der Butler war noch nicht ganz im Zimmer, als sie eine Tirade über Verrat und Betrug losließ, laut und schneidend. Sie habe ihm immer misstraut und sein impertinentes Verhalten missbilligt. Jetzt sei er zu weit gegangen, habe Interna des Hauses weitergegeben, sich illoyal verhalten und deswegen werde sie ihm kündigen. Franzius hörte sich die Suada völlig ungerührt an. Als sie Luft holte, entgegnete er leise, aber schneidend: »Sie haben mich nicht eingestellt, das war Graf Johannes, und nur er kann mir kündigen. Da mir aber die Art, wie Sie mit Menschen umgehen, höchst zuwider ist, werde ich mir ohnehin eine andere Stellung suchen, sofern Graf Johannes Ihre Art Haushaltsführung nicht unterbinden sollte. Dann nämlich werde ich bleiben. Und im Übrigen weiß ich gar nicht, worum es geht.«

In diesem Moment ging ohne Klopfen die Tür auf. Dominik Robert trat ungebeten ein, was zu einer erneuten Brüllattacke der Gräfin führte. Aber auch Robert blieb kühl, ließ die Gräfin zu Ende zetern und sagte: »Ich bin nur gekommen, weil ich aufklären kann, wie Anatol Abel zu den Unterlagen kam, die Ihnen jetzt so viele Schwierigkeiten machen: Ich habe sie auf dem Speicher gefunden und weitergegeben. Anatol Abel ist mein Onkel. Und ich habe die Stellung hier angenommen, weil ich die Belege bewusst gesucht habe.« Und er lächelte. »Falls Sie jetzt mir kündigen möchten – da müssten Sie Graf Eberhardt bemühen. Aber auch ich kann Ihnen mitteilen, dass ich dieses Haus mit Freuden verlasse.« »Weil Sie mein Geld in die Finger bekommen wollen, weil Sie mich bestehlen«, kreischte die Gräfin. »Das stimmt nicht. Geld wurde nicht gefordert – nur Aufrichtigkeit. Und das kostet bekanntlich nichts außer Charakter.« Er lächelte, nickte und ging wieder hinaus. »Grinsen Sie nicht so dämlich und verschwinden Sie«, fauchte Friederike Franzius an. »Mit Vergnügen«, sagte der Butler, deutete eine Verbeugung an und schloss die Tür. Er hörte noch, wie Friederike von Erben vor Wut kreischte.

Sie schlug mit der flachen Hand auf die Klappe ihres Sekretärs. Dabei bewegte sich der Stapel mit den Aktenordnern und das Fotoalbum, das sie schon am Vortag aufgeblättert hatte, rutschte auf den Boden. Ein paar Bilder aus den alten Internatszeiten glitten heraus, Bilder von der Klasse, von ihrer Clique, von fröhlichen Etagenfeiern in verblassten Farben. Friederike griff nach einem der Bilder, das sie mit Tilly zeigte, und wollte das Blatt wütend zerreißen. Da stockte sie und sah das Bild genau an: Da saßen die Abiturientinnen Friederike Hallier und Nathalie Voigt auf dem Sofa, jede mit einem Glas in der Hand, und prosteten einander zu. Und auf dem Tisch davor stand eine Flasche Portwein, Marke Duoro. Friederike atmete tief ein. In dieser Sekunde war ihr alles klar. Warum war ihr das nicht früher eingefallen? Der Portwein. Duoro. Sie hatten ihn im kleinen Dorfladen beim Internat gekauft. Er war so schön süß und billig. Der Portwein zum Wochenende war ihr Ritual gewesen. Wie hatte sie das vergessen können? »Nathalie«, rief sie. »Du Mörderin!«. Jetzt war ihr alles klar. Nathalie hatte ihr den vergifteten Portwein geschickt. Das war die späte Rache für die Sache mit Johannes. Aber so einfach ließ sich eine Friederike von Erben-Werthern nicht ausschalten. »Dieses Mal mache ich dich endgültig fertig, Nathalie.« Die Gräfin griff mit zitternden Fingern nach dem Telefon, wählte die Vermittlung und sagte: »Verbinden Sie mich mit Kommissar Kleyn von der Kriminalpolizei in Flensburg.« Weil Kleyn nicht zu erreichen war, hinterließ sie die Bitte, nein die Forderung, sofort zurückzurufen. Friederike von Erben stand auf, ging hinunter in die Halle, wies Franzius scharf an, die Dame Tilly in keinem Fall ins Haus zu lassen. »Sie hat das Mädchen umgebracht«, sagte die Gräfin und rauschte die Treppe hinauf zu ihrem Arbeitszimmer. Franzius blieb erstarrt zurück.

63.

Als Carla am Donnerstag früh ihre Post aus dem Briefkasten holen wollte, lag vor ihrer Haustür ein Paket, das in braunes Packpapier verschnürt war. Sie nahm es auf und wunderte sich, weil sie keine Paketsendung erwartete. Es war schwer und weich, was da verpackt war. Sie trug das Paket in die Küche, legte es auf den Tisch und schnitt die Schnüre durch. Es war ein Fisch, ein großer Schlei, der vielleicht aus dem Langensee stammte, aber nicht als Delikatesse für den Mittagstisch gedacht war. Denn in dem Fisch steckte ein Messer. Und darunter lag, sorgsam aus Zeitungsseiten zusammengebastelt, die klare Botschaft: »Du solltest deine Nase nicht in fremde Angelegenheiten stecken. Sonst geht es dir und deiner Tochter wie dem Fisch.«

Carla fuhr zusammen und rief »Sara, Watson!« Der Hund trottete sofort in die Küche in der Hoffnung auf Futter. Nach Sara musste Carla noch zwei Mal rufen. Sie schlug die Zeitung über den Fisch, als ihre Tochter kam, und sagte atemlos im Stakkato: »Du fährst sofort zu Tom und Ingo. Die Sache hier wird ungemütlich. Und den Hund nimmst du mit.«

Aber so leicht ließ sich Sara nicht von der Szene schicken. Carla musste ihr wohl oder übel den Drohbrief zeigen, und das junge Mädchen reagierte kühler, als die Mutter dachte: Mit der Polizei, die wenigstens zeitweilig im Haus war, fühle sie sich sicher. Und außerdem, meinte Sara pragmatisch, sei der Brief ein Beleg dafür, dass der oder die Mörder unruhig würden. »Die können uns doch einen Polizisten ins Haus schicken«, sagte sie. »Ich lasse dich hier jedenfalls nicht allein. Außerdem will ich wissen, wer es war.« Pause. »Und ich verspreche, nicht allein hinauszugehen und keine unbekannten Pralinen zu naschen.« Und schon war sie wieder draußen. Carla rief Kleyn an. Aber sie erreichte nur den Anrufbeantworter. Der Kommissar war schon auf dem Weg ins Schloss. »Stefan, bitte komm schnell«, sagte sie. Dann rief sie Thomas an, und der versprach auch, sich sofort auf den Weg zu machen.

64.

Makler Knudsen hatte Schweißperlen auf der Stirn, als er in seinem Archiv die Ordner und Kästen sichtete. Briefe, Fotos, Prospekte – alles schickte er durch den Aktenhäcksler und schleppte die Papierschnipsel ins Wohnzimmer, um sie zu verbrennen. Seine Frau Renate kam aus der Küche herüber und fragte scharf, was er da tue. »Kümmere dich um deine Sachen«, fuhr Knudsen sie an. Sie aber griff zum Foto eines Halbwüchsigen in knapper Badehose und sagte: »Geh zum Teufel.« Sie zog sich in die Küche zurück und grübelte, was als Folge der Morde aus ihrem gut betuchten dörflichen Idyll werden würde, wenn die Polizei oder – schlimmer noch – die Nachbarn von Knudsens illegalen Neigungen erfahren würden. Dass man über seine Wochenenden mit schlanken Knaben munkelte, war eine Sache; dass man davon wusste, die andere. Und sie selbst hatte über Jahre weggeschaut und den Wohlstand genossen. Sie hatte ihre Ruhe gehabt. Jetzt hatte sie keine Ahnung, ob er seine Vorlieben erfolgreich bestreiten könnte. Was würden die Jungen sagen, wenn man sie befragte? Sie selbst würde vermutlich wegziehen müssen, dachte sie und stellte bei genauem Nachdenken fest, dass es ihr eigentlich nichts ausmachte. Sie würde schon darauf sehen, dass ihr Lebensunterhalt gesichert war.

Knudsen hatte derweil die Aktenvernichtung beendet. Er saß nun am PC und löschte Dateien – vor allem Fotodateien und E-Mail-Ordner. Dann nahm er sein Notebook, klappte es zusammen und steckte es in die Tasche, er öffnete den Safe in der Abstellkammer hinter seinem Shop, nahm Papiere, Kreditkarten und ein Geldbündel, ging zur Tür und schloss sie leise. Er lief die paar Schritte zum Supermarkt, wo er seinen Wagen vorsorglich geparkt hatte. So konnte seine Frau nicht hören, wie er das Auto startete und den Ort verließ – nach Süden, nach Hamburg, ohne Gepäck, aber ein Flugticket nach Südafrika in der Brusttasche. Er war der zweite der Honoratioren von Langenbek, der die Flucht ergriff.

65.

Stefan Kleyn ignorierte auf dem Weg über die Nordstraße von Flensburg nach Langenbek sämtliche Geschwindigkeitsbegrenzungen. Der Schotter staubte, als der Kommissar vor dem Gutshaus bremste. Er sprang aus dem Wagen und rannte die Treppe hinauf. Franzius riss das Portal auf. Er hatte schon auf den Ermittler gewartet. Denn das Spektakel, das die alte Gräfin Friederike derweil im Haus veranstaltet hatte, war beträchtlich. Sie schrie, sie wütete, beschuldigte sämtliche Angestellten der Mitwisserschaft an dem Mord. »Kleyn, da sind Sie ja endlich. Ging das denn nicht schneller? In der Zeit hätte man mich doch ermorden können!« Die Begrüßung war so, wie er sie anders von der alten Dame nicht erwartet hätte. Kleyn ging jetzt betont langsam und steuerte den blauen Salon an – er kannte sich ja bereits aus. »Vielleicht dürfte ich mich erst setzen, bevor wir reden«, sagte er und gab sich gelassen. Die Gräfin schluckte eine Entgegnung und folgte dem Kommissar in den Salon. Kleyn packte umständlich sein Netbook aus, setzte sich gemächlich, schaltete das Gerät an, lächelte verbindlich, deutete auf den Stuhl an der Tischseite und sagte: »Bitte erzählen Sie. Es gibt neue Erkenntnisse, nehme ich an.« Friederike von Erben war aufgebracht. Weil sie aber Kleyns Taktik durchschaute, beschränkte sie sich darauf, ihn scharf zu mustern, und sagte dann: »Ich weiß jetzt, wer den vergifteten Portwein ins Haus gebracht hat. Es war diese Tilly Newman!« »Die Newman?« Kleyn war überrascht und ärgerte sich. Er hatte versäumt, die Biografie der Dame näher unter die Lupe zu nehmen. Es fiel ihm ein, wie sie bei Carla am Küchentisch gesessen und über Tilly und ihren seltsamen Auftritt auf Langen gesprochen hatten. »Und wie kommen Sie darauf?«, fragte Kleyn weiter. Die Gräfin erzählte von der gemeinsamen

Internatszeit, von Feiern im kleinen Freundeskreis und von gemeinsamen Vorlieben. »Wir haben uns am Ende der Schulwoche immer getroffen und ein Glas Portwein auf die freie Zeit getrunken. Und damals hieß unsere Lieblingsmarke ›Duoro‹, ein schreckliches, billiges Gesöff. Ich hatte das ganz vergessen. Ich erinnerte mich erst, als mir durch Zufall diese Fotos in die Hände fielen.« Die Gräfin schob Kleyn die pastelligen Fotos aus dem Internat auf den Tisch. Und in der Tat war auf dem Tisch, um den sich eine Mädchengruppe versammelt hatte, eine Flasche zu sehen. Friederike von Erben reichte Kleyn ein Vergrößerungsglas. Die Schrift auf dem Flaschenbauch war klar und deutlich zu lesen. »Die Neumann wollte mich ermorden, weil Johannes damals mich geheiratet hat und nicht sie. Nach all den Jahren wollte sie sich rächen«, sagte die Gräfin theatralisch und hob die Hände.

Das hörte sich plausibel an. Kleyn griff zum Telefon, wies seine Mitarbeiter in Flensburg an, Tilly Neumann in ihrem Hotel abzuholen – ohne Vorwarnung. »Danke«, sagte er knapp. »Sie könnten Recht haben.« »Die Polizei allein ist ja nicht in der Lage, den Anschlag aufzuklären«, sagte die Gräfin noch, aber Kleyn war schon in der Halle verschwunden. Im Laufen rief er Metelmann an. »Kommen Sie herüber ins Schloss und bleiben Sie hier. Und sollte die aufgetakelte Tilly kommen, halten Sie die Dame in Schach. Sie ist gefährlich. Sie hat möglicherweise den vergifteten Portwein geschickt. Alles Weitere später.«

66.

Franzius, der in seinem bisherigen Arbeitsleben als Butler ein Muster an Diskretion gewesen war, hatte seine diesbezüglichen Berufs-Tugenden nach und nach abgelegt. Er lauschte an Türen und er ließ sich zu Tratsch herab, etwa mit Helga Seebacher, der er in der Küche vom Stand der Dinge berichtete. Der Butler fühlte sich in einem Dilemma: Einerseits ging es um seine Ehre, dass in einem Haushalt, in dem er tätig war, alles wie am Schnürchen lief. Und natürlich war ihm klar, dass er, wenn er eine neue Beschäftigung suchen würde, keine besonders guten Karten hätte mit der Empfehlung aus einem Mordhaus. Doch die Katastrophen im Schloss hatten auch ihr Gutes: Denn andererseits freute er sich diebisch, dass der alten Gräfin, der er die Noblesse absprach, der Wind ins Gesicht wehte. Was seine eigene Zukunft anging, so hoffte er auf den alten Grafen Johannes, dass der am Ende für sein Fortkommen sorgen würde. Einstweilen bemühte sich der Butler, so gut wie möglich über den Stand von Mord und Totschlag informiert zu bleiben. Und der Mann, der sonst so auf Distanz bedacht gewesen war, entdeckte plötzlich, dass er über Jahre nicht nur mit der herrschsüchtigen Gräfin unter einem Dach gelebt hatte, sondern auch mit ein paar sehr netten Menschen wie den Seebachers. Sogar Dominik Robert betrachtete er inzwischen mit Wohlwollen, denn der war der Erste gewesen, der Friederike von Erben die Stirn geboten hatte. Franzius lehnte sich im Küchenstuhl zurück, lächelte Helga Seebacher an und biss in ein Leberwurstbrot. »Es ist das erste Mal, dass ich Sie lächeln sehe«, sagte Helga. »Ich dich lächeln sehe, Helga«, korrigierte Franzius und streckte die Füße aus.

67.

Carla wartete auf Thomas. Sie saß am Küchentisch und hatte erneut die Bögen mit ihren Aufzeichnungen ausgebreitet, auf denen sie die Verdächtigen und die Verdachtsmomente verzeichnet hatte. Und während sie die Blätter sortierte, fiel ihr eine Notiz in die Hände, die sie sich bei der Auswertung von Metas Erpresser-Buchhaltung gemacht hatte. H. V. E. Mohrkirch. Sie betrachtete erneut den Zettel. War das am Ende vielleicht doch eine Firma? Aber da konnte es keine Firma geben. Mohrkirch war ein kleines Kaff, nur ein paar Kilometer und nicht weit von der Geltinger Bucht entfernt. Konnte das wirklich mit Heinrich von Erben zu tun haben? Oder war es einer der dortigen Dorfbewohner? Sie ging an den Computer und sah ins Telefonbuch. Mohrkirch, da gab es nur eine überschaubare Zahl von Anschlüssen. Das konnte nur jemand sein, dessen Familienname mit E begann. Aber einen E., der mit Vornamen Hans, Herrmann oder Hilde und vielleicht noch Volker oder Veronika hieß, gab es dort nicht.

Mohrkirch. Carla änderte die Strategie. Jetzt suchte sie im Internet nach Mohrkirch. Sie fand einen Fünfzeiler über das Dorf und die Backsteinkirche. Also auch nichts. Carla wanderte durch die Küche, schnitt sich ein Stück Käse ab, nahm aus einer angebrochenen Flasche einen Becher Rotwein und schlenderte zum Tisch zurück. Noch mal ganz anders. Flensburger Anzeiger online, Archiv. Mohrkirch. Da gab es turnusmäßig den Feuerwehrball, eine Kate hatte gebrannt, aber die Schweine im Stall nebenan waren gerettet worden, der Blitz hatte in einen Strommast eingeschlagen, und vor fünf Jahren hatte es einen Autounfall gegeben. In einer Sonnabendnacht war am Ortsausgang der Bauer Henner F. angefahren worden, der auf dem Weg aus dem Gasthaus nach Hause gewesen war.

Der Mann starb drei Tage später in Flensburg im Krankenhaus, weil er erst am nächsten Morgen gefunden worden war. Er hatte zu viel Blut verloren. Denn der Autofahrer war geflüchtet. Fahrerflucht. Carla setzte sich auf. HVE. Was wäre, wenn dieser HVE Heinrich von Erben wäre, der in Mohrkirch einen Bauern umgefahren und getötet hätte? Und Meta hätte das herausgefunden. Das wäre ein ziemlich gutes Mordmotiv gewesen. Und dieser Unfall war zumindest eine Spur. In diesem Augenblick klappte vor dem Haus eine Autotür. Carla lief nach oben zur Tür. »Thomas. Gott sei Dank, dass du da bist.« Carla fiel ihm um den Hals.

»Was war los? Du hast dich schrecklich angehört. Es war wie ein Hilferuf. Ich bin sofort ins Auto gesprungen.« Carla lächelte ihren alten Schulfreund an. Ja, er war wirklich ein Freund. »Ich komme mir jetzt schon ganz albern vor«, sagte sie, nahm ihn bei der Hand und zog ihn in die Küche hinunter.

Sie waren noch nicht ganz unten angekommen, da klingelte es schon wieder an der Tür. Carla zuckte zusammen. Und Thomas sah sie erstaunt an. »Erkläre ich dir gleich«, sagte sie. »Kommst du mit rein?« Er folgte ihr zurück zur Tür und wunderte sich. Carla in Angst? Das kannte er nicht. Jetzt war es Stefan Kleyn, der vor dem Haus stand. »Neuigkeiten!«, sagte er. »Wir auch«, antworteten Carla und Thomas im Chor. Zu dritt stiegen sie in den Keller, in die Küche. Carla stellte Teewasser auf und setzte sich den Männern gegenüber an den Tisch. Sie sah beide erwartungsvoll an und sagte zu Kleyn: »Du zuerst, Stefan. Ich gehe davon aus, dass deine Nachrichten die besten sind.«

Der Kommissar genoss es, im Zentrum des Interesses zu stehen. Er lehnte sich in seinem Stuhl zurück, lächelte und fühlte sich seit langem das erste Mal zufrieden und entspannt. Wenn er seine Aggressionen vergaß, sah er richtig gut aus, dachte Carla und erschrak über Gedanken, die sie sich seit langem nicht mehr im Zusammenhang mit Männern gemacht hatte. Kleyn betrachtete sein Publikum und fing betont langsam an zu erzählen. Allerdings ruinierte Carla ihm wirkungsvoll die Kunstpause, weil sie ungewöhnlich laut drei Teebecher auf den Tisch stellte.

Der Kommissar berichtete nun nicht nur von der Affäre mit den verbrannten Unterlagen, sondern auch von dem panischen Anruf der Gräfin. Und er schmückte die Affäre um das Jungmädchenfoto aus dem Internat mit der Flasche Duoro genüsslich aus. »Gut möglich, dass es sich tatsächlich so verhalten hat, dass die ehemalige Freundin sich für den Vertrauensbruch rächen wollte«, sagte Kleyn. »Ich kann mir gar nicht vorstellen, dass man so etwas nach mehr als 30 Jahren noch auf der Uhr hat«, entgegnete Carla. »Und wie soll sie so einfach an so eine Menge Zyankali kommen, um die ganze Flasche Portwein zu vergiften?«, fügte Thomas hinzu. »Dann müsste sie sich ja eine Selbstmordportion aus der Schweiz besorgt haben. »Nein, Moment mal, Thomas«, mischte sich Carla ein. »Die Materialbeschaffung könnte sie tatsächlich hingekriegt haben. Hast du nicht gesehen, was die alles an Goldklunkern an den Armen und am Hals trug? Das war kein Schmuck vom Fließband. Das waren Anfertigungen. Wenn die in gutem Kontakt mit einem Goldschmied steht, könnte sie sich schon ein Kännchen Zyankali zusammenklauen.« »Wo hast du denn die Dame Tilly Newman gesehen?«, schaltete sich jetzt Kleyn ein. »An dem Abend des Konzerts, da ist sie völlig durchweicht, aber als Werbe-Ikone von Chanel und mit zwei Kilo Gold am Leib über den Hof gehuscht«, sagte Carla. Jetzt herrschte Schweigen am Tisch. Alle drei grübelten. Schließlich sagte Kleyn: »Ich denke, so könnte es gewesen sein. Nun – bald werden wir wissen, ob es tatsächlich so war. Denn ich habe meine Leute schon zu dem Hotel an der Förde geschickt, um die Dame einzukassieren. Ich bekomme Bescheid, wenn sie festsitzt.« »Und jetzt du,

Carla«, sagte Kleyn. »Nein, erst Thomas«, sagte die Hausherrin. Thomas Berner setzte sich folgsam gerade auf, griff in seine Tasche und förderte einen Packen zusammengefalteter Papiere zutage. »Ich habe folgsam alle Archive nach den Eigen- und Machenschaften der von Erbens durchforstet«, berichtete der Journalist. Er strich die Zettel glatt und berichtete. Das meiste war Carla und Kleyn bekannt. Das alte Grafenpaar hatte vier Kinder, die Tochter war mit dem Pelzhändler Arturo Bernini verheiratet, bewohnte eine Villa in der Toskana und tourte durch die Welt. Dietrich von Erben arbeitete als Architekt in München und war sogar ganz erfolgreich. In Norddeutschland ließ er sich fast nie blicken. Ja und dann waren da noch der brave Eberhardt und der Luftikus Heinrich. Der könne schon am ehesten etwas zu verbergen haben, meinte Thomas. Er war Mitte der 90er Jahre in eine Affäre mit Schrottimmobilien in den neuen Bundesländern verwickelt gewesen, die er an biedere Mittelständler vermakelt hatte. Die Bauten in den Innenstädten von Greifswald und Frankfurt an der Oder waren sämtlich Fehlinvestitionen gewesen, und die Anleger blieben auf ihren Schulden sitzen. Heinrich hatte doppelt verdient – durch Vermittlung der Objekte und der Kredite. Die Sache ging vor Gericht, und Heinrich war nur mit Hilfe eines sehr guten Anwalts einer Verurteilung wegen Betruges entgangen, indem er sich selber als Opfer darstellte und zudem eine halbe Million Euro zurückzahlte, die er aus dem Maklergeschäft verdient hatte. Das Geld hatte seine Mutter überwiesen.

Was das Gut anging – auch das hatte Thomas aus alten Zeitungen erfahren –, so war Langen seit den 80er Jahren immer stärker in finanzielle Schwierigkeiten geraten. Das Schloss musste restauriert werden, die Sanierung der Fensterfronten kostete ein Vermögen, und schließlich brauchte die alte Scheune ein neues Reetdach. Allein das hatte damals 600.000 Mark gekostet. Thomas hatte Berichte über den Streit zwischen dem alten Grafen, der die Scheune mit kostengünstigen Ziegeln decken lassen wollte, und dem Denkmalschutzamt in Kiel gefunden. Die Konservatoren hatten sich durchgesetzt. Der Graf musste zahlen. Gleichzeitig ging aus einer Homestory in dem Lifestyle-Magazin »Landleben« hervor, dass die alte Gräfin sich die Einheirat aufs Schloss größere Beträge kosten ließ. Leutselig hatte sie den Reportern beim Rundgang durch das restaurierte Haus berichtet, dass der Glanz zu wesentlichen Teilen mit den Einkünften aus ihrem Modeunternehmen bezahlt worden war, das sie von ihren Eltern geerbt hatte, und dass die Erhaltung dieses Kulturdenkmals ihre ganz persönliche Passion sei.

Aus den Artikeln erfuhr man auch, wie sich der alte Graf Johannes aus dem Gutsbetrieb zurückzog, die Arbeit in die Hände seines ältesten Sohnes legte, der dann geschickt auf biologischen Anbau setzte, Obst und Gemüse im Hofladen verkaufen ließ und durch die Beteiligung an den ländlichen Musikfesten nicht nur mit Eintrittsgeldern profitierte, sondern auch durch Bewirtung und Verkauf von Gutsprodukten. Gerne hätte er in den alten Stallungen und Instenhäusern auch ein paar Ferienwohnungen einbauen lassen. Das hätte den Betrieb vollends saniert. Aber dem stand die Gräfin entgegen, die fremde Menschen – genauer gesagt: nicht standesgemäße fremde Menschen – nicht in ihrer Nähe dulden mochte.

»Das ist ja alles sehr interessant«, sagte Kleyn, »aber so wirklich bringt uns das auch nicht weiter. Es ist eigentlich nur eine Bestätigung der Dinge, die wir schon wissen – der Alte macht sich dünne, sie regiert eisern, der älteste Sohn arbeitet, der zweite haut das Geld auf den Kopf, und die beiden jüngsten Kinder lassen sich nicht mehr blicken. Aber das alles ist nicht strafbar. Auch nicht, wenn sie den Konzertgästen das Fell über die Ohren ziehen mit Supermarktprodukten zum Delikatessenpreis. Und die alte Gräfin ist zwar eine unangenehme Frau, aber auch dafür können wir sie nicht einsperren. Im Gegenteil. Wir müssen ihr jetzt sogar noch zu Hilfe eilen, weil womöglich ihre alte Freundin versucht hat, sie zu vergiften. Und damit hat sie ihr durch Beseitigung einer unerwünschten Schwiegertochter noch einen gewaltigen Gefallen getan. Denn ich kann mir kaum vorstellen, dass die Gräfin von Mitleidsschüben gebeutelt wird. Immerhin – damit haben wir eine plausible Lösung für den Fall Annika. Die Dame Tilly war es – aus Versehen. Was aber die Dame Meta angeht, habe ich keinen einzigen Hinweis. Auch die gerichtsmedizinische Untersuchung hat keine zusätzlichen Erkenntnisse gebracht. Dabei denke ich nach wie vor, der Täter muss ein Mann gewesen sein.« Kleyn machte eine Kunstpause. »Und du, Carla – was hast du zu bieten in der Konkurrenz der Rechercheure?«

»Ich habe vielleicht etwas zum Thema Meta.« Und Carla berichtete, wie die Buchstabenkürzel aus Metas Kladden, wie das HVE sie beschäftigt hatte. Und weil sie die Geschichte spannend machen wollte, ließ sie kein Detail ihrer Internetrecherche aus. Bis sie auf Mohrkirch, auf den Unfall mit Fahrerflucht gekommen war. »Was wäre, wenn Heinrich von Erben den Bauern betrunken umgefahren hätte? Das und eine darauf folgende Erpressung durch Meta wären für den jungen Mann doch Grund genug, der Dorftratsche den Hals umzudrehen.« Carla sah die beiden Männer triumphierend an und beobachtete, wie Kleyn sich Notizen machte. Jetzt legte sie eine Kunstpause ein, fixierte den Kommissar und ihren Freund, und dann sagte sie süffisant: »Aber ich habe noch etwas.« Und dann erzählte sie von dem Treffen mit Lore Harder. Alle drei am Tisch waren sich einig, dass die Geschichte von Drogen und Schwarzgeldkonten in Zusammenhang mit der erfolgten Erpressung ebenfalls Grund genug waren, zum Strick zu greifen, um die alte und teure Dame aus dem Weg zu schaffen. »Der Harder hätte es ja auch nicht weit gehabt«, sagte Thomas.

»Aber am helllichten Tag über die Dorfstraße zum Mord-Besuch?« Kleyn mochte daran nicht glauben. »Dem Apotheker würde ich eher einen Giftmord zutrauen.«

Sie gingen dann noch einmal Carlas Notizen durch und am Ende stand als vordringliche Aufgabe auf dem Plan die Überprüfung Heinrich von Erbens. Kleyn wollte sich mit der ungeklärten Fahrerflucht-Affäre befassen und einen Blick in die Akten tun. Und dann konnte es nicht so schwierig sein, die Ermittler auf das Fahrzeug des Grafensohnes anzusetzen und zu überprüfen, ob das damals zur fraglichen Zeit wegen eines Lackschadens repariert worden war.

Die Bankverbindungen, die Carla von Lore Harder erfahren hatte, würden ebenfalls geprüft. Und dann hätte Harder nicht nur mit den Drogen-, sondern auch noch mit den Steuerfahndern zu tun. Schlechte Aussichten für den Apotheker. Und die Gattin würde aller Voraussicht nach in Zukunft arbeiten müssen.

Wieder trat Schweigen ein am Tisch.

»Sag mal, Carla, warum hast du mich vorhin eigentlich so panisch angerufen? Saß eine Spinne im Treppenhaus?«, fragte Thomas. Carla wurde rot. »Nein, das hat sich erledigt«, sagte sie. »Bei mir hat sie auch auf den Anrufbeantworter gesprochen«, setzte Kleyn nach. Und nun musste Carla wohl oder übel von dem Fischpaket erzählen, das sie zunächst in Panik versetzt hatte. »Ich hatte vor allem Angst um Sara und um den Hund«, gestand sie. Kleyn sprang auf. »Wo ist das Paket?« Carla hatte es zunächst erschrocken beiseitegeräumt und dann schon wieder praktisch gedacht, dass man den Fisch einfach aufessen könnte. »Ich glaube, du bist nicht ganz gesund.« Kleyn sprang auf, ließ sich das Paket zeigen und rief im selben Moment schon nach seinen Spuren-Spezialisten. »Nimm das gefälligst ernst!« Und er stellte einen der jungen Beamten ab, um auf die Villa und ihre Bewohner aufzupassen. Carla musste sich eine ebenso laute wie ätzende Suada anhören. Und danach übte Stefan Kleyn eines der wenigen Male in seinem Leben Selbstkritik: »Ich bin ja selber schuld, ich hätte es niemals zulassen dürfen, dass du deine neugierige Nase in diese Sache steckst. Ab sofort hast du Pause.« »Ich bin nicht neugierig, ich will nur wissen, wer hier der Mörder war«, protestierte Carla beleidigt. Aber Kleyn ließ sie kaum ausreden. Am besten wäre es, wenn sie mit Sara und dem Hund nach Sylt hinüberführe. Aber Carla protestierte. Und schließlich schlossen sie einen Burgfrieden: Thomas würde bleiben, ein junger Beamter aus Flensburg in das zweite Gästezimmer im Souterrain einziehen, Carla würde auf einsame Spaziergänge verzichten, Sara sowieso, und für dieses Wohlverhalten würde Carla belohnt, indem sie weiter an den Grübeleien mitarbeiten durfte.

Zufrieden war keiner von ihnen mit der ungeklärten Lage, und Carla war ziemlich neugierig, was die Festnahme von Tilly Newman an Erkenntnissen bringen würde. Neuigkeiten von Newman, Carla lächelte insgeheim über ihr Gedankenspiel.

68.

Nathalie Voigt-Neumann war erschüttert. Johannes und dieses junge Flittchen. Die Liaison mit Friederike war also kein Ausrutscher gewesen, der Mann hatte einfach keinen Stil. Er hatte sich nicht einmal an sie erinnern können. Tilly war wütend, verbittert. Für Johannes hatte sie alles gewagt. Auf ihn hatte sie ihre Zukunfts-Hoffnungen gesetzt. Und er hatte sie nicht einmal ernst genomen. Und dabei sah sie zehn Mal besser aus als dieser Dorftrampel, mit dem er sich im Jagdhaus vergnügte und Bier trank. Tilly schüttelte sich vor Ekel. Sie war erschüttert und fest entschlossen, sich für die Schmach zu rächen. Dabei würde sie besser planen als bei der Sache mit Friederike. Die Angelegenheit mit dem vergifteten Portwein war ja gründlich danebengegangen. Dabei war sie so sicher gewesen, dass die einstige Schulfreundin die Botschaft mit dem Portwein aus der gemeinsamen Vergangenheit verstehen und begeistert ein Gläschen zu sich nehmen würde. Aber die alte Kuh hatte sich einfach nicht erinnert. Stattdessen hatte dieses Mädchen von der Tankstelle das Gift getrunken. »Sei's drum«, dachte Tilly, »sie ist auch nicht besser gewesen und wollte sich in die Grafenfamilie drängen, so wie damals Friederike.« Gut, dass sie den Zugriff auf das Zyanid hatte, mit dem der Goldschmied arbeitete, der für sie immer wieder mit Neuanfertigungen und Änderungen für ihre umfangreiche Schmuckschatulle tätig war und die neusten Chanel-Kollektionen weit günstiger kopierte. Glücklicherweise hatte sie noch eine ausreichende Dosis Gift in ihrem Schminkkoffer, die locker für die versammelte Grafenfamilie reichen würde. Sie würde sich schon noch etwas einfallen lassen.

Tilly setzte sich vor den Schminkspiegel in ihrer Hotelsuite und unterzog ihr Gesicht und die Frisur einer exakten Prüfung. Ja, da saß jede Haarsträhne, und die Haut war glatt und straff. Damit könnte sie noch jederzeit einen Mann fesseln, der zwanzig und mehr Jahre jünger war als sie. Einen Bier trinkenden Bauern wie Johannes brauchte sie da nicht. Sie dachte an Ivana Trump, die sich das Leben mit knackigen Gefährten verschönte. »Genau, Tilly, geh nach Italien oder nach Spanien und such dir einen hübschen knackigen Boyfriend«, sagte sie zu ihrem Spiegelbild. »Aber erst erledigst du die Sache hier.« Sie stand auf, sie beschloss, noch einmal zu Johannes zu fahren und unterwegs eine ausreichende Ration Bier zu kaufen, das sie dann mit reichlich Zyanid würzen würde. »Ich muss das hiesige Bier mit dem Bügelverschluss kaufen«, dachte sie, »sonst bekomme ich das Gift nicht in die Flasche.« Denn durch Kronenkorken ließ sich ja nun einmal nichts injizieren. Danach würde sie mit dem Taxi zum Bahnhof fahren, damit man ihre Wege durch Schleswig-Holstein nicht so leicht verfolgen könnte.

Tilly sah sich noch einmal im Hotelzimmer um, ob sie nichts wirklich Wertvolles zurückgelassen hatte. Papiere, Schmuck, die teuersten und exklusivsten Klamotten – das hatte alles in ihrer Kelly-Bag Platz. Dazu das Handtäschchen. Alles klar. Das Hotelzimmer sah weiter bewohnt aus, als sei der weibliche Gast nur eben zu einem Ausflug aufgebrochen. Sollten die doch sehen, woher sie ihr Geld bekamen. Sie hängte sich die schwere Tasche über die Schulter, trippelte über die Treppe hinunter und startete ein Täuschungsmanöver: »Ich bin noch mal kurz aus dem Haus«, sagte sie dem Concierge. »Zu einem kleinen Picknick«, sagte sie, als er auf ihre mächtige Tasche sah. »Sagen Sie dem Zimmermädchen, dass das Bad nicht ordentlich geputzt ist. Wenn ich wiederkomme, erwarte ich, dass alles so glänzt, wie es sich gehört«, fauchte sie noch und rauschte durch die Halle nach draußen.

»Wo ist denn der nächste Taxenstand in diesem Kaff?« Sie sah sich um und lief bis zur nächsten Straßenecke. Als sie sich gerade zu orientieren versuchte, rauschten zwei Polizeiwagen mit Blaulicht, aber ohne Martinshorn um die Ecke und bremsten vor dem Hotel. Die Beamten sprangen aus den Autos und spurteten in die Hotelhalle.

Tilly wusste sofort: Der Besuch galt ihr. »Wie sind die verdammt noch mal auf mich gekommen?«, rätselte sie. Und dann dachte sie: »Glück gehabt. Ich muss abhauen. Die kriegen mich nicht so leicht.«

Und dann tat sie etwas, das niemand, der Tilly im vergangenen halben Jahrhundert kennengelernt hatte, sich hätte vorstellen können: Sie zog aus den Tiefen ihrer Tasche einen billigen, voluminösen Jogginganzug in Dunkelblau vom Discounter, ein Baseballcap, billige Turnschuhe und eine Reisetasche aus Plastik. Im nächsten Gebüsch streifte sie sich den Anzug über, zog die Schuhe an, setzte die Kappe auf, verstaute ihre teuren Taschen in dem Plastiksack und schlurfte zur Bushaltestelle. Zu Fuß. Und während die Beamten in der weiteren Umgebung die Taxistände abklapperten, saß Tilly bereits im Bus Richtung Gelting. Sie schleppte ihre Tasche zum Yachthafen, scannte mit scharfem Blick die Boote und suchte den Hafenmeister. »Ich möchte einen kleinen Ausflug nach Dänemark hinüber machen. Läuft hier jemand aus?« Fünf Minuten später betrat sie das Boot eines jungen, dänischen Paares, das über die Förde zurück nach Sonderburg segeln wollte und bereit war, gegen einen ordentlichen Fahrpreis die Dame im Jogging-Anzug mitzunehmen. Und während die Polizei in und um Flensburg noch nach der feinen Dame Tilly suchte, saß Nathalie im Discounterlook auf einem Jollenkreuzer mit Kurs Dänemark.

Der Concierge des Luxushotels an der Förde war empört, als vier uniformierte Beamte im Eilschritt an seinem Tresen ausliefen. »Tilly Newman, wo ist sie?«, fragte der Erste. »Sie hat das Haus vor wenigen Minuten verlassen.« Jetzt teilte sich der Trupp. Zwei Beamte verlangten Tillys Zimmerschlüssel, die beiden anderen stürmten vor die Tür.

69.

Inzwischen hatten Kleyns Ermittler Carlas bedrohliches Fisch-Paket unter die Lupe genommen. Die Sendung war für die Beamten keine sonderliche Herausforderung. Denn auf dem Messer hatten sich neben Carlas auch eine ganze Reihe anderer Fingerabdrücke feststellen lassen. Und leichtsinnigerweise hatte der Erpresser auch gleich noch seinen Absender mitgeliefert: Auf der Innenseite des doppelten Packpapiers befand sich eine Liefernummer für Medikamente aus dem Apothekengroßhandel. Und da Harder bereits in Untersuchungshaft saß, kam für die unfreundliche Sendung nur seine Frau in Frage, die offensichtlich nach ihrem Anflug von Vertrauensseligkeit gegenüber Carla dafür sorgen wollte, dass diese den Mund hielt. Sie gab alles zu, als sie mit dem Vorwurf konfrontiert wurde, sah aber die Schuld nicht bei sich, sondern bei Carla. Sie habe sich in die Enge gedrängt gefühlt. Und die Geschichte mit den Schwarzgeldkonten stritt sie schlicht ab. »Die Moreno will sich doch nur interessant machen und sich dafür rächen, dass wir hier im Dorf sie geschnitten haben. Aber sie gehört nun einmal nicht dazu und wird niemals dazugehören«, sagte Lore Harder.

Kleyn war frustriert. Er hatte zwar wieder einen Nebenaspekt der dörflichen Dramen geklärt, war aber der eigentlichen Sache, der Ermordung von Meta Diederichsen, keinen Schritt näher gekommen. Ein Gutes aber hatte das Geständnis der Harder wenigstens: Carla würde ruhig schlafen können. Denn mit einer neuerlichen Attacke rechnete der Kommissar nicht. Dazu war die Apothekersgattin offenbar doch zu feige.

Aber kaum hatte der Kommissar die Paketfrage gelöst, musste er sich schon mit einem weiteren Detail des Dorfspektakels befassen. Jetzt war es der Makler Knudsen, gegen den

Kleyn wegen seiner Knaben-Vorliebe eine besondere Abneigung hatte, den er suchen sollte. Auch in diesem Fall war es die Ehefrau, die die Ermittlungen vorantrieb. Sie hatte ihren Gatten nämlich schlicht für verschollen gemeldet. Er hatte unbemerkt im Laufe des Tages das Haus verlassen; wann – das wusste sie nicht. Im Kalender standen keine Kundentermine. Und es fehlte trotzdem sein Laptop, den er nur mitnahm, wenn er Kauflustigen die Objekte mit einem virtuellen Rundgang durch die Häuser präsentieren wollte. Aber einfach so zu einem inoffiziellen Termin nahm er das Notebook normalerweise nicht mit. Und dann, berichtete Renate Knudsen ihm hektisch, hatte sie im Schreibtisch nachgesehen und festgestellt, dass der Pass fehlte. »Geld?«, fragte Kleyn knapp. Über Geld wusste Renate Knudsen nicht Bescheid. Es gab einen Safe im Haus, aber die Kombination kannte sie nicht. War Knudsen abgehauen, weil er Meta ermordet hatte?

Kleyn fluchte. »Ich tue in diesem vermaledeiten Dorf nichts, als irgendwelchen Leuten hinterherzulaufen. Und bei all dem Gerenne komme ich nicht dazu, mich um die Morde zu kümmern.« In Sachen Tilly gab es auch noch keine Neuigkeiten. Die Dame war nicht im Hotel gewesen. Und jetzt lief die Fahndung. Sie hatte vom Schlosshotel Eutin mehrfach einen Wagen mit Fahrer bestellt. Aber zurzeit lag dort kein Auftrag vor. Und die Dame war dennoch nicht aufzufinden. Da konnte er nur warten. Und auf Bahnhöfen und Flughäfen wachte die Polizei.

Derweil hatte Kleyn Metelmann beauftragt, der Sache mit dem Unfall in Mohrkirch nachzugehen. Es hatte damals umfangreiche Ermittlungen gegeben. Das Unfallopfer, Vater von vier Kindern, war so schwer verletzt worden, dass es trotz umfangreicher Bemühungen der Flensburger Ärzte nicht mehr gerettet werden konnte. Der Mann hatte zwar im Dorfkrug mit seinen Nachbarn getrunken, aber er war nicht betrunken gewesen. Das hatten seine Kumpane geschworen und der Bluttest bestätigt. Die Polizei war damals jeder Spur nachgegangen. Aber brauchbare Zeugenaussagen hatte es nicht gegeben. Eine ältere Frau hatte nachts auf der anderen Seite des Ortes zwar einen Wagen mit hoher Geschwindigkeit vorüberfahren sehen, aber von Automarken verstand sie nichts, vom Unfall hatte sie erst danach gehört, und mehr als Empörung über den Raser konnten die Beamten von ihr nicht erfahren.

Die Ermittler hatten damals allerdings am Unfallort Spuren von silbermetallicfarbenem Lack und Glassplitter von einem Scheinwerfer gefunden. Sie gehörten zu einem Mercedes SLK; wer allerdings diesen Wagen fuhr – das hatte sich nicht feststellen lassen.

Jetzt musste Metelmann nur überprüfen, welchen Wagen Heinrich von Erben damals gefahren hatte. Es stellte sich heraus: Meta Diederichsen war gut informiert gewesen. »Weiß der Teufel, woher sie das hatte«, sagte Metelmann, als er Kleyn über das Ergebnis seiner Recherchen berichtete. Heinrich von Erben hatte damals einen silbermetallicfarbenen Mercedes SLK gefahren. Und der Dorfwachtmeister hatte sich gleich noch an die Arbeit gemacht und die Werkstätten in Hamburg abtelefoniert. Und siehe da: Der junge von Erben hatte exakt zum Unfallzeitpunkt einen Schaden reparieren lassen: Der Kotflügel vorne rechts, der Scheinwerfer und die Stoßstange waren beschädigt gewesen. Der Lieblingssohn der Gräfin hatte einen Wildschaden gemeldet, behauptet, dass das Reh in den Wald geflüchtet sei, und die Reparatur sogar noch bei der Versicherung eingereicht. »Ganz schön dreist«, sagte Kleyn. »Ja, dann werden wir den jungen Mann doch mal vorladen und hören, was er zu der Unfall-Affäre zu sagen hat. Metelmann, bestellen Sie ihn doch bitte nach Flensburg. Am besten gleich morgen. Und bitte schön früh.« Und nach einer Pause fügte er hinzu: »Wenn Sie wollen, können Sie dazukommen, nachdem Sie doch die Spur gefunden haben.« Metelmann verstand die

Welt nicht mehr. »Dieser arrogante Fatzke«, dachte er. »Was hat die Moreno nur mit dem gemacht, dass der plötzlich so friedlich ist?«

70.

Hermann Knudsen schwitzte, als er ins Auto stieg. Er hatte seinen eigenen großen Wagen vor dem Haus an der Hauptstraße von Langenbek stehen lassen und einen kleinen Smart genommen, den er für kurze Wege nutzte und auch seiner Sekretärin für Botendienste überließ. Weil er sich jetzt unbemerkt absetzen wollte, nahm er das kleine Auto. Sollte seine Frau doch denken, dass er nur eine kleine Besorgung machen oder frische Luft schnappen wollte.

»Renate«, er lachte trocken auf, während er seinen Laptop mit der kleinen Tasche, die er dabeihatte, auf dem Beifahrersitz verstaute. Renate hatte seine kleinen Ausflüge mit jungen Männern toleriert, weil sie ihr angenehmes Leben zwischen Dorfdamen und Golfplatz nicht gefährden wollte. Auch die kleine Finca, die er auf Mallorca besaß, nutzte sie gern und häufig. Sie hatten keine Kinder, sie hatte nichts zu tun und war unzufrieden. Und er hatte seinen ganz speziellen Jungbrunnen gefunden. Knudsen hatte sich schon als junger Mann eher zu Männern hingezogen gefühlt, aber lange Hemmungen gehabt, seine Neigung auszuleben. Bekennen konnte er sich auch jetzt nicht dazu, denn ihm hatten es die jungen Herren, die sehr jungen angetan. Und das war gesellschaftlich nun einmal nicht toleriert. Knudsen seufzte, während er schnell die Kippschaltung des kleinen Autos hochklickte und über die Dorfstraße von Langen sauste. Er wollte so schnell wie möglich nach Hamburg, mit dem ICE nach Frankfurt und dann am späteren Abend mit dem Flugzeug nach Südafrika. Dort hatte er für schlechte Zeiten ausreichend vorgesorgt, schon vor Jahren, als die Immobilien am Kap noch günstig waren, einen Landsitz gekauft. Und dort würde er sich weiter als Makler betätigen. Denn unterdessen war Südafrika nicht nur für Urlauber, sondern auch für Auswanderer eine begehrte Adresse. Und Knudsen war ein geschickter, ein erfolgreicher Makler mit Gespür für die Wünsche der Kunden und einem Händchen für Geschäfte.

In Hamburg nahm er dann doch den Flieger nach Frankfurt. Er stellte das Auto auf einem der Außenparkplätze ab und konnte fast direkt ins Flugzeug steigen.

In Frankfurt hatte er fast zwei Stunden Zeit. Er kaufte einen Koffer, Wäsche und Kleidung zum Wechseln, trank ein Gläschen Champagner auf sein neues Leben und spazierte hochzufrieden zum Check-in für die Maschine nach Kapstadt. Die Bodenstewardess ließ sich auffallend viel Zeit mit seinem Flugschein, sagte dann verbindlich: »Einen Augenblick, bitte«, und bevor er noch fragen konnte, ob es Probleme mit der Buchung gebe, trat ein Polizist an seine Seite und sagte: »Herr Knudsen, würden Sie mich bitte begleiten? Es gibt da noch ein paar Fragen an Sie im Zusammenhang mit einem Mordfall in Langen.«

Knudsen fühlte sich wie im Schockzustand. Er war wie gelähmt und bemerkte nicht einmal die Peinlichkeit, vor den anderen Fluggästen von der Polizei abgeholt zu werden. Der Polizist wandte sich noch kurz zur Stewardess um und sagte: »Das Gepäck lassen Sie am besten hier.« Und dann ging er mit dem Makler in die Flughafen-Wache. Dort wurde er samt neu erworbenem Koffer mit dem nächsten Flieger zurückverfrachtet nach Hamburg. Und von dort brachten sie ihn nach Flensburg. Es war später Abend, als er dort ankam. Frustriert wegen der bevorstehenden Auseinandersetzungen mit seiner Frau Renate, aber guten Mutes für seine Zukunft. Denn er würde sich der Konfrontation mit der Gattin stellen müssen, in Sachen der Morde hatte er nichts zu fürchten, und was seine kleinen illegalen Leidenschaften anging, so hatte er alle Spuren sorgsam beseitigt. Er rechnete damit, noch am Abend nach Langen zurückzufahren.

Doch es kam anders. Zwar hatte ihm Renate für die Zeit des Todes von Meta Diederichsen tatsächlich ein Alibi gegeben, und die Beamten hatten der Frau geglaubt, weil sie sonst kein gutes Haar an ihrem Mann ließ. Allerdings hatten die Computer-Spezialisten der Polizei eine ganze Reihe von Dateien auf Knudsens Rechner wiederherstellen können, die eindeutig belegten, dass die intimen Bekanntschaften des Maklers zum Teil noch minderjährig waren. Statt in der Business-Klasse des Fliegers nach Südafrika musste Knudsen in der Zelle in Flensburg übernachten. Jetzt saßen gleich zwei Honoratioren aus Langenbek ein.

71.

Tilly saß inzwischen im Zug von Sonderburg nach Hamburg. Sie fühlte sich sicher, denn Grenzkontrollen gab es nicht dank Schengen. Auf der Zugtoilette hatte sie sich bereits abgeschminkt und die Nägel ablackiert und die sorgsam auftoupierte Frisur flachgekämmt. Am Bahnhof hatte sie noch ein geschmackloses Halstuch gekauft, um ihre Verkleidung zu vervollständigen. Jetzt sah sie mindestens so alt aus, wie sie war. Und das erste Mal war sie froh darüber. Aber sie musste wachsam bleiben. In Hamburg taperte sie umständlich durch den Bahnhof. Sie bemerkte aufmerksame Polizisten an den Bahnsteigen. »Tilly, you'll make it«, munterte sie sich selbst auf. Auf dem Weg durch die große Halle sah sie überall Polizei. Galt das ihr? Sie konnte sich nicht vorstellen, dass man so schnell nach ihr suchte. Dennoch hielt sie den Blick auf den Boden gerichtet und bückte sich dicht neben Polizistenbeinen nach einer Zigarettenkippe. Sie pustete den Staub ab und betrachtete die Kippe wie einen Schatz. Der Polizist sah sie mitleidig an, griff in die Tasche, zog ein Päckchen heraus und reichte ihr eine Zigarette. »Da, altes Mädchen«, sagte er, und sie dankte unterwürfig. Er reichte ihr noch Feuer und sie hielt die Zigarette mit zitternden Händen und taperte weiter. »Danke, mein Junge«, krächzte sie, zog die Kappe noch weiter ins Gesicht und grinste. »Nicht schlecht, Tilly«, sagte sie, »nicht schlecht. Du hast Kurt überlebt und Johannes und Friederike, und du wirst auch das überleben. Du musst jetzt nur schnell sein.« Tilly hatte für den Notfall vorgesorgt und bereits vor ihrem Ausflug nach Langen in Hamburg in einem Schließfach auf der Post am Hauptbahnhof Bargeld deponiert. Und einen deutschen Pass auf den Namen Elli Marquardt. Im Parkhaus am Hauptbahnhof stand ein unscheinbarer, verkratzter dunkelgrüner Nissan

Micra. Und von Hamburg aus würde sie hübsch langsam mit dem Auto nach Frankreich fahren, nach St. Malo. Und von dort mit der Fähre nach Jersey. Und dort hatte sie Zugriff auf ihre Konten und würde in Ruhe überlegen, wo sie sich angenehm würde niederlassen können. Als sie in Hamburg durch den Hauptbahnhof schlurfte, schenkte niemand der alten Frau mit den billigen, zerknautschten Klamotten und dem Plastiksack Beachtung. Sie schien nur ein Penner mehr zu sein auf der Suche nach einem halbwegs sicheren Nachtlager.

72.

In seinem Zimmer war Eberhardt von Erben langsam wieder aus seiner Erstarrung erwacht. Er hatte das Gezeter seiner Mutter gehört, die Anschuldigungen gegenüber der aufgetakelten Jugendfreundin, die offenbar der Gräfin das Gift geschickt hatte, das Annika durch eine unglückliche Verkettung der Umstände getötet hatte: Hätte diese Newman das Gift nicht geschickt, hätte es nicht einer der Bediensteten auf den Tisch gestellt, hätte seine Mutter die Flasche nicht übersehen, hätte er Annika nicht ins Schloss gebracht und hätte er sie nicht allein im Salon gelassen – dann wäre sie noch am Leben. Inzwischen wurde ihm aber auch klar, dass die Affäre nichts als Opposition gewesen war, der Versuch, sich aus einem Gefängnis zu befreien und erwachsen zu werden. Der Protest gegen seine Mutter. Ach, hätte die doch den Portwein getrunken. Eberhardt schämte sich nicht einmal dieses Gedankens. Er wurde sich zum ersten Mal klar, dass Friederike von Erben zwar seine Mutter war, dass ihn aber nichts mit ihr verband, keine Herzlichkeit und kein Vertrauen, er hatte kein Verständnis für ihren Umgang mit anderen Menschen und gleichzeitig war er sich über seine Lage und seine Zukunft klar geworden. Annika – das war ein Fluchtversuch gewesen. Sie war ein niedliches Ding, aber eine Heirat wäre fatal gewesen, sie wäre ihm nach kurzer Zeit genauso auf die Nerven gegangen wie Dorothea. Letztendlich hatte das Mädchen die Zeche für seine Lebenskrise gezahlt. Das tat ihm leid.

Eberhardt setzte sich gerade auf. Er würde seiner Mutter ein Ultimatum stellen: Trennung von Gut und Modegeschäft. Was ihre Familie mit dem Vorbesitzer gemacht hatte, war ekelerregend. Er würde seinen Vater in die Pflicht nehmen, sich mit der Familie ins Benehmen setzen und die Zukunft des Gutes neu strukturieren – mit Tourismus in den leer stehenden Bauten. Wenn Mutter und Vater dem nicht zustimmten, würde er gehen. Eberhardt straffte den Rücken, stand auf, ging hinunter und über die Terrasse zum See. Er atmete tief durch. »Armes Mädchen«, dachte er. Und dass er seinen Anwalt anrufen würde wegen der Scheidung von Dorothea, das beschloss er auch. Und Margarethe würde er auf dem Gut behalten. Das könnte wegen Dorotheas Labilität kein Problem sein. Er würde hinaufgehen zu seiner Tochter und mit ihr reden. Das hatte er seit vielen Monaten nicht mehr getan, weil er stets mit sich selbst und seiner Affäre beschäftigt gewesen war. Er ging zurück ins Haus. Seine Mutter konnte er nirgends sehen.

73.

Carla war ruhelos. Thomas schrieb an einer Geschichte, Sara chattete im Internet und Kleyn war unterwegs nach Flensburg in sein Büro. Die Ermittler suchten schon wieder fieberhaft nach einer flüchtigen Person – nach Knudsen und Harder war jetzt Tilly Newman wie vom Erdboden verschwunden. Und auch Heinrich von Erben sollte es nun endlich nach dem von ihm verursachten Unfall mit der Polizei zu tun bekommen. Aber hatte er auch die Lehrerswitwe auf dem Gewissen, die ihn offenbar erpresst hatte? Carla sah immer wieder aus dem Fenster zum Gut hinüber, als könnte sie dort die Lösung für den Mord an Meta entdecken. »Ich gehe noch mal mit Watson«, sagte sie zu Sara und Thomas und machte sich auf den Weg zum See. Über einen Trampelpfad spazierte sie auf der Nordseite von Langen an den Nebengebäuden entlang, vorbei hinter der Scheune und zu den Ställen. Watson war schon ein ganzes Stück vorausgelaufen. Als sie eben die Straße zum Torhaus überquerte, stellte sich ihr plötzlich die alte Gräfin in den Weg. Sie musste aus der Scheune gekommen sein, an der Carla gerade entlangging. »Was schnüffeln Sie hier herum!«, fauchte die Gräfin Carla an. »Ich gehe mit dem Hund, ich gehe hier häufig entlang«, rechtfertigte sich Carla, erstaunt über die offensichtliche Aggression, mit der die alte Dame ihr begegnete. »Ihre Leute gehen doch auch über mein Grundstück am See entlang.« Die Gräfin ließ nicht locker. »Das ist Gutsgelände, verlassen Sie mein Land!« Friederike von Erben war aufgebracht, gestikulierte. Sie fühlte sich durch die gering geschätzte Nachbarin provoziert, durch eine Frau, die über Monate den Dörflern vorgespiegelt hatte, sie sei eine schlichte Kellnerin. Dass sie das nie behauptet hatte und dass niemand sie je gefragt hatte, tat nichts zur Sache. Carla sah sie überrascht und forschend an. Sie verstand die Aufregung nicht. Waren doch die Vorkommnisse um den Mord auf Langen geklärt. Als sie die alte Dame verwundert fixierte, fiel ihr Blick auf die Rosenbrosche am Revers der Kostümjacke. »Ein schönes Stück«, dachte Carla, das musste 19. Jahrhundert sein. Eine feine Arbeit. Sie sah ganz in Gedanken genauer hin, als sie der Gräfin direkt gegenüberstand: Da fehlte am Ansatz der Blüte ein Stein, ein kleiner Diamant. Das war deutlich sichtbar, weil durch die Lücke ein kleines, dunkles Loch entstanden war. Und augenblicklich wusste Carla, was das bedeutete: Sie hatte das fehlende Steinchen auf Metas Terrasse gefunden. Und im selben Augenblick stieg ihr der Moschusgeruch des Parfums in die Nase, der ihr in Metas Haus aufgefallen war, als sie die Lehrerswitwe tot aufgefunden hatte. Jetzt war ihr alles klar. Meta, die Erpressung, Heinrich von Erben, das Geld – es war die Mutter gewesen, die Meta bezahlt hatte. Die Gräfin wiederum bemerkte Carlas Blick. Und als die beiden Frauen sich ansahen, war beiden klar, dass sie Bescheid wussten – die eine, was die andere dachte, die andere, was die eine getan hatte. Carla wandte sich wie beiläufig zur Seite, sie stellte sich ahnungslos, lächelte kurz und unverbindlich, drehte sich um und ging weiter. Da traf sie von hinten ein Schlag auf den Kopf. Die Gräfin hatte lautlos nach einem Scheit aus dem Holzstoß an der Scheune gegriffen und zugeschlagen. Carla fiel auf den sandigen Weg. Friederike von Erben sah sich um. Der Gutshof war menschenleer. Mit zäher Kraft zerrte die Gräfin Carla hinüber zu den Ställen. Sie öffnete die leere Box neben dem Eingang, schleppte Carla hinein, verriegelte und verschloss den Stall von außen. »Du wirst niemandem ein Wort sagen können, du neugierige Schnüfflerin. Es wird dir genauso wie Meta gehen.« Und sie ging hinaus, um ein Seil zu holen. Sie war entschlossen, auch diese lästige Zeugin aus dem Weg zu räumen. Niemand würde ungestraft den Frieden ihres Hauses stören, kein schwangeres Hausmädchen, keine kokette Tankwartstochter, keine tratschende Lehrerswitwe und keine schnüffelnde Baronesse. Inzwischen war Watson zurückgelaufen und kam zur Scheune, gerade als die Gräfin die Tür schloss. Er schnüffelte, er bellte, versuchte die Gräfin anzuspringen, aber die schlug ihn mit einer Forke in die Flucht.

Während Friederike von Erben zur Scheune eilte, kam Carla im Stroh schneller zu sich, als die Gräfin für möglich gehalten hatte. Ihr Kopf schmerzte so stark, dass ihr schlecht wurde. Sie drehte sich auf die Seite, kam auf die Knie und wusste, dass es um ihr Leben ging. Sie hatte das entschlossene Gesicht der Gräfin gesehen. Und sie wusste jetzt, dass die alte Dame Meta auf dem Gewissen hatte. Carla stand mühsam auf. Sie versuchte die Tür zu öffnen. Aber der Riegel der Box war außen und die Eisenstäbe reichten bis unter die Decke. Hier hatte man offensichtlich in der Vergangenheit die schwierigen Pferde sicher untergebracht. Es gab keinen Weg nach draußen. Carla sah sich um. Von den eigenen Pferdeställen zu Hause auf Ahrenberg wusste sie, dass in der Regel über den Boxen der Heuboden lag, und von dort waren oberhalb der Futterraufen Öffnungen aus dem Boden geschnitten. So konnte man das Heu mühelos mit der Forke in die Ställe nach unten befördern. Als Kinder waren sie oft hinauf- und hinuntergeklettert von den Raufen auf den Boden und zurück. Sie sah nach oben. Auch auf Langen gab es die Öffnung zum Heuboden. Und die Wand war uneben, hatte Fugen und Vorsprünge. Aber sie war kein Kind mehr. Und ihr Schädel brummte. »Reiß dich zusammen«, feuerte sich Carla an. Sie stieg in die Futterraufe. Die Öffnung zum Boden lag nahe bei der Seitenwand, sodass sie auf die Holzverkleidung der Box steigen konnte. Von der Seitenwand trat sie in eine Mauerfuge und konnte nun hinauflangen zum Rand der Öffnung. Sie klammerte sich an den Fußboden und stieg vorsichtig mit den Füßen ein paar Fugen weiter hoch. Jetzt konnte sie die Hände, dann die Arme über den Rand schieben. Dann war sie oben. Sie rollte sich zur Seite. In ihrem Schädel hämmerten die Kopfschmerzen so stark, dass sie Sterne sah. Carla zog die Schuhe aus, schlich über den Boden zum hinteren Tor des Heubodens. Leise öffnete sie einen Türflügel und sah hinaus. Eine Leiter führte hinunter. Sie lauschte. Sie hörte die Schritte der Gräfin, die zurück in den Stall ging. Sie stürzte fast die Leiter hinunter, rannte barfuß hinter der Scheune entlang zum Pfad an den See und nach Hause. Sie pfiff nach Watson, der ihr nach hundert Metern kläffend entgegenrannte. Und hinter ihm kamen Kommissar Kleyn und Thomas im Laufschritt. Carla stolperte. »Stefan, die alte Gräfin war es!«, rief sie noch und fiel ihm in die Arme.

74.

Und vor Gut Langen im beschaulichen Angeln fuhren zum zweiten Mal innerhalb von einer Woche Polizeifahrzeuge mit Blaulicht vor. Dieses Mal waren sie die Eskorte für die Gräfin Friederike. Kleyn hatte Metelmann mitgenommen. Wieder ließ der Kommissar den Türklopfer so stark auf das Portal knallen, dass das Klopfen durchs ganze Schloss hallte. Der Kommissar dachte, als Franzius öffnete, dass er sich schon in den wenigen Tagen an den Butler und seine übertrieben höfliche Art gewöhnt hatte, die ebenso unterkühlt wie distanziert wirkte. »Wir müssen die Gräfin sprechen«, sagte der Beamte. »Um diese Zeit empfängt die Dame des Hauses nicht«, sagte Franzius von oben herab. Der hochnäsige Ton war schuld, dass Kleyn in alte Kommunikationsgewohnheiten zurückfiel: »Wir werden die Gräfin sprechen, mit oder ohne Anmeldung, sagte er scharf. »Und jetzt gehen Sie mir aus dem Weg.« Franzius starrte den Kommissar fassungslos an. Das war ihm in seiner Laufbahn noch nicht geschehen. Er machte wortlos einen Schritt zur Seite. Die beiden Polizisten traten ein, und da meldete sich von der Treppe schon die Gräfin: »Was soll der Lärm?«, fragte sie spitz. »Wir müssen Sie sprechen«, sagte Kleyn. Die Gräfin kam herunter und zeigte den beiden Männern wortlos den Weg in den blauen Salon, den sie schon zur Genüge kannten. Die Dame des Hauses setzte sich mit übertriebener Sorgfalt in einen Sessel und sah nach draußen. »Besitzen Sie eine kleine Rosenbrosche mit Diamanten?« Kleyn sah die Gräfin forschend an. »Ich besaß«, antwortete die gelassen. »Sie wurde mir gestohlen. Wahrscheinlich von dieser Kellnerin oder jemandem vom Personal.« »Das glaube ich nicht«, entgegnete Kleyn. »Ich denke, dass Sie die Brosche sehr wohl noch besitzen und dass Sie genau wissen, warum ich danach frage.

Wir haben hier einen Durchsuchungsbeschluss, und ich werde jetzt hier im Schloss jeden Stein und jeden Teppich umdrehen, jede Schublade sichten, bis ich die Brosche gefunden habe, und wenn das Wochen dauern sollte.«

Von der Tür meldete sich Franzius mit einem Räuspern. »Pardon, dass ich gelauscht habe. Aber ich denke, dass Sie das hier suchen.« Er legte Klein die Brosche in die Hand: eine zierliche Arbeit mit Goldemail und Diamantsplittern. Und ein Steinchen, das sah man auf den ersten Blick, ein Steinchen fehlte. »Ich habe gesehen, wie sie die Brosche in dem Geheimfach im großen Dielenschrank verschloss«, sagte der Butler zur Erklärung. »Ich kenne den Mechanismus. Als sie das Schmuckstück ablegte, war mir klar, dass die Brosche ein Beweisstück sein musste, denn die Gräfin trug sie bisher fast immer.«

»Und Sie haben sie auch getragen, als Sie Meta Diederichsen besuchten und Sie mit der Wäscheleine erdrosselten«, sagte Kleyn zur Gräfin gewandt. »Das Miststück hat meinen Sohn und mich erpresst!«, kreischte die alte Dame. Sie verlor das erste Mal die Fassung. Das distanzierte Gehabe, die Kostüm-Uniform, die Herablassung – jetzt war sie eine Mörderin, die man in die Enge getrieben hatte. »Sie müssen mir das alles erst einmal beweisen«, zeterte sie. »Metelmann!«, sagte Kleyn mit einer Kopfbewegung. Als der die Handschellen aus der Tasche zog und die Gräfin beim Arm nehmen wollte, holte die alte Dame mit eiserner Energie aus und trat dem Wachtmeister mit der Schuhspitze gegen das Schienbein. Der jaulte schrill auf, aber da war schon Franzius zur Stelle, drehte der Gräfin den Arm auf den Rücken und hielt sie eisern fest, bis Kleyn ihr die Handschellen anlegen konnte. »Ich konnte Sie noch nie leiden«, sagte der Butler, und Kleyn sah ihn zum ersten Mal lächeln. »Es ist mir ein Vergnügen, wenn ich dazu beitragen kann, dass Sie hier verschwinden.« Die Gräfin keifte und wehrte sich, und als von draußen zwei junge Beamte kamen, um sie mit entschlossenem Druck in den Polizei-Transporter zu schieben, zeterte sie noch immer über mangelnden Respekt.

»Die hat doch eine Schraube locker, diese bösartige Sieben«, sagte Franzius. Und Kleyn und Metelmann, der sich noch immer sein Schienbein rieb, nickten beifällig.

Das Spektakel hatte unterdessen auch die anderen Schlossbewohner in die Halle gelockt, sodass auch Helga Seebacher und ihr Mann Zeugen wurden, wie man die Schlossherrin abtransportierte. Mitleid hatte niemand. Und Helga zeigte offen Schadenfreude: »Sie hat es verdient.« »Natürlich hat sie es verdient«, sagte Kleyn. »Sie ist eine Mörderin – ich meine natürlich eine Mordverdächtige«, berichtete er, um korrekt zu bleiben.

Eine halbe Stunde später lehnte Carla in ihrem Wohnzimmer im Sessel, einen Hocker unter den Füßen und einen Eisbeutel auf der Beule an ihrem Hinterkopf. Sara hatte Tee gekocht und versorgte ihre Mutter, Stefan Kleyn und Thomas Berner. Sie hatte rotgeweinte Augen und zittrige Hände. Der Schreck saß ihr noch in den Knochen, seit Kleyn, die bewusstlose Carla auf dem Arm, in Begleitung des kläffenden Watson keuchend bei der Villa angekommen war. Bei einem Kurzbesuch hatte Dorfarzt Muncke eine Gehirnerschütterung diagnostiziert, Ruhe verordnet und Kopfschmerzpillen dagelassen. Und seitdem hatte Carla im Telegrammstil von dem Treffen mit der Gräfin berichtet, das sie fast das Leben gekostet hatte. Kleyn hatte Metelmann in Marsch gesetzt und derweil war die Gräfin schon auf dem Weg nach Flensburg.

»Die Alte war wirklich gefährlich«, sagte Thomas Berner. »Dass sie unangenehm war, konnte man ja nicht übersehen, aber dass die so eiskalt gemordet hat? Dazu gehört doch eine ganze Menge an körperlicher Kraft und mentaler Abgebrühtheit, einen Menschen mit einem Strick zu erdrosseln. Und das ist eine alte Frau!« Mochte der Angriff auf Carla am Ende eine Kurzschlussreaktion gewesen sein. Aber niemand konnte sich vorstellen, wie die alte Dame die Kraft und Energie aufgebracht hatte, Meta Diederichsen zu erdrosseln. Sie war nach Plan vorgegangen und hatte der Dorftratsche entschlossen den Hals zugeschnürt. »Vielleicht tickt die auch nicht richtig«, sinnierte Carla. »Dann kommt sie am Ende in den Maßregelvollzug.«

»Ich glaube nicht, dass die Gräfin nicht zurechnungsfähig ist«, widersprach Kleyn. Der Kommissar war überzeugt, dass die Schlossherrin sich im Laufe der Jahre ihre eigene Moral zurechtgelegt hatte, in der die Rechte auf ihrer Seite lagen. Und wer ihr in die Quere kam, wurde beiseitegeräumt – entlassen, mundtot gemacht, und am Ende, als es um die Existenz ging, schreckte sie auch vor Mord nicht zurück und fühlte sich womöglich noch im Recht.

75.

Auf dem Gut herrschte an diesem Freitagmorgen gelähmtes Schweigen.

Nur Franzius zeigte zum ersten Mal ungewohntes Mitteilungsbedürfnis. »Ich habe sie nie gemocht«, sagte er zu Robert. Der war so erstaunt über die unerwartete Vertraulichkeit, dass ihm keine passende Antwort außer »Jaja« einfiel.

Eberhardt von Erben hatte sich ganz in sein Zimmer zurückgezogen. Und auch seine Frau Dorothea war nach einem aufgekratzten Rundgang durchs Haus, bei dem niemand sie zur Kenntnis nahm und sie in aller Seelenruhe ein paar Leuchter und zwei Biedermeier-Gemälde einpackte, verschwunden. Sie hatte ihre Kleider zusammengerafft und war nach Hamburg gefahren. Die junge Margarethe hatte allein und unglücklich in ihrem Zimmer gehockt, bis Helga Seebacher sie in die Küche holte, sie mit heißer Milch und Leberwurstbrot versorgte und ihr klarmachte, dass sie mit der unseligen Sache nichts zu tun, dass die Großmutter wahrscheinlich eine Schraube locker habe und sie ja noch den Vater, den Großvater und alle anderen im Schloss habe.

Genau in diesem Moment kam Johannes von Erben zurück. Er begrüßte Franzius und Robert jovial, ließ einen prallen Rucksack mit Kleidung mitten in der Diele fallen, drehte sich um und rief: »Komm rein!« Er hatte Karola mitgebracht, die das Haus verlegen betrat. »Sie wird hierbleiben«, sagte er zu Franzius. »Und ihr Sohn, mein Enkel, zieht aus dem Keller hier zu uns nach oben.« Und dann bestellte er, als sei nichts geschehen, Käse, Wurst und Rotwein und ging hinüber in den Gartensalon.

Als Franzius mit dem Tablett kam, sagte der Graf: »Setzen Sie sich. Nehmen Sie sich ein Glas.« Der Butler war irritiert. »Nun machen Sie schon«, sagte von Erben. Franzius ließ sich in einen Sessel fallen, sagte aber nichts. Das System seiner Ordnung im Gutshaus war erschüttert. Die Gräfin, die alle schikaniert hatte, war von der Polizei abgeholt, der alte Graf zurück, die Tochter der Küchenhilfe in der Etage der Herrschaften, das war – auch nachdem er inzwischen mehr und mehr aufgetaut war – zu viel auf einmal für Franzius mit seinen antiquierten Lebensauffassungen. Und jetzt sollte er Rotwein mit dem Grafen trinken. »Jetzt stellen Sie sich nicht so an«, knurrte Johannes von Erben. »Die Admiralin ist von Bord, ich brauche jemanden zum Reden, alter Freund.«

Er trank einen großen Schluck Wein, sah über das Glas hinweg auf den See, wandte sich wieder zu Franzius und sagte: »Ich habe offenbar keine glückliche Hand bei den Damen. Meine Jugendliebe hat versucht, meine Gattin zu vergiften, und dabei die Freundin meines Sohnes umgebracht, und meine Gattin hat die Erpresserin Meta Diederichsen erdrosselt und versucht, unsere Nachbarin zu ermorden. Das ist schon starker Tobak.« Er nahm noch einen Schluck und rief dann nach Karola. Das Mädchen kam, verlegen gegenüber Franzius, durchquerte es den Salon. »Und?«, sagte Johannes von Erben. »Wen hast du auf dem Gewissen?« Und dann lachte er: »Es bleibt uns nichts anderes übrig – wir müssen weitermachen.« »Ja, das machen wir«, sagte Franzius, trank einen Schluck Wein, und der Graf sah ihn zum ersten Mal breit grinsen.

76.

Carla Moreno radelte die Dorfstraße entlang. Es war herrliches Sommerwetter, warm, aber nicht schwül. Sie hatte für das Abendessen eingekauft – Gemüse für einen spanischen Eintopf, Obst. Vor dem Pfarrhaus kehrte Henriette Blunck den Bürgersteig. Sie war also immer noch da. Als sie Carla sah, drehte sie sich demonstrativ um und fegte die Treppen vor der Tür.

Auch Klaus Möller stand vor der Tür des Dorfgasthauses. Aber im Gegensatz zu Henriette winkte er und rief: »Moin, Carla, komm einen Moment rein.« Sie hielt an, und er begrüßte sie lachend. »Du musst jetzt einen Schnaps mit mir trinken.« Und bevor sie noch mit Hinblick auf den frühen Morgen protestieren konnte, hatte er sie schon in die Gaststube gezogen, nach den Schnapsgläsern gegriffen und zwei morgentaugliche Portionen Aquavit eingefüllt. Sie tranken den Schnaps, Carla verzog das Gesicht. Hanne kam aus der Küche. Sie sagte nichts, nahm Carla in den Arm. Alle drei standen einen Moment schweigend. Dann sagte Carla: »Danke. Ich muss weiter.« Und Klaus Möller rief ihr nach: »Komm bald wieder.« Mehr wurde nicht gesprochen.

Schnapsbeflügelt radelte Carla weiter und schaute auf den See. Das Dorfpanorama wirkte seit den Morden verändert. Es kam ihr nicht bedrohlich vor, sondern seltsam befreit und leicht. Die Gutsanlage wirkte jetzt heiter. Sie sah, dass die Terrassentüren offen standen, und auf der Wiese am See spielte der kleine Holger. Es war doch erstaunlich, welche glücklichen Folgen diese verhängnisvollen Sommertage hatten, und das über Nacht.

Als sie zu Hause ankam, begrüßte sie nur Watson. Sara war ausgeritten – mit Margarethe. So hatte Carla Zeit, ihre Einkäufe wegzuräumen und das Abendessen vorzubereiten. Sie hatte gerade das Gemüse auf dem Tisch zurechtgelegt, als es an der Tür klopfte. Es war der alte Graf. Und Karola hatte er mitgebracht. Das Mädchen stand verlegen hinter ihm. Carla bat die Besucher herein, und im Wohnzimmer setzte sich Johannes von Erben umständlich in einem Sessel neben dem Kamin zurecht. Er sah auf seine Schuhe und sagte dann: »Ich möchte mich bei Ihnen entschuldigen. Für die Art, wie man mit Ihnen umgegangen ist, und natürlich für die Ungelegenheiten, die Sie mit uns hatten.« »Ungelegenheiten«, dachte Carla und fasste unwillkürlich an ihren Kopf, wo die dicke Beule von Friederikes Angriff gerade erst abzuschwellen begann.

»Was wird aus dem Gut?«, wollte Carla wissen. Johannes von Erben erzählte, dass sein Sohn die Geschäfte weiterführen und er selbst bleiben, ihn unterstützen, ihm aber freie Hand lassen werde. Eberhardt solle sein Konzept verwirklichen und Feriengäste in den Nebengebäuden des Gutes unterbringen. Dorothea blieb in Hamburg, Margarethe auf Langen. Nach weniger als zehn Minuten verabschiedeten sich der Graf und Karola, die schüchtern hinter dem alten Herrn herlief, und Carla wandte sich wieder dem Gemüse zu.

77.

Am späten Freitagvormittag meldete sich dann auch Heinrich von Erben in Flensburg bei Kommissar Kleyn. Der smarte Grafensohn trug beigefarbene Edeljeans und eine Lederjacke aus cognacfarbenem, handschuhweichem Leder und musterte den Ermittler hochnäsig durch die Gläser seiner teuren Pilotensonnenbrille. »Setzen Sie sich und nehmen Sie die Brille ab«, kommandierte Kleyn. »Ich will meinen Anwalt sprechen«, protestierte der junge von Erben. »Können Sie gern«, konterte Kleyn, »aus der Zelle«. Von Erben wurde blass, und der Kommissar fragte im Stakkato nach dem Unfall, dem Wagen und einem potenziellen Alibi, das der junge von Erben für die Unfallnacht vorbringen könnte. Die Tatsache, dass er einen Wildunfall als Ursache für den Schaden am Wagen angegeben hatte, machte alle Verteidigungsstrategien und Ausreden unmöglich. Er saß in der Falle – und wahrscheinlich demnächst auch wegen fahrlässiger Tötung und Unfallflucht im Gefängnis. Dieses Mal konnte ihm seine Mutter nicht helfen. Sie saß selbst hinter Schloss und Riegel. Heinrich von Erben lachte bei dem Gedanken bitter auf. »Ich weiß nicht, was an der Sache lustig ist«, sagte Kleyn. »Sie haben den Tod eines Mannes verschuldet und sind abgehauen.« Der junge Graf war vorläufig festgenommen; ob er in Haft bleiben müsste, war Sache des Haftrichters. Kleyn würde es ihm gönnen.

Auch die Honoratioren Harder und Knudsen, der Apotheker und der Makler von Langensee, die vergeblich versucht hatten sich aus dem Staub zu machen, saßen noch ein. Das halbe Dorf im Knast, dachte Kleyn und schmunzelte. Nur die Dame Tilly Newman war wie vom Erdboden verschwunden.

Und auch sonst hatte es das soziale Gefüge im Ort einmal gründlich durchgeschüttelt. Henriette Blunck machte Hausputz und sortierte ihre persönliche Habe in Umzugskartons. Sie war über den Betrug ihres Mannes bis auf die Knochen beleidigt, hatte aber den Rückhalt bei den anderen Damen des Ortes verloren. Denn Lore Harder sichtete die Geschäftspapiere der Apotheke. Sie war entschlossen, die Geschäfte weiterzuführen. Renate Knudsen hatte vor, ihrem Gatten die Daumenschrauben anzulegen, um einen möglichst fetten Happen von seinem Immobilienbesitz abzubekommen, wenn er im Gefängnis saß. Sollte er doch machen mit seinem Geschäft, was er wollte – sie würde sich an einen sonnigen Ort zurückziehen und das Leben genießen. Meta Diederichsen stand ja nun für bösartigen Klatsch nicht mehr zur Verfügung. Und Hanne Möller – die hatte sich über Nacht verändert, schäkerte jetzt mit der Spanierin, dachte Henriette verbittert, als sie ihre Blusen zusammenfaltete. Und ihr Mann Klaus strahlte wie ein Honigkuchenpferd und schenkte Freischnäpse aus, als beide Morde geklärt waren. Henriette wunderte sich. Das hatte der Geizhals doch früher nie getan. Die Noch-Ehefrau des Pastors wollte zunächst zu einer Tante ziehen, die sich über Betreuung freute. Henriette Blunck hatte für sich noch nicht beschlossen, ob sie mit der Scheidung einen möglichst hohen Unterhalt herausschlagen oder ihren untreuen Mann so weit wie möglich schädigen wollte, damit er mit seiner neuen Liebe in Finanzzwänge geriet.

78.

Elli Marquardt alias Tilly Newman war mit einem verbeulten, dunkelgrünen Nissan Micra mit Hamburger Kennzeichen auf dem Weg nach Barcelona. Sie hatte beim Besuch bei ihrer Bank auf der Kanalinsel Jersey ihr wohlbestücktes Schließfach geleert, Wertpapiere zu Geld gemacht und eine beträchtliche Summe auf verschiedene Konten verschickt. Jetzt wollte sie sich auf der Urlaubsinsel Mallorca niederlassen, irgendwo dort, wo betuchte ältere Damen nicht auffielen und niemand nach dem Woher des Geldes fragte. Sie hatte sich bereits im Internet nach geeigneten Häusern umgesehen und eine hübsche, aber nicht zu teure Finca im Blick. Zunächst würde sie sich in einem Hotel einmieten und dann ihr Leben neu regeln. Wenn sie erst einmal auf der Insel war, vorbei an allen potenziellen Grenzkontrollen, konnte sie sich auch wieder in ihr altes, gestyltes Ich verwandeln. Wenn auch unter neuem Namen. Und den amerikanischen Akzent müsste sie auch ablegen.

79.

Carlas Haus am See blieb der Dreh- und Angelpunkt der Geschehnisse rund um das Gut Langen. Am Abend kam Thomas als Erster an. Er stand mit einem Rotweinglas in der Hand neben Carla am Herd, als auch Stefan Kleyn durch die Küchentür schaute. Auf dem Herd schmorte eine Lammhaxe in Gemüse. Und dann saßen sie am Kneipentisch und besprachen noch einmal die Ereignisse der letzten Tage in Langenbek, den Mord an Annika, die Feindschaft zwischen Tilly und Friederike, die seltsame Liaison zwischen dem Grafen und Karola, Metas Machenschaften und Carlas geheime Leidenschaft, die ihnen die Lösung der Rätsel gebracht hatte. »Eh ich's vergesse, Stefan, ich habe gehört, dass der Makler Knudsen in schräge Grundstücksgeschäfte und Bauprojekte in Hamburg verwickelt gewesen sein soll«, sagte Carla. »Vielleicht könnte ich mit …« Weiter kam sie nicht. Kleyn fuhr sie scharf an: »Nein, du könntest nicht, Carla. Halte deine neugierige Nase aus der Sache.« »Genau. Halt dich raus«, assistierte Thomas. »Ich bin nicht neugierig«, protestierte Carla Moreno. »Ich möchte nur gern wissen …« Und dann nahm sie einen Schluck Wein und sagte nichts mehr. Aber sie grübelte schon insgeheim, wen sie aus der Immobilienbranche so gut kannte, dass sie ihn unauffällig aushorchen könnte, was an den Gerüchten dran war.

Am Sonnabendvormittag, ihre Logiergäste schliefen noch, räumte Carla alte Bücher auf den Dachboden. Sie sah die Stapel noch einmal durch, bevor sie sie in Kartons unter der Schräge verstaute. Da fiel aus einem der Bücher ein vergilbtes Foto aus einem Gedichtband mit Werken von Nikolaus Lenau. Ein Band mit Widmung: »Meine liebe Tatiana, ich werde Dich nie vergessen. Dein A.« Carla hob das vergilbte Foto auf, das Porträt eines Mannes. Sie ging zum Dachfenster und sah sich das Bild genau an. Jetzt war auch dieses Geheimnis gelüftet. Sie nahm Buch und Foto, stieg vom Dachboden, pfiff nach Watson und machte sich auf den Fußweg zum alten Forsthaus, zu Anatol Abel. Der öffnete sofort, als Carla klopfte. Er bat sie herein und sie legte wortlos Buch und Bild auf den Tisch. Er sah sie an. »Ja, es stimmt, Ihre Tante war meine große Liebe – und meine Frau.« »Dann gehört mein Haus Ihnen«, sagte Carla. »Nein, das war alles abgesprochen zwischen uns und ist richtig, so wie es ist.« »Dann sind Sie mein Onkel. Das freut mich. Heute Abend bei mir – bitte!« Carla hatte es eilig.

Kurz darauf saß Carla mit Stefan Kleyn und Thomas Berner beim zweiten Frühstück in ihrer Küche. Das Telefon klingelte. Es war Carlas Großvater, der seinen wöchentlichen Bericht über den Hotelalltag lieferte. »Wir sind ausgebucht«, sagte er stolz. »Wir mussten sogar gestern so eine affektierte, reiche Tussi wegschicken. Die hat sich jetzt in einem Resort in Sóller eingemietet. Ist aber ganz gut so, denn die war so ein Typ – der kann man nichts recht machen.« Heinrich de Lancelot lachte, und Carla stockte der Atem. Konnte es solche Zufälle geben? »Wie heißt die Dame denn?« »Elli Marquardt.« Carla atmete aus. Das wäre ja auch ein Lottosechser gewesen. Doch sie wusste ja noch nicht alles. »Wie sieht sie denn aus?«, fragte sie nach. »Aufgetakelte Schabracke, fünfmal geliftet, blond gefärbt, dicke Klunkern.« »Das ist Tilly«, sagte Carla laut, »ich wette, das ist Tilly. Stefan, du musst deine Kollegen auf Mallorca kontaktieren. Unsere Tilly ist auf die Insel abgehauen und wollte ausgerechnet in meinem Hotel einchecken.« Ihr Großvater protestierte: »Nein, ich sag doch, die heißt Elli, nicht Tilly.« »Falscher Name, ich wette, dass sie es ist«, beharrte Carla. Thomas setzte dagegen. Stefan Kleyn hielt sich raus. Er konnte sich nicht vorstellen, dass das alternde Chanel-Model sich ausgerechnet auf einer Insel niederließ, wo sie leicht seinen spanischen Kollegen ins Netz gehen könnte. Irgendwie mochte er sie. Dennoch: Sie hatte das Mädchen Annika vergiftet. Dafür würde sie geradestehen müssen. Montag, am nächsten Montag würde er Carlas Verdacht nachgehen. Jetzt aber wollte er sich erholen. Ein freies Wochenende auf dem Land, bei Freunden. Ganz geruhsam. »Du, Stefan«, sagte Carla. »Montag«, sagte der Kommissar. Und Carla schwieg. Aber sie hätte doch zu gern gewusst, ob es nun wirklich Tilly war. Vielleicht könnte ihr Großvater ...

Disclaimer Carla Moreno

Die Handlung in diesem Buch ist frei erfunden. Ähnlichkeiten mit lebenden oder toten Personen wären rein zufällig.